Couverture inférieure manquante

I0635264

Original en couleur

NF Z 43-120-5

A. BOSSERT

ESSAIS

SUR LA

LITTÉRATURE ALLEMANDE

1re Série

LE ROMAN DE LA GUERRE DE TRENTE ANS.
KANT. GOETHE. JEAN-PAUL.
ERNEST CURTIUS. DAVID-FRÉDÉRIC STRAUSS.
NIETZSCHE.

PARIS

LIBRAIRIE HACHETTE ET Cie

79, BOULEVARD SAINT-GERMAIN, 79

1905

ESSAIS

SUR LA

LITTÉRATURE ALLEMANDE

1re Série

OUVRAGES DU MÊME AUTEUR

PUBLIÉS PAR LA LIBRAIRIE HACHETTE ET Cⁱᵉ

La littérature allemande au moyen âge et les origines de l'épopée germanique; 3ᵉ édition. Un vol. in-16, broché.   3 fr. 50

Gœthe, ses précurseurs et ses contemporains : Klopstock, Lessing, Herder, Wieland, Lavater, la jeunesse de Gœthe; 4ᵉ édition. Un vol. in-16, broché.   3 fr. 50

Gœthe et Schiller : la littérature allemande à Weimar, la jeunesse de Schiller, l'union de Gœthe et de Schiller, la vieillesse de Gœthe; 5ᵉ édition. Un vol. in-16, broché.   3 fr. 50

La légende chevaleresque de Tristan et Iseult, essai de littérature comparée. Un vol. in-16, broché.   3 fr. 50

Schopenhauer, l'homme et le philosophe. Un vol. in-16, broché.   3 fr. 50

Histoire abrégée de la littérature allemande depuis les origines jusqu'en 1870, avec un choix de morceaux traduits, des notices et des analyses. Un vol. in-16, cart. toile.   4 fr.

Histoire de la littérature allemande depuis les origines jusqu'à nos jours; 2ᵉ éd. Un fort vol. in-16 de 1100 pages, broché.   5 fr.
Cartonné toile.   5 fr. 50

1484-04. — Coulommiers. Imp. PAUL BRODARD. — 2-05.

A. BOSSERT

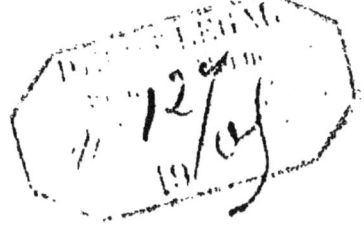

ESSAIS

SUR LA

LITTÉRATURE ALLEMANDE

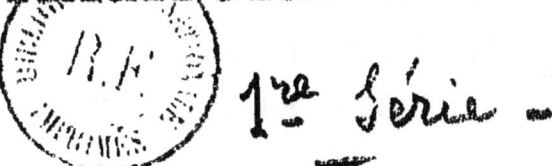

1re Série

LE ROMAN DE LA GUERRE DE TRENTE ANS.
KANT. GOETHE. JEAN-PAUL.
ERNEST CURTIUS. DAVID-FRÉDÉRIC STRAUSS.
NIETZSCHE.

PARIS

LIBRAIRIE HACHETTE ET Cie

79, BOULEVARD SAINT-GERMAIN, 79

1905

LE ROMAN
DE LA GUERRE DE TRENTE ANS

LE « SIMPLICISSIMUS »

1

1

Descartes, qui servit dans l'armée bavaroise au début de la guerre de Trente Ans, écrivait plus tard : « J'ai bien de la peine à donner place au métier de la guerre parmi les professions honorables, voyant que l'oisiveté et le libertinage sont les deux principaux motifs qui y portent aujourd'hui la plupart des hommes. » Ce fut précisément le malheur de l'Allemagne au XVII° siècle, que la guerre y fût devenue un métier comme un autre. C'était même le plus lucratif et, en un sens, le moins périlleux de tous. Le bourgeois et le paysan étaient livrés sans défense au caprice féroce de toute bande armée. Le soldat, du moins, ne mettait sa vie en jeu que contre la vie de son adversaire ; il luttait à armes égales. Était-il vainqueur, le pillage était la récompense de la victoire. Montait-il à l'assaut d'une ville, le butin lui appartenait. Au reste, il se battait le moins possible. Au moindre vent de défaite, il s'arrangeait de manière à être fait prisonnier, se laissait enrôler dans l'armée ennemie, et le lendemain se trouvait en face de ses compagnons de la veille. Quand sa solde était mal payée, ou même quand il n'était pas soldé du tout, il n'y perdait rien. Frédéric II nous apprend, dans ses *Mémoires de Brandebourg*, que les États de ce pays levèrent des troupes en 1620, et leur donnèrent le privilège de faire partout des quêtes pour fournir à leur subsistance. « Les paysans avaient ordre de leur donner un liard chaque fois qu'ils *gueuseraient*, et des coups de bâton s'ils ne s'en contentaient pas. » Mais le bâton se retournait souvent contre celui qui devait le manier. Plus souvent encore, la bastonnade, quand elle tombait sur le paysan, ne paraissait pas suffisante, et était remplacée par des supplices moins courts et plus raffinés.

Le soldat ne faisait que suivre l'exemple du chef qui le commandait ou du prince qui le prenait à sa solde. Un Ernest de Mansfeld ou un Wallenstein n'étaient que des aventuriers dans le grand style. Mais les souverains eux-mêmes qui se disaient les champions de la foi obéissaient sciemment ou à leur insu à des considérations politiques; et quand leur conscience religieuse entrait en conflit avec leur ambition, ce n'était pas leur ambition qui cédait. De même que le soldat combattait tour à tour dans des camps opposés, de même des princes appartenant à des confessions différentes s'alliaient pour un temps plus ou moins long, lorsqu'un intérêt commun ou un danger commun les y engageait. L'empereur Ferdinand II, élevé par les jésuites, était sincèrement catholique; il ne faisait rien sans consulter son confesseur, qui a pris soin de nous le faire connaître [1]. Il assistait chaque matin à deux messes, et consacrait encore une partie de la journée à la méditation et à la prière. Il suivait les processions, tête nue, une torche à la main, quelque temps qu'il fît; il se donnait la discipline, et l'on a longtemps conservé après sa mort un fouet teint de son sang. Il disait que s'il rencontrait un prêtre et un ange, c'était le prêtre qu'il saluerait d'abord; ou encore, qu'il aimerait mieux vivre de pain et d'eau et mendier de porte en porte avec sa femme et ses enfants que de souffrir la moindre atteinte aux prérogatives de l'Église. Mais l'unité de la foi ne se présentait à son esprit que sous l'égide d'un monarque absolu, et il sut plusieurs fois faire des concessions à l'hérésie pour sauver une partie de son pouvoir. Gustave-Adolphe, la plus grande figure de cette guerre, était sincère lorsqu'il se disait prêt à donner sa vie pour le triomphe du protestantisme, et il entendait par là le protestantisme dans sa forme strictement luthérienne. Mais son but immédiat était d'englober la Baltique dans un vaste empire scandinave, même au détriment de son parent et coreligionnaire le margrave de Brandebourg. « Les

1. Lamormain, *Ferdinandi II Romanorum imperatoris virtutes,* 1637.

causes d'une guerre, dit un historien, peuvent être multiples; mais, la guerre commencée, elles passent au second plan, et l'ambition et l'égoïsme prennent leur place et font durer la lutte [1]. »

La lutte qui dure, c'est le retour à l'état barbare. On ne cherche plus à vaincre, on ne se contente même plus de piller : on détruit. Alors surgit la noble corporation des gueux. Elle se recrute parmi toutes les victimes du désordre social; ce sont des soldats licenciés ou déserteurs, des bourgeois échappés au sac de leur ville, des paysans chassés de leur ferme, des femmes et des enfants sans abri. Ils s'associent, et le besoin les rend industrieux. La *gueuserie* devient alors un second métier, après celui des armes; et le métier, en se perfectionnant, devient un art. Une troupe bien organisée se compose d'originaux de toute sorte, aveugles très clair-voyants, paralytiques pleins de souplesse, manchots, bancals ou culs-de-jatte dont les membres se redressent au premier appel, tous hideux à voir, rongés de vermine, vêtus de quelques loques qui leur pendent autour du corps. On opère séparé-ment, et, le butin fait, on se retrouve à l'entrée d'un village ou au coin d'un bois; et le repas en commun, pour être peu luxueux, n'en est pas moins assaisonné de gaieté.

1. A. Gindely, *Geschichte des dreissigjährigen Kriegs*, t. IV, chap. I.

La gueuserie, comme tous les arts, a ses règles. La première, dans un monde où les religions se combattent, est de n'en avoir aucune, pour entrer plus facilement dans celle du client que l'on veut duper. Le gueux est essentiellement libre penseur. Dans un de ces petits romans qui font suite au *Simplicissimus*, une maîtresse gueuse dresse au métier un petit apprenti. Après lui avoir frotté la tête d'un onguent qui ressemble à une gale, elle lui dit : « Te voilà un parfait galeux ; on ne saurait te peindre plus au naturel. Maintenant, fais attention de ne pas prier de travers. Quand tu verras que tu n'as pas affaire à des catholiques, laisse là les *Ave Maria* et Notre-Dame et la sainte Vierge ; mais demande au nom du Père, à qui appartiennent le règne et la puissance et la gloire. Veux-tu savoir si un endroit est luthérien ou catholique ou calviniste, ne t'informe pas longtemps, mais regarde s'il y a des chapelles et des croix au bord des chemins. Si elles sont bien ornées et vénérées, tu es chez des catholiques, et tu prieras catholiquement. Si un endroit est calviniste et que tu veuilles réciter un *Notre-Père*, dis bien *Unser Vater*, et non *Vater unser*, comme c'était l'usage autrefois. Car les gens donnent plus volontiers et davantage à ceux qui sont de la même religion qu'eux, tandis que souvent on regarde à peine un homme d'une autre religion, lors même qu'il aurait dix fois plus besoin d'une aumône. Sois bien avisé, et tu seras plus heureux que si tu avais dû garder les chevaux d'un paysan, ou si tu étais devenu toi-même possesseur d'une terre. Celui qui possède est un esclave et un martyr, tandis que toi tu jouiras, sous le manteau de la pauvreté, du bien de ceux dont tu sauras émouvoir le cœur, et tu trouveras en abondance, quand tu seras affilié à notre ordre, tout ce qui sera nécessaire à l'entretien de ta vie libre et oisive [1]. »

L'auteur ajoute que la vieille donna encore beaucoup de bons avis à l'enfant, et qu'un chasseur ne saurait mieux dresser un lévrier, ni un capitaine mieux instruire une recrue.

II

En 1669 parut à Montbéliard, chez Jean Fillion, un roman en six livres, qui n'était qu'un des nombreux ouvrages d'un auteur très fécond. Il avait pour titre : *l'Aventureux Simplicissimus, nouvellement arrangé et beaucoup corrigé; ou Description de la vie d'un singulier aventurier, nommé Melchior Sternfels de Fuchsheim, de la manière dont il est venu en ce monde, de ce qu'il y a vu, appris, éprouvé et souffert, et des raisons pour lesquelles il en est*

---

1. *Das wunderbarliche Vogel-Nest*, 1672; première partie, chap. III.

volontairement sorti ; très divertissante et éminemment utile à lire ; mise au jour par German Schleifheim de Sulsfort.

Une édition moins complète en cinq livres avait déjà paru l'année précédente. L'édition nouvelle se terminait par un *Post-scriptum* ainsi conçu : « Très honoré, très bénévole et cher lecteur, ce *Simplicissimus* est l'œuvre de Samuel Greiffenson de Hirschfeld ; je l'ai trouvé après sa mort dans ses papiers. Il se réfère dans ce livre à son *Histoire du chaste Joseph*, et, dans son *Pèlerin satirique*, il fait allusion à ce même *Simplicissimus*, qu'il a écrit en partie dans sa jeunesse, alors qu'il était encore mousquetaire. Pourquoi il a changé son nom, par la transposition des lettres, en celui de German Schleifheim de Sulsfort, qu'il a mis sur le titre, c'est ce que j'ignore. Il a laissé encore de fins poèmes satiriques, qui pourront aussi être mis au jour par l'impression, si le présent ouvrage est bien accueilli : c'est ce que j'ai cru ne pas devoir cacher au lecteur. Je n'ai pas voulu garder cette conclusion par devers moi, après que l'auteur avait fait imprimer lui-même de son vivant les cinq premières parties. Maintenant, cher lecteur, adieu. Écrit à Rheinnec, le 22 avril de l'année 1669. »

Cette déclaration était signée des lettres H. J. C. V. G. C'étaient les initiales du vrai nom de l'auteur, Hans Jacob Christoffel von Grimmelshausen, dont les autres noms n'étaient que des anagrammes.

Rheinnec, c'était Renichen, ou Renchen, un village
du pays de Bade, en face de Strasbourg, au pied de
la Forêt-Noire. Grimmelshausen jouait aux anagrammes, selon la mode du temps, feignait d'avoir
fait une trouvaille dans les papiers d'un ami, et
mystifiait innocemment ses lecteurs. Ceux-ci n'en
étaient pas dupes, comme le prouve une poésie mise
en tête d'un autre de ses ouvrages, l'histoire chevaleresque de *Dietwalt et Amelinde*, imprimée en 1670 :

« Grimmelshausen, tu as beau te métamorphoser
comme le Protée antique, on te reconnaît toujours
à ta plume et à ta main fidèle. Quoi que tu écrives,
que tu traites de choses simples ou élevées, plai-
santes ou sérieuses, ou que tu nous fasses des
contes pour rire, que tu nous parles de Simplice
et de sa mère et de son père, ou de la vieille aven-
turière Courage, des hommes ou des femmes, de la
paix ou de la guerre, des paysans ou des soldats, de
la réforme de l'État, ou d'amour et d'héroïsme, on
voit clairement que tu ne cherches qu'à nous mettre
avec plaisir et profit sur le chemin de la vertu. »

Cependant tout, dans les nombreuses publications
de Grimmelshausen, n'était pas d'égale valeur. Ses
récits chevaleresques, ses traités moraux et satiriques, tombèrent dans l'oubli qui couvre les écrits
éphémères. Le *Simplicissimus*, vrai témoin du
temps et vraie peinture de l'humanité, continua de
se lire ; et, ce qui est le signe le moins contestable
du succès, on l'imita. Il y eut bientôt le *Simpli-*

cissimus français, hongrois et même turc. Le roman original, renouvelé d'âge en âge et adapté aux progrès de la langue, traversa le XVII° et le XVIII° siècle, toujours accompagné de la déclaration finale qui l'attribuait à Greiffenson de Hirschfeld et que nul ne songeait à vérifier. Les hommes de ce temps se contentaient de lire les ouvrages qui les intéressaient, sans beaucoup s'inquiéter de la personne des écrivains [1].

Depuis que Grimmelshausen a repris sa place dans l'histoire littéraire, on lui a fait, à l'aide de quelques renseignements contemporains et des rares confidences éparses dans ses écrits, une biographie sommaire. Il est né à Gelnhausen, dans le margraviat de Hesse, vers 1625; il s'appelle souvent *Gelnhusanus*. Gelnhausen était une petite ville impériale, dans une situation pittoresque au bord de la Kinzig, au pied des montagnes qui relient la chaîne du Rhœn au Vogelsberg; on voit encore les restes du château que Frédéric Barberousse fit bâtir dans une île de la rivière. Les habitants avaient suivi la religion des margraves, qui comptaient parmi les adhérents les plus anciens et les plus influents de la Réforme. Le libraire Jean-Jonathan Felssecker, de Nuremberg, qui publia en 1684 une édition complète

---

1. Gervinus, dans la première édition de son Histoire de la littérature allemande, qui parut en 1835, ne connaît encore pour le *Simplicissimus* d'autre nom d'auteur que Greiffenson de Hirschfeld.

des œuvres de Grimmelshausen, et qui paraît l'avoir connu personnellement, nous apprend qu'il était de naissance obscure, et le loue de n'en avoir jamais rougi, quoiqu'il fût arrivé plus tard à une éclatante fortune. Le *Simplicissimus* commence, en effet, par une tirade contre ceux qui se targuent de leur noblesse, souvent douteuse : « Une maladie sévit parmi les petites gens de notre siècle, qui sera sans doute le dernier. Ceux qui en sont atteints, quand ils ont assez grappillé pour mettre quelques deniers dans leur bourse et un habit grotesquement enrubanné sur leur dos, s'imaginent aussitôt être des seigneurs de haute chevalerie et d'antique noblesse. Mais lorsqu'on va aux renseignements, on trouve que leurs ancêtres ont été des ramoneurs, des journaliers, des charretiers et des portefaix; que leurs cousins sont encore des âniers, des charlatans et des saltimbanques; leurs frères des recors et des valets de bourreau; leurs sœurs des laveuses, des couturières, ou pis encore.... » D'où venait à Grimmelshausen son titre de noblesse? On l'ignore; on sait seulement qu'il existe un village de ce nom dans le grand-duché de Saxe-Meiningen.

A dix ans, Hans Christoffel fut enlevé de la maison paternelle par un corps hessois. Il fit d'abord partie de ce train immense qui suivait les armées, hommes, femmes et enfants, qui servaient de domestiques, ou qui faisaient simplement la maraude, et qui n'étaient pas la moindre plaie des contrées envahies. Puis on lui mit un mousquet entre les mains, et le voilà soldat. Il fit bravement son métier. « Sans me vanter, dit-il dans un passage du *Pèlerin satirique*, j'ai été là où l'on se regarde dans le blanc des yeux, et je puis témoigner que c'est une joie du cœur pour celui qui n'est pas un poltron et qui s'en retire sain et sauf. » Ses campagnes lui firent parcourir le nord et le midi de l'Allemagne. Il voyagea, tout en combattant : ce fut sa première expérience de la vie. On voit, par la description qu'il donne des localités, qu'il s'est arrêté en Westphalie et en Bohême. Il connaît les usages et même les dialectes des différentes régions dont il parle. Il observe par lui-même et dès sa jeunesse ce que les livres n'auraient jamais pu lui apprendre.

Il a vingt-trois ans quand la paix de Westphalie met fin aux aventures. Que fit-il ensuite? On suppose qu'il continua de voyager, car il parle de la Suisse, d'Amsterdam, de Paris même, comme quelqu'un qui les connaît autrement que par ouï-dire. On le retrouve seulement beaucoup plus tard, comme administrateur des biens de l'évêché de Strasbourg, à Renchen, exerçant en même temps les fonctions de bourgmestre. Une ordonnance concernant l'exploitation des moulins, et datée du 13 octobre 1667, porte sa signature. Il fut marié, et il eut des enfants. Le registre paroissial de Renchen dit que « le 17 août de l'année 1676 mourut dans le Seigneur l'honorable préteur (*prætor*) Jean-Christophe de

Grimmelshausen, muni du saint sacrement de l'eucharistie ». Le même document ajoute que ses fils, dispersés par la guerre, se retrouvèrent à l'occasion de cet événement. Grimmelshausen, si la date de sa naissance doit être fixée à 1625, n'avait que cinquante et un ans.

Les termes de son acte de décès semblent indiquer qu'il était rentré au giron de l'Église. Ses croyances religieuses avaient-elles changé vers la fin de sa carrière? Ou obéissait-il, comme beaucoup de ses contemporains, à des considérations mondaines? Ses fonctions ne l'obligeaient pas à renoncer à sa foi : on a des exemples, au xvi° et au xvii° siècle, de biens épiscopaux administrés par des protestants. Peut-être le vieux soldat, rendu enfin à la vie paisible, était-il encore effrayé par le souvenir des luttes meurtrières auxquelles il avait assisté. Il ne pouvait pas prévoir l'influence que le protestantisme exercerait sur la pensée allemande dans un avenir plus ou moins éloigné. Ce qu'il avait devant les yeux, c'était la dépravation des mœurs, l'abaissement des caractères, la ruine de la fortune publique, l'incendie des villes et des villages, et la religion elle-même, prétexte de tout le mal, étouffée dans le sang et dans les larmes. Peut-être pensait-il que, dans cet ardent conflit où les opinions seules différaient et où le fanatisme était égal de part et d'autre, il convenait au sage de s'abstenir; et l'abstention, dans ce cas, consistait à s'en tenir à la tradition. On pourrait le croire d'après un passage du *Simplicissimus*, où l'auteur, comme en d'autres endroits, semble parler par la bouche de son héros.

Simplicissimus est en garnison à Soest, en West-phalie. Il suit les prédications du pasteur calviniste de l'endroit. Puis un jour il fait cette réflexion, « qu'on souffre souvent grand dommage pour s'attirer la haine des gens d'église, qui jouissent d'un grand crédit chez toutes les nations, à quelque religion qu'elles appartiennent ». Il va donc voir le pasteur, et lui demande dans quelle école on peut le mieux s'instruire des choses de la religion. Le pasteur lui conseille d'aller à Genève. « Jésus, Marie! s'écrie Simplice, c'est bien loin. — Qu'entends-je? dit le pasteur, monsieur est papiste? — Comment? demande Simplice, est-on papiste pour ne pas vouloir aller à Genève? — Non, répond le pasteur, mais vous invoquez la Vierge Marie. C'est Dieu seul qu'il faut honorer, et c'est l'Évangile seul qu'il faut croire. La religion calviniste a son fonde-ment solide dans l'Évangile, un fondement que ni les luthériens ni les papistes n'ébranleront jamais. » Simplice, mis en demeure de s'expliquer, dit : « Toutes les religions parlent ainsi : laquelle faut-il croire? Pensez-vous que ce soit une petite chose de confier le salut de son âme à un parti que deux autres accusent de mensonge? Je vois avec mon œil impartial ce que le jésuite Vetter et le moine dé-chaussé Nass impriment contre Luther, ce que

Luther et les siens impriment de leur côté contre le pape, et Spangenberg contre saint François, qui pendant des siècles a été tenu pour un homme de Dieu. De quel parti me ranger, quand les autres crient sur les toits qu'il n'y a rien de bon en lui? Pensez-vous que j'aie tort de me réserver, jusqu'à ce que mon esprit soit bien éclairé et se rende compte de ce qui est blanc ou noir? Ou me conseillez-vous de me jeter aveuglément dans une croyance, comme la mouche se jette dans une bouillie chaude? J'aime mieux me tenir à l'écart,... à moins, ajoute malicieusement Simplice, que monsieur le pasteur ne se montre à moi comme le messager du Saint-Esprit et ne me dessille les yeux, comme Ananias a dessillé les yeux de saint Paul[1]. »

La théologie était pour Grimmelshausen, comme pour tous ses contemporains, la première des sciences. Il l'effleura, plutôt qu'il ne l'approfondit, et il fit de même pour tout ce qui constituait alors le savoir d'un « honnête homme ». Un critique du temps, dont le nom ne nous est pas connu, un envieux sans doute, lui reproche son ignorance : « Il aurait mieux fait, après la conclusion de la paix, de garder son mousquet, de chercher encore la gloire militaire dans d'autres pays, et d'extorquer leur bien aux paysans de la Hollande, du Danemark et de la Pologne : on fait bien d'un palefrenier

_____

1. *Simplicissimus*, liv. III, chap. xx.

un général, mais non d'un crasseux mousquetaire
un honnête écrivain. » Grimmelshausen répond,
avec sa rude franchise, dans une préface du *Pèlerin
satirique* : « Ayant pu faire ce que j'ai fait, songe
donc, grosse bête (*Bestia*), ce que j'aurais pu faire,
si j'y avais été préparé dès ma jeunesse. » On voit,
par son *Calendrier perpétuel*, qu'il s'est occupé de
physique et d'astronomie. Sa connaissance de l'antiquité est fort vague et paraît toute puisée aux
encyclopédies scolaires du temps. Il confond Plutus,
le dieu de la Richesse, avec Pluton, le roi des
Enfers, même dans le titre d'un ouvrage, où pourtant un peu de précaution était nécessaire [1]. Mais
il sait le français, probablement l'italien, peut-être
l'espagnol. Le premier ouvrage qu'il ait publié,
sinon le premier qu'il ait écrit, est une traduction
d'un roman français, *l'Homme dans la lune*. Il cite
les poètes italiens, et il traduit quelquefois ses
citations. Quant aux romans picaresques venus
d'Espagne, comme *Lazarille de Tormes* et *Guzman
d'Alfarache*, il pouvait les lire dans des traductions
allemandes [2], et peut-être a-t-il reçu de là sa première impulsion. Le héros de Grimmelshausen
qu'est-ce autre chose, en effet, qu'un *picaro* alle

---

1. *Das Rathstübel Plutonis, oder Kunst reich zu werden;*
imprimé en 1672.
2. *Lazarillo de Tormes* fut traduit en allemand par Nicolas
Ulenhart (Augsbourg, 1617), et *Guzman de Alfarache* par Ægi-
dius Albertinus (Munich, 1615).

mand, que la misère a poussé au mal, comme un
Espagnol du temps de Philippe II, et qui rachète
ses fautes par un repentir tardif?

III

Les premiers chapitres du roman nous transportent dans les montagnes du Spessart, dernière
ramification de la Forêt-Noire au nord du Mein,
région sauvage, encore aujourd'hui peu habitée,
alors repaire de bêtes fauves et de bandits. Dans
une clairière bordée de chênes séculaires se trouve
blottie la cabane que le père de Simplice a construite
de ses mains. Le pâturage et la forêt qui l'avoisine,
c'est tout ce que l'enfant connaît du monde. Son
père, sa mère, son unique sœur Ursule, un valet et
une servante, c'est pour lui l'humanité. Quant à
son instruction, son père suivait, dit-il, la mode du
temps. Il dédaignait de lui apprendre ce qu'il jugeait
inutile, et il faisait en cela comme beaucoup de
grands seigneurs. Il pensait que tout ce qu'un
berger avait besoin de savoir, c'était le moyen
d'éloigner le loup de la bergerie. « Ainsi je ne connaissais ni Dieu ni les hommes, ni ciel ni enfer, ni
anges ni démons; je ne faisais nulle différence
entre le bien et le mal, et je vivais comme nos premiers parents dans le paradis. » C'était l'état de

nature. Simplice ne savait qu'une chose : jouer de la musette. On lui disait que cela éloignait le loup, quoiqu'il ne sût pas encore comment le loup était fait.

Or, un jour, son père l'envoie faire paître les brebis. Il embouche sa musette, et, avec la joie de son âge, il en fait retentir les monts et les vallées. Mais il obtient l'effet contraire de celui qu'il attendait. Au lieu d'effrayer le loup, il attire une troupe de cavaliers qui ne valent pas mieux, et qui se sont égarés dans la forêt. On le jette sur un cheval, si violemment qu'il retombe de l'autre côté et écrase presque sa musette, qui pousse un gémissement. On le remet en selle, et il faut qu'il conduise les cavaliers et son troupeau vers la cabane de son père.

Ici se place une de ces scènes de pillage, épisodes journaliers de la vie de ce temps, et que relatent uniformément les témoins oculaires. Il faut aux soldats du feu pour faire cuire leurs viandes : or il y a des bûches dans le hangar, mais on préfère prendre les tables, les bancs et les bois de lit. Pour égayer le repas, on inflige aux habitants les supplices ordinaires, en quelque sorte classiques, que tout soudard au fait de son métier connaissait. Le père de Simplice est étendu par terre ; on lui taillade à coups de sabre la plante des pieds, qu'on saupoudre de sel et qu'on fait lécher par une chèvre, de manière que le patient semble à chaque instant devoir étouffer dans un rire spasmodique. On lie

les pieds et les mains au valet, et on lui verse dans
la bouche une eau immonde, qu'on appelait « la
boisson suédoise ». Quant aux femmes, Simplice ne
sait pas ce qui leur arrive, mais il les entend au
loin pousser des cris lamentables. Enfin les soldats
s'en vont, après avoir brisé tout ce qu'ils n'ont pu
emporter.

Simplice a profité de la nuit tombante pour s'en-
fuir vers la forêt. Il s'endort sous un buisson, et le
lendemain au réveil il voit la cabane qui brûle. Des
cavaliers qui passent lui tirent un coup de fusil, qui
heureusement ne l'atteint pas. Il continue de marcher
encore un jour et une nuit, et s'enfonce de plus
en plus dans la forêt. Enfin, à bout de forces, il se
blottit dans le creux d'un arbre. Il allait s'endormir
encore, lorsqu'il vit venir à lui une forme étrange,
un homme long et maigre, couvert d'un manteau
rapiécé, une figure pâle encadrée de cheveux noirs
qui tombaient en désordre sur les épaules, et d'une
barbe épaisse qui descendait sur la poitrine. C'était
un ermite, mais Simplice pensa que ce pouvait bien
être le loup, dont on lui avait souvent parlé, mais
qu'il n'avait jamais vu. Il embouche sa musette
pour le chasser, et lorsqu'il voit que l'inconnu, au
lieu de fuir, se rapproche, il tombe en défaillance.
Revenu à lui, il se trouve couché par terre, la tête
appuyée sur les genoux de l'ermite. Celui-ci le
mène dans sa hutte, lui fait manger une bouillie
d'herbes, et le met sur son lit fait de branches

d'arbres. Le soir était venu : le grand silence de la
forêt achève de calmer les craintes de l'enfant et de
chasser les mauvais rêves qui avaient agité ses nuits
précédentes. Mais voici que, à peine endormi, il est
réveillé par la voix de l'ermite, qui était resté assis
devant la hutte :

> Viens, consolateur des nuits, ô rossignol,
> Fais retentir joyeusement
> 　　Ta voix si aimable et si douce!
> Viens célébrer ton créateur,
> Quand les autres oiseaux sont endormis
> 　　Et que leur chant a cessé.
> 　　　　Fais retentir
> 　Ta petite chanson : qui, mieux que toi,
> 　　　S'entend à louer
> 　Le Seigneur au haut des cieux?
>
> La lumière du soleil est éteinte,
> Et nous sommes plongés dans les ténèbres.
> 　　Qu'importe? nous pouvons célébrer
> La bonté de Dieu et sa puissance.
> Aucune nuit ne peut nous empêcher
> 　　De chanter ses louanges.
> 　　　　Fais donc retentir
> 　Ta petite chanson : qui, mieux que toi,
> 　　　S'entend à louer
> 　Le Seigneur au haut des cieux [1]?

---

[1]
> Komm, Trost der Nacht, o Nachtigall!
> Lass deine Stimm' mit Freudenschall
> 　　Aufs lieblichste erklingen.
> Komm, komm und lob' den Schöpfer dein,
> Weil andre Vögel schlafen sein
> 　　Und nicht mehr mögen singen.
> 　　　　Lass dein Stimmlein
> 　Laut erschallen, denn vor allen
> 　　　Kannst du loben
> 　Gott im Himmel hoch dort oben.
>
> Obschon ist hin der Sonnenschein,
> Und wir im Finstern müssen sein,

« Je fus si charmé, dit Simplice, que je crus entendre le rossignol répondre du haut de l'arbre, et que, si j'avais connu la mélodie, j'aurais accompagné le chant avec ma musette. »

On a signalé, dans le roman de Grimmelshausen, un manque de composition ; on lui a reproché de ne pas suivre un plan bien précis, et il faut reconnaître que les aventures qu'il raconte se rangent souvent l'une à la suite de l'autre sans lien apparent. Mais il a de l'art dans les détails, et il n'ignore pas l'effet des contrastes. Ce n'est certes pas sans intention qu'il a mis cette idylle forestière à côté des scènes de massacre qui occupent les premiers chapitres. Ne semble-t-il pas vouloir nous dire que l'homme pourrait vivre heureux au sein de la nature, sans les effroyables misères dont il est à la fois l'auteur et la victime ?

IV

Le lendemain matin, l'ermite dit à Simplice : « Lève-toi, mon enfant, afin que je te montre le chemin qui te ramènera au milieu des gens, et qui

So können wir doch singen
Von Gottes Güt' und seiner Macht,
Weil uns kann hindern keine Nacht,
Sein Lob zu vollenbringen.
Drum dein Stimmlein
Lass erschallen, denn vor allen
Kannst du loben
Gott im Himmel hoch dort oben.

te fera arriver avant la nuit jusqu'au village voisin.

« — Les gens, un village, répond Simplice, qu'est-ce que cela?

« — Pauvre niais, reprend l'ermite, tu ne sais donc rien? Les gens, c'est toi, c'est moi, c'est ton père et ta mère, et quand il y en a beaucoup qui demeurent ensemble, ils font ce qu'on appelle un village. »

Ce discours était interrompu par des gémissements, qui firent croire à Simplice que l'ermite avait pitié de lui. La pitié, c'était encore une chose qu'il ignorait, et son âme s'ouvrit peu à peu à ce souffle caressant. Il déclara qu'il ne voulait pas partir, et l'ermite le garda, « non à cause des services que Simplice pouvait lui rendre, mais parce qu'il pensa que Dieu lui avait sans doute envoyé cet enfant pour qu'il l'instruisît ».

Il lui fit connaître d'abord l'histoire de la religion depuis la création du monde jusqu'au jugement dernier : cet enseignement prit trois semaines. Un jour Simplice s'aperçut que l'ermite remuait les lèvres sans rien dire, pendant qu'il tenait une grande Bible ouverte sur ses genoux. « Père, demanda-t-il (car il commençait à l'appeler de ce nom), avec qui causez-vous ainsi tout bas? Est-ce avec les figures qui sont peintes sur les images? — Mon enfant, répondit l'ermite, ces figures ne parlent pas; mais ce qu'elles font, ces petits traits noirs l'indiquent : ce sont des lettres, et je t'apprendrai à les connaître. » Ce fut ainsi que Simplice apprit à lire et à écrire. Il écrivit même mieux que l'ermite, car il imitait exactement les caractères imprimés.

Ils vivaient d'herbes et de fruits sauvages. Parfois ils prenaient des oiseaux au lacet, des poissons au filet ou à l'hameçon. L'ermite pensait que ce n'était point pécher que de manger les bêtes, puisque Dieu les avait créées pour l'usage de l'homme. Deux ans se passèrent ainsi. Un jour l'ermite dit à Simplice : « L'heure est venue où je dois payer ma dette à la nature et te laisser seul en ce monde. Tu quitteras cette forêt, tu iras parmi les hommes. Apprends à te connaître toi-même, et fuis les mauvaises compagnies : que ce soit là ta règle de conduite! » Puis il se mit à creuser sa tombe avec une pelle, se coucha au fond, et recommanda à Simplice de mettre de la terre sur lui, quand il aurait rendu le dernier soupir.

« Je crus d'abord, continue Simplice, qu'il était seulement en extase, comme cela lui arrivait souvent, et je restai quelques heures en prière. Quand je vis qu'il ne se relevait plus, et que sa bouche et ses yeux restaient fermés, je descendis dans la fosse, et je me mis à le secouer et à le caresser. Je compris enfin que la vie l'avait abandonné. Alors je l'arrosai ou plutôt je l'embaumai de mes larmes, et je commençai à mettre de la terre sur lui, comme il me l'avait recommandé. Mais à peine avais-je couvert sa figure, que je le découvrais de nouveau, pour le voir encore et l'embrasser. Ainsi se passa la journée, et ainsi s'achevèrent ses funérailles, où il n'y eut ni bière, ni cercueil, ni cierges, ni chants de prêtres. »

Simplice se rendit au premier village, qui était à trois heures de marche. Il ne savait trop ce qu'il y venait faire. Il suivait le vague programme que l'ermite lui avait tracé : il allait « parmi les hommes », pour compléter son instruction. Mais à peine fut-il sorti de la forêt, qu'il vit le village en flammes. Les paysans, qui s'étaient enfuis devant les soldats, revinrent armés de fusils. Un combat eut lieu, où, naturellement, les soldats eurent le dessus, et ils firent cruellement expier aux vaincus la prétention qu'ils avaient de défendre leur bien. Il est impossible, pensa Simplice, que tous les hommes descendent d'Adam ; il faut qu'ils soient de deux espèces différentes, pour se haïr et se persécuter ainsi.

Il retourna dans la forêt. Mais, dans l'intervalle, sa hutte et son jardin avaient été ravagés. Il refit tant bien que mal son lit de feuillage, et fut longtemps sans pouvoir s'endormir. Dans la nuit, il eut un songe. Il lui sembla que les arbres de la forêt portaient des soldats au lieu de feuilles. Sur les branches les plus hautes étaient les cavaliers, au-dessous les fantassins. Les uns tenaient des piques ou des sabres, les autres des armes à feu, quelques-uns des fifres et des tambours, et leurs costumes variés étaient gais à voir. Le tronc et les racines étaient formés de petites gens, artisans, journaliers ou paysans, étroitement serrés les uns contre les autres.

C'étaient eux qui maintenaient l'arbre et le dressaient en l'air, mais la lourde ramure pesait sur eux d'un tel poids, qu'ils avaient de la peine à se tenir debout. Ils étaient si accablés, que les larmes leur sortaient des yeux, que le sang jaillissait de leurs ongles et la moelle de leurs os, et que les écus tombaient d'eux-mêmes de leurs bourses et se répandaient alentour. Puis tout à coup tous les arbres de la forêt n'en firent plus qu'un, et le dieu Mars était assis sur la cime, et l'arbre devenait immense, et il allait couvrir l'Europe entière, quand l'Envie et la Haine, le Soupçon et la Méfiance, l'Orgueil et l'Avarice, et les autres « belles vertus du soldat » soufflèrent dessus comme des vents du nord et le desséchèrent complètement....

V

Simplice quitta une seconde fois sa hutte, à moitié détruite. Il n'emportait que la robe de l'ermite, et un petit livre dont il avait lui-même coupé les feuillets dans l'écorce d'un bouleau, et où il inscrivait ses maximes. C'est tout ce que les soldats lui avaient laissé. Le livre contenait les dernières recommandations de l'ermite, écrites de sa main. Simplice prit le chemin opposé à celui du village incendié, et, après avoir marché une grande partie de la journée, il se trouva le soir devant la forteresse de Hanau, située au confluent de la Kinzig et du Mein.

Ici nous touchons à l'histoire. Nous sommes à l'automne de l'année 1634. La mort de Gustave-Adolphe vient de porter un coup funeste à la cause protestante. Les opérations militaires, jusque-là concentrées dans ses mains, sont maintenant disséminées, partagées entre plusieurs commandements. La bataille de Nordlingue, perdue par Bernard de Saxe-Weimar et le général suédois Horn, une des plus sanglantes de la guerre et aussi une des plus décisives, a livré aux Impériaux tout le midi de l'Allemagne. Les places de la Bavière, du Wurtemberg, de la Franconie ouvrent successivement leurs portes. Déjà même la Hesse, la Thuringe et la Saxe sont menacées. En mai 1635, l'électeur de Saxe se détache de l'Union protestante, et conclut avec l'empereur une paix séparée, qui pourrait être le prélude d'une paix générale, sans la persistance de l'Espagne et l'intervention de la France, qui achèvent de donner à la guerre un caractère politique.

Jacques Ramsay occupait la forteresse de Hanau pour le compte du gouvernement suédois; il refusa de la rendre, et il s'y maintint en effet jusqu'en 1638. Mais la ville était comme un îlot perdu dans une région ennemie, et les environs étaient le théâtre d'escarmouches continuelles. Quand Simplice se présenta devant la porte avec son accoutrement

étrange, on le prit d'abord pour un espion, et il allait
être jeté en prison et peut-être mis à la torture,
quand le gouverneur reconnut l'écriture de la lettre
qu'on avait trouvée sur lui : c'était celle de son
beau-frère. L'ermite, en effet, officier dans sa jeunesse, avait épousé la sœur de Ramsay; il avait été
séparé d'elle dans une déroute, et leur enfant avait
été recueilli par des paysans. Enfin, dégoûté des
spectacles qu'il avait journellement sous les yeux
et du métier qu'il faisait lui-même, l'officier avait
résolu de vivre en ermite au fond des bois.

Le gouverneur fit d'abord entrer Simplice dans
sa maison comme domestique ou, selon l'appellation
du temps, comme page. Puis, frappé de la singula-
rité de ses reparties, il l'éleva à la dignité de fou.
Ce n'est pas que Simplice eût précisément les qualités que l'on suppose d'ordinaire à un fou de cour :
il manquait d'esprit; mais aussi, ce qu'on appelle
ainsi eût été fort déplacé dans le monde où il venait
d'être introduit. Il amuse par sa naïveté : on rit de
lui, beaucoup plus qu'il ne fait rire sur le compte
des autres. On l'habille en veau; on lui taille un costume dans une peau naturelle, avec des poils lui-
sants, de longues oreilles et des cornes. Peu à peu
cependant son intelligence s'affine; ses étonnements
deviennent de l'observation, et le gouverneur pense
déjà à l'offrir en cadeau à Bernard de Saxe ou au
cardinal de Richelieu. Les fonctionnaires suédois
s'habillent à la française; ils portent perruque. Les

dames sont décolletées dans les fêtes, et elles traînent leurs jupes, ce qui fait dire à Simplice que le tailleur aurait dû mettre en haut ce qu'il avait mis de trop en bas. On tolère ses propos, parce qu'ils ne tirent pas à conséquence. Il s'enhardit même jusqu'à dire la vérité à son maître. Celui-ci l'ayant plaisanté un jour sur sa simplicité, il lui répond :

« Cependant, tu m'offrirais tous tes titres, que je n'en voudrais pas. — Et pourquoi, mon veau? — Parce que tu es l'homme le plus misérable de Hanau. Tu as le commandement suprême, et tu ne vois personne qui ne t'obéisse. Mais ceux qui te servent ne se font-ils pas payer de retour? N'es-tu pas le valet de tout le monde? N'es-tu pas chargé de pourvoir aux besoins de chacun? Vois, tu es entouré d'ennemis, et le salut de la forteresse repose sur toi seul. Tu dois nuire à la partie adverse, et éviter en même temps que tes projets ne soient trahis. Que de fois n'as-tu pas monté la garde comme un simple fusilier? Tu es obligé de pressurer le pays, pour que nous ne manquions ni d'argent, ni de munitions, ni de vivres, ni de soldats, et quand tu envoies tes hommes au dehors, c'est le vol et l'assassinat et l'incendie. Ils ont leur part du butin, mais tu as la responsabilité entière devant Dieu.... Que de fois je remarque que tes pensées vont à l'aventure et que tu cherches à te distraire des ennuis de ta charge, tandis que moi, pauvre veau, et d'autres veaux pareils, nous dormons tranquilles!

La moindre négligence peut te coûter la vie.... Tu as à te défendre à la fois contre tes amis et contre tes ennemis ; les uns te combattent ouvertement, les autres t'envient secrètement, et tu n'es même pas sûr de tes subordonnés.... Mais ton pire fléau, ce sont tes flatteurs, qui aveuglent et empoisonnent ton esprit et t'empêchent de reconnaître le sentier périlleux sur lequel tu marches. Ils font des vertus de tes vices, te poussent à des actions coupables dont ils profitent, et quand tu as bien ruiné une province, ils disent que tu es un vrai soldat. »

Le gouverneur pourrait se fâcher. Il estime, au contraire, qu'un veau qui parle si bien mérite des égards, et il le confie à son chapelain, pour qu'il l'instruise dans les lettres et dans la musique.

Simplice était sur le chemin de la fortune : une imprudence le rejeta dans les aventures. Il prit l'habitude, pendant l'hiver suivant, de se divertir sur la glace devant les remparts, avec quelques enfants de bourgeois. Un jour, des maraudeurs croates, passant tout près de la ville, les enlevèrent. En voyant le costume de Simplice, ils décidèrent de l'offrir à leur chef. Quant à ses compagnons, ils les mirent sous bonne garde au premier relais, en attendant qu'ils pussent négocier leur rançon. Puis ils continuèrent leur course par la route qui remontait la Kinzig. Ce qu'ils volaient dans un village, ils le revendaient dans un autre, ne gardant de leur butin que ce que leurs chevaux pouvaient porter. Ils pas-

sèrent ainsi devant le monastère de Fulda, et arrivèrent enfin jusqu'à la riche abbaye de Hersfeld, où
était leur campement.

Le Croate constitue une espèce intermédiaire
entre le soldat et le bandit ou le bohémien. Entre
lui et le Suédois, le contraste est parfait. Ici, nulle
trace de culture française : c'est la vie primitive,
bestiale. Les soldats couchent par terre; les officiers ont un lit de paille. Le chef n'a ni femme, ni
enfants, ni domestiques; il soigne lui-même ses
chevaux. Il porte un manteau crasseux et rempli de
vermine, qui lui sert aussi à se couvrir la nuit. Simplice couche à l'écurie, et quand il fait le fou,
pendant le dîner, le divertissement qu'il offre à son
maître consiste à rester sous la table et à hurler
comme un chien. On l'emmène aussi au « four-
rage »; et « fourrager, cela voulait dire s'installer
dans un village, battre le blé, moudre, cuire, voler,
outrager, détruire : quand cela déplaisait au paysan,
on le rossait, et quand on ne pouvait le saisir, on
mettait le feu à sa maison ». Simplice gagne la
faveur du chef en nettoyant ses armes et en lui
faisant la cuisine, quoiqu'il fût très novice dans
l'art culinaire. Sa dernière fonction consiste à
porter au loin les immondices qui infectent le camp,
et il en profite un jour pour ne plus rentrer.

VI

Les chapitres suivants nous transportent brusquement aux environs de Magdebourg. Simplice est
arrivé là, il ne sait comment, au sortir d'un bal de
sorcières dont il a été témoin. L'auteur ajoute :
« Si tel ou tel de mes lecteurs ne croit pas à la sorcellerie, ou s'il peut m'indiquer un genre de loco-
motion plus rapide et plus commode, je me ran-
gerai volontiers à son avis. » Mais, en quelque lieu
que l'on se trouvât, on était sûr de rencontrer des
soldats, et le seul moyen de n'être pas molesté par
eux était de se joindre à eux. Les Suédois, encore
sous le coup de leur défaite à Nordlingue, et aban-
donnés de la plupart de leurs alliés, tenaient le
cours inférieur de l'Elbe et du Weser. Les Saxons
et les Impériaux, unis depuis la paix de Prague,
leur disputaient les places fortes du Brandebourg et
de la Westphalie. Les deux partis se harcelaient, se
pillaient, se rançonnaient sans cesse. Simplice, pris
et repris, sert tour à tour chez les Suédois et chez
les Impériaux, comme fou, comme page ou comme
valet, même une fois comme femme de chambre.
Il a de bons et de mauvais jours, plus de mauvais
que de bons. Mais il observe et il s'instruit. Il
remarque, par exemple, que les Saxons et les

Impériaux, tout en combattant côte à côte, se défient les uns des autres, et que les commandements ne sont pas toujours d'accord. Il est frappé aussi de la superstition qui règne chez les Impériaux : chaque régiment a son sorcier et son astrologue, et c'est le sorcier qui fait les enquêtes et qui démêle les affaires litigieuses.

La bataille de Wittstock, gagnée par Baner et Torstenson près des frontières du Mecklembourg, relève encore une fois la cause protestante, et remet les choses à peu près dans l'état où elles étaient à la mort de Gustave-Adolphe. Les Impériaux continuent d'occuper le midi de l'Allemagne, les Suédois dominent dans le nord. Les corps de troupes sont disséminés dans les garnisons, et se font d'une ville à l'autre une guerre de surprises et d'embûches, dont le paysan est la première victime. Simplice avance en âge, et il espère bientôt pouvoir porter les armes. Son dernier maître est un original, un type des plus rares dans cette guerre qui en offre une si grande variété. C'est un dragon qui veut gagner le ciel. Il vit de sa solde, s'abstient de voler, ne joue ni ne jure jamais, et ne voudrait offenser âme qui vive. Aussi il est maigre à faire peur, et il combat toujours au dernier rang, non par lâcheté, mais par faiblesse. Son commandant l'envoie comme sauvegarde dans un couvent de femmes, situé aux environs de Soest en Westphalie, et qu'on appelait le Paradis. Il passe là un hiver

3

dans les délices, et meurt en laissant son cheval et ses armes à Simplice, qui lui fait cette épitaphe : « Ci-gît un brave soldat, qui n'a jamais versé le sang. »

Voilà Simplice dragon au service de l'empereur, et bientôt sous-officier. Ce qui lui vaut son premier grade, c'est son habileté à conduire une embuscade. Il n'est pas seulement brave, mais adroit, prévoyant, et toujours à l'affût. Il a ses espions partout, et aucun convoi de vivres ou de munitions ne passe sans qu'il en soit averti. Qu'il possède tous les stratagèmes au moyen desquels un chef de guerre trompe son adversaire, cela va sans dire, et il trouve inutile de nous en donner le détail. Mais il invente « un instrument qui lui fait distinguer à trois lieues de distance le son d'une trompette, à deux lieues le hennissement d'un cheval ou l'aboiement d'un chien, à une lieue la voix d'un homme ». « Je sais bien, ajoute-t-il, que le lecteur ne croira pas ce que je dis là, et je ne peux lui en vouloir ; car la première fois que mes compagnons virent les effets de mon instrument, ils les attribuèrent à la sorcellerie. » Au reste, Simplice n'est ni cruel, ni avare. Il partage généreusement son butin avec ses compagnons. Il sait que la guerre est un fléau, et il en atténue les effets autant que possible. Il fait des largesses aux paysans, et il rend même à l'occasion des services de courtoisie aux officiers du camp ennemi.

Un jour qu'il se tient en embuscade avec ses cavaliers au coin d'un bois, il voit venir à lui un homme bien mis, mais ayant des allures singulières, se parlant à lui-même et battant l'air avec sa canne. A la première question que Simplice lui adresse, l'inconnu répond :

« Je suis le dieu Jupiter, et je saurai bien punir les hommes, si le Grand Esprit le permet.

« — Et pourquoi, demande Simplice, as-tu quitté le trône céleste? Tu trouveras peut-être ma question indiscrète; mais nous sommes parents des dieux, nous sommes des Silvains, nés des Faunes et des Nymphes, à qui tu peux bien révéler ton secret.

« — Je jure par le Styx, reprend l'inconnu, que tu n'en saurais rien, lors même que tu serais le propre fils de Pan. Mais tu ressembles tellement à mon échanson Ganymède, que, pour l'amour de lui, je veux bien me confier à toi. Le bruit des iniquités humaines est monté jusqu'au ciel, et il a été décidé dans le conseil des dieux que la terre serait visitée par un déluge, comme au temps de Lycaon. Mais je suis l'ami du genre humain, et, avant d'employer les mesures de rigueur, j'ai résolu de voyager, afin de m'éclairer par moi-même sur les actions et les pensées des hommes. Je trouve tout encore plus mal qu'on ne me l'avait dépeint. Cependant j'hésite à exterminer l'humanité entière d'un seul coup et sans distinction, et je vais commencer par châtier les plus coupables, en essayant de tourner les autres à ma volonté. »

Simplice le plaisante sur sa longanimité. Il lui représente que les fléaux ordinaires de l'humanité frappent surtout les innocents. Les honnêtes gens payent les frais de la guerre, et les malfaiteurs en profitent. La peste et la famine, qui accompagnent la guerre, enrichissent les avares qui accaparent les héritages, les usuriers qui spéculent sur les grains. Un châtiment général et sans merci, que ce soit par l'eau ou par le feu, peut seul régénérer la race humaine.

Jupiter lui répond : « Tu en parles selon ton pauvre sens naturel et borné.... Je susciterai un héros, qui soumettra et réformera le monde entier, sans le secours d'aucun soldat. Les dieux le doteront à l'envi, le jour de sa naissance. Je lui donnerai moi-même la force d'Hercule, avec l'intelligence et l'adresse, et Mercure y ajoutera le génie de l'invention. Vénus lui donnera la beauté du corps et une grâce qui lui gagnera tous les cœurs. Minerve l'instruira sur le Parnasse. Vulcain lui forgera des armes invincibles, avec les matériaux dont il se sert pour fabriquer mes foudres.... Il ira d'une ville à l'autre, et assignera à chacune en toute propriété le territoire dont elle est entourée, afin qu'elle le cultive en paix. Il prendra dans chacune deux hommes parmi les plus sages et les plus éclairés, pour en former un parlement. Toutes seront unies par une alliance perpétuelle; il n'y aura plus ni dîmes, ni corvées, ni réquisitions de guerre, et l'on vivra partout comme dans les Champs Élysées. Je descendrai souvent avec le chœur des dieux; je transporterai l'Hélicon en Allemagne, et il sera, comme autrefois, le séjour des Muses et des Grâces. Moi-même j'oublierai le grec et je parlerai l'allemand. En un mot, je comblerai les Allemands de mes faveurs, et je leur donnerai, comme aux anciens Romains, l'empire de la terre.

« — Mais que diront les seigneurs? demande Simplice. Se laisseront-ils dépouiller sans résistance au profit des villes?

« — D'abord, répond Jupiter, ceux dont la vie est tout à fait criminelle seront mis à mort comme des vilains. Quant aux autres, mon héros en fera deux parts. Ceux qui ne voudront pas reconnaître l'ordre nouveau, iront combattre les infidèles; et ceux qui aimeront mieux rester dans leur pays, vivront comme le commun des gens. Mais alors la vie d'un paysan sera plus enviable que celle d'un prince d'aujourd'hui, et tous les Allemands ressembleront à Fabricius, qui refusa la moitié d'un royaume pour rester citoyen d'un pays libre.

« — Et les prêtres, demande Simplice, ne susciteront-ils pas de nouvelles guerres? Comment la paix pourra-t-elle durer, avec des religions qui sont habituées à se combattre?

« — Mon héros y pourvoira, dit Jupiter; il unira toutes les religions chrétiennes en une seule.

« — Ce sera là une rare merveille, s'écrie Simplice. Comment cela serait-il possible?

« — Je vais te l'expliquer, dit Jupiter. Après que
mon héros aura établi la paix générale, il réunira les
théologiens les plus pieux et les plus instruits de
toutes les religions chrétiennes dans un lieu agréable
et tranquille, où ils pourront méditer et délibérer à
leur aise. Il leur soumettra les points litigieux, et
les chargera de formuler la vraie doctrine chrétienne, d'après les saintes Écritures, la tradition
primitive et les témoignages authentiques des saints
Pères. Le diable les tentera, les excitera les uns
contre les autres, flattera leur ambition et leur
orgueil. Mais mon héros aura l'œil sur eux, et s'il
les voit faiblir dans leur tâche, il commencera par
leur couper les vivres comme dans un conclave, en
attendant qu'il leur inflige des peines plus sévères.
Pendant toute la durée du concile, les cloches sonne-
ront dans toute la chrétienté, et les fidèles ne cesse-
ront d'invoquer le Grand Esprit, pour qu'il descende
sur ses élus. Enfin on publiera un grand jubilé pour
célébrer l'union des Églises, et ceux qui ensuite
voudront encore créer des sectes seront offerts en
holocauste au diable, après avoir été dûment châtiés
sur la terre.... »

On voit que les procédés de pacification de Jupiter
sont précisément ceux qui ont causé la guerre.
Simplice l'emmène avec lui; il a maintenant lui-
même son fou, après avoir été longtemps le fou des

autres. Au reste, Jupiter n'est fou que par intervalles, et sa folie consiste, comme celle de la plupart
des hommes, à prendre ses rêves pour des réalités.

VII

Simplice était en garnison à Soest. Il servait aux
avant-postes de l'armée impériale commandée par
le général Gœtz. Quelques forteresses de la Westphalie étaient encore aux mains des Suédois et des
Hessois : c'étaient principalement Lippstadt à l'est,
et Cœsfeld à l'ouest. Il n'y a que deux lieues de
Soest à Lippstadt : on se voyait presque d'un rem-
part à l'autre, et des deux côtés on était toujours
sur le qui-vive. Simplice, avec une quinzaine de
hardis cavaliers, menaçait tous les abords de Lippstadt; il percevait le droit du soldat sur tout ce qui
entrait et sur tout ce qui sortait; il disparaissait
aussi vite qu'il apparaissait; on le disait invulné-
rable et invisible.

Un jour cependant il tombe au milieu d'une
troupe nombreuse, et il est obligé de rendre son
épée à un sous-officier, un Hollandais au service de
la Suède. Celui-ci le traite selon la coutume de son
pays d'origine : il s'abstient de le fouiller, se contente de lui prendre son cheval, et lui en donne
même un autre en échange. Simplice reconnaît ses

bons procédés en lui révélant que la selle qu'il montait est doublée d'écus. Le prisonnier et son vainqueur font assaut de courtoisie, et finissent par devenir frères d'armes, tout en combattant dans des rangs ennemis.

Simplice refuse de prendre du service chez les Suédois, ne voulant pas trahir le serment qu'il a prêté à l'empereur. Mais il s'engage à ne pas porter les armes pendant six mois. Que faire d'un si long loisir? Il en profite pour voyager. Il va d'abord à Cologne; ensuite la curiosité le pousse jusqu'à Paris. Il ne nous apprend rien sur ces deux villes, sinon qu'à Cologne il est mal nourri, et qu'à Paris les rues sont fort sales et les mœurs très libres. Au retour, il tombe malade dans une hôtellerie, est dépouillé du peu d'argent qui lui reste, et se voit forcé, pour pouvoir continuer sa route, de vendre des drogues sur les places publiques. Il atteint le Rhin à Philipsbourg, alors occupé par une garnison impériale, et il est versé malgré lui dans une compagnie de mousquetaires. Devenir mousquetaire, après avoir été dragon, c'était déchoir. « Je dois le confesser, dit-il, un mousquetaire est un bien pauvre sire. Il vit de pain sec dans sa garnison, et encore n'en a-t-il pas toujours assez. Son sort est pire que celui d'un prisonnier, qui du moins n'a pas à monter la garde et à travailler dans les tranchées, et qui peut attendre tranquillement le jour où il sera racheté ou délivré. Certains de mes compagnons se procuraient un peu de bien-être en trichant au jeu ou en vendant de l'eau-de-vie falsifiée. D'autres cherchaient un gain dans le mariage, et épousaient des laveuses, des sages-femmes ou des filles de mauvaise vie. C'était une femme qui portait l'enseigne de notre compagnie, et elle touchait sa solde comme un soldat. »

Simplice rencontre par hasard un ancien compagnon d'armes, qui a été attaché à la personne du général Gœtz, et dont le nom indique déjà la nature honnête et loyale : il s'appelait Herzbruder, ce qui peut se traduire par « Ami de cœur ». Herzbruder lui procure un cheval et un domestique; mais l'un et l'autre lui sont enlevés presque aussitôt par les Suédois, et le voilà encore à pied. Il pourrait reprendre son mousquet; mais il semble que l'auteur ait voulu lui faire traverser toutes les armes. Lassé, découragé, Simplice finit par se joindre aux « Frères de la Maraude ». Qu'est-ce que cette corporation? « C'est une engeance qu'on ne peut mieux définir, dit Simplice, qu'en les comparant à des tziganes; ils ont les mêmes habitudes. Ils vont, à leur gré, ou devant ou derrière l'armée, ou à côté, ou au milieu. On les voit par bandes, comme les perdrix en hiver, tantôt étendus à l'ombre, tantôt accroupis autour d'un feu et mâchant du tabac, tandis qu'un honnête soldat qui se tient près du drapeau souffre la faim et la soif et le chaud et le froid. Ils sont légers sur leurs jambes, lorsqu'ils flairent un butin, tandis que le soldat s'affaisse sous le poids de ses armes. Ils font main basse sur tout, et détruisent même ce qu'ils ne peuvent emporter, si bien que les régiments, quand ils arrivent au camp ou au quartier, ne trouvent plus une goutte d'eau; et quand, par mesure de rigueur, on les force à rester auprès des bagages, on les trouve plus nombreux que le reste de l'armée. Quand ils marchent ou qu'ils campent ensemble, ils n'ont ni officier pour les commander, ni fourrier pour leur assigner des logements, ni tambour pour leur annoncer le couvre-feu, ni sergent pour les rosser comme ils le méritent. Ils sont leurs propres maîtres; mais, à la distribution des vivres, ils sont les premiers qui tendent la main. Parfois, quand ils passent toute mesure, on leur met des bracelets de fer en guise de bijoux, ou on leur serre le cou dans une cravate de chanvre : c'est leur seul ennui. Ils sont comme les oiseaux du ciel dont parle l'Évangile, qui ne sèment ni ne moissonnent : ils ne vont ni au combat, ni à la corvée, ni à la manœuvre, et ils n'en sont pas moins bien nourris. Mais le mal qu'ils font à l'armée, et au général, et au paysan, est indicible.... C'est pourtant dans cet honorable corps que je vécus jusqu'à la veille de la bataille de Wittenweiher. »

VIII

Wittenweiher est un village situé sur la rive droite du Rhin, entre Lahr et Offenbourg. Ce fut là que s'accomplit, le 9 août 1638, l'acte décisif d'une longue lutte, qui avait pour objet la possession de la ville forte de Brisach, possession qui entraînait celle de la Haute-Alsace et du Brisgau. Bernard de Saxe-Weimar, avec une armée soldée par la France, avait battu et pris, cinq mois auparavant, le fameux Jean de Werth, redouté pour ses hardis coups de main, et il l'avait envoyé sous bonne escorte à Paris, où il fut pendant quatre ans le héros à la mode, reçu à la cour et à la ville, et d'autant plus admiré qu'il n'était plus à craindre. Gœtz accourut de la Westphalie pour rétablir l'honneur des armes impériales, rassembla à la hâte les troupes éparses dans les garnisons, et se présenta devant Bernard près de Wittenweiher. Il fut battu à son tour, et Brisach, après avoir subi quatre mois encore toutes les horreurs de la faim, finit par se rendre. Ce que Simplice vient de dire des Frères de la Maraude explique en partie la défaite des Impériaux. Les soldats refusaient de se battre, ou passaient à l'ennemi, parce qu'ils manquaient de pain; il fallait partager le peu de vivres qui restaient avec la foule des désœuvrés que l'armée traînait à sa suite.

Après que les Impériaux, Autrichiens, Bavarois ou Croates, se sont débandés, Simplice et son ami Herzbruder se retrouvent dans une hôtellerie; et comme ils sont près de la frontière suisse, l'idée leur vient de faire un pèlerinage à Notre-Dame-des-Ermites. Herzbruder, qui a fait l'expérience de la vie non seulement dans les camps, mais aussi dans les chancelleries, est le plus repentant des deux, parce qu'il est le plus désenchanté. Simplice, quoi-qu'il pense souvent avec regret à l'existence tran-quille et pure qu'il menait dans les forêts du Spes-sart, a gardé un sentiment de curiosité qui l'attache encore au monde. Ce qui le pousse surtout, c'est l'envie de voir « l'unique pays de l'Europe où fleurit la paix ». Il propose d'acheter des chevaux; mais son compagnon lui rappelle qu'un pèlerinage, pour être sincère et efficace, doit se faire à pied, et qu'il est même d'usage de mettre des pois dans ses sou-liers, pour se mortifier pendant la marche. Simplice accepte ces conditions; mais il réfléchit qu'aucun règlement ne dit si les pois doivent être crus ou cuits. Il fait donc cuire les siens, pour en rendre le contact moins dur, non sans en avoir fait la con-fidence à son ami, qui lui reproche sa tiédeur. Ils passent la frontière à Schaffouse, et Simplice assiste d'abord à un spectacle qui lui paraît extraordinaire : « Je trouvai ce pays tout à fait étrange, quand je le comparai à l'Allemagne que je venais de quitter, et j'aurais été transporté au Brésil ou en Chine, que je n'aurais pas pu être plus étonné. Je vis les gens aller et venir en paix, les étables pleines de bétail, les fermes garnies de poules, d'oies et de canards. Les voyageurs circulaient sur les grandes routes, et de joyeux convives étaient attablés dans les auberges. On ne fuyait pas devant l'ennemi, on ne craignait pas le pillage, on n'était pas en perpétuel danger de mort. Chacun vivait tranquille à l'ombre de sa vigne ou de son figuier. Bien que le climat fût un peu rude, ce pays me sembla un paradis, en comparaison de l'Allemagne. Aussi je ne pouvais me lasser de regarder à droite et à gauche, pendant que nous cheminions l'un à côté de l'autre, et que mon compagnon disait religieusement son chapelet. »

Simplice se confesse pour la première fois de sa vie ; il fait tous les exercices réglementaires, et il en éprouve, dit-il, un soulagement momentané. Puis les deux pèlerins vont passer l'hiver aux eaux de Bade. Herzbruder meurt des blessures qu'il a reçues au siège de Brisach. Simplice retrouve le paysan qui l'a nourri dans son enfance, et il l'installe dans une ferme au pied de la Forêt-Noire. Il semble que lui-même, après toutes ses traverses, ait mérité de vivre enfin dans une retraite paisible ou dans l'exercice tranquille d'une industrie honnête. Mais tel n'est pas l'avis de l'auteur : il lui fait faire encore deux voyages, l'un autour de l'Asie, l'autre au centre de la terre, voyages peu intéressants, dont les détails étaient puisés dans les manuels de physique et de géographie, et qui devaient donner satisfaction au goût de l'époque pour l'extraordinaire et le merveilleux.

Au retour, Simplice apprend que la paix a été conclue dans l'intervalle. Alors, comme toute son existence a été vouée à la guerre, il lui semble qu'il se trouve devant une porte close. « Comme j'avais du loisir, je me mis à réfléchir, et je me dis en moi-même : Ta vie n'a pas été une vie, mais une mort. Tes jours ont été une ombre, tes années un rêve, tes plaisirs des péchés, ta jeunesse une folie, ton bien-être un trésor d'alchimiste qui s'en va par la cheminée lorsqu'on croit le saisir. Tu as traversé tous les hasards de la guerre; tu as été tour à tour grand et petit, riche et pauvre, joyeux et triste, aimé et haï, honoré et méprisé. Que te reste-t-il au terme du voyage? Tu es sans ressources et inhabile au bien; tu as le cœur plein de soucis, la conscience inquiète et chargée, l'âme souillée et corrompue, le corps fatigué et l'esprit troublé. Tes belles années sont perdues, et ton innocence avec elles. Rien ne peut plus te réjouir : tu as été ton propre ennemi. »

Simplice se souvient alors des leçons de son père, et, comme lui, il se fait ermite. Sera-ce pour long-temps? Il avoue qu'il ne saurait le dire lui-même. S'il renonçait au monde par une brusque conversion et comme par un coup de la grâce, la conclusion serait banale, et Simplice ne serait pas ce que l'auteur a voulu qu'il soit, une image de la société allemande de son temps, de la société la plus incohérente qui fût jamais, tiraillée au dehors et divisée au dedans, marchant sans direction vers un but inconnu.

IX

Le fond du caractère de Simplice est l'inconstance, une bonté naturelle exposée à toutes les chutes, un cœur excellent sans l'idée d'un devoir, sauf peut-être le devoir militaire. Son humeur est aussi changeante que sa fortune. Ses meilleures résolutions durent l'espace d'un jour. A quoi bon, aussi, former des projets, quand on n'est jamais sûr de l'heure suivante? Il se marie deux fois, la première fois à Lippstadt, avec la fille d'un officier en retraite; il la quitte presque aussitôt et il l'oublie; il ne songe à la revoir qu'un an après, et il apprend qu'elle est morte en lui laissant un fils. Plus tard, ayant acquis une ferme dans la Forêt-Noire, il épouse une paysanne, qui l'a séduit par sa beauté, mais qui a tous les vices, et qui meurt par suite d'excès. Il s'intéresse passagèrement à ses enfants, et il en a de toutes sortes; mais, en somme, il a l'air de les confier, eux aussi, à la fortune inconstante qui a régné sur sa propre vie.

On a déjà vu avec quelles pensées il a fait son

pèlerinage à Notre-Dame-des-Ermites. Lorsqu'il songe pour la seconde fois à se retirer du monde, il choisit comme séjour un des endroits les plus pittoresques de la Forêt-Noire. « Je m'établis, dit-il, au sommet de la Moos, au milieu d'une sombre forêt de sapins. J'avais devant moi vers l'est la vallée d'Oppenau avec ses roches dentelées, au midi la vallée de la Kinzig avec le château de Geroldseck, assis sur sa haute cime au milieu des montagnes environnantes comme un roi au milieu de ses sujets. Du côté du couchant, on dominait la Haute et la Basse-Alsace; vers le nord, le margraviat de Bade; et tout au loin s'élevait la cathédrale de Strasbourg, qui semblait être le cœur de tout le pays. Je me délectais à cette vue, et je négligeais mes prières. » Bientôt cette vue elle-même, à force de se répéter, lui semble monotone. La solitude lui pèse, et l'ennui le gagne. « Que fais-tu là, Simplice? Tu n'es qu'un fainéant, et tu ne sers ni Dieu ni tes semblables. Tu es perché sur ta hauteur comme un hibou; tu es mort pour l'humanité. Et que feras-tu encore en hiver, quand les paysans, qui te consultent comme un oracle, ne pourront plus monter vers toi et pourvoir à tes besoins? »

Il ajuste son manteau à la façon des pèlerins, et descend jusqu'au village voisin pour demander un certificat au curé. Celui-ci, qui le connaît, semble se défier de ses intentions pieuses, et lui répond d'abord très savamment : « J'espère, mon ami, que ce n'est pas un vain désir de gloire qui te pousse, comme jadis Empédocle, qui se précipita dans le gouffre de l'Etna, pour faire croire qu'il avait été enlevé au ciel : car c'est sans doute ce que penseront les paysans, quand ils ne te trouveront plus dans ta cabane. » Cependant, sur les instances quelque peu hypocrites de Simplice, il lui délivre son certificat, et voilà notre ermite en route, priant peu, regardant beaucoup, et muni d'un gourdin « au moyen duquel on peut tenir tête à un homme armé de pied en cap ». Tantôt il récite ses oraisons, tantôt il rassemble autour de lui les badauds, qui s'amusent de sa longue barbe, de sa mine sauvage et de son costume étrange. En pays catholique, on lui demande sa bénédiction ; chez les protestants, on lui jette des pierres. Il conjure les esprits, chasse les revenants et lève des trésors. Aux gens qui lui donnent l'hospitalité, il conte les merveilles des pays qu'il a vus et de ceux qu'il n'a pas vus, et il justifie le proverbe : « A beau mentir qui vient de loin. »

Dans son premier pèlerinage, il ne visait modestement que Notre-Dame-des-Ermites : cette fois-ci il veut visiter tous les lieux saints les plus célèbres du monde, Rome, Jérusalem, Saint-Jacques de Compostelle. Après avoir traversé la Suisse et franchi les Alpes, il fait ses dévotions à la sainte Vierge de Loreto, puis il se rend à Rome. Un pèlerin génois le fait monter avec lui sur un bateau, qui les mène tous deux à Alexandrie ; mais une guerre entre le pacha de Damas et le sultan les empêche de pousser jusqu'à Jérusalem. Simplice, en visitant les tombeaux des Pharaons, est enlevé par des brigands arabes, qui le montrent de ville en ville pour de l'argent comme un sauvage. Il est délivré par des marchands portugais, qui le prennent sur leur navire et promettent de le débarquer à Saint-Jacques de Compostelle. Mais le navire, en s'approchant du cap de Bonne-Espérance, est fracassé par une tempête. Simplice, avec un de ses compagnons, s'accroche à une planche, et ils sont jetés sur une île « qui n'est marquée sur aucune carte », où ils ne trouvent aucune trace d'habitation humaine, mais qui est pourvue d'une riche végétation et de tout ce qui est nécessaire à l'entretien d'êtres vivants. Les deux naufragés vivent là comme des précurseurs de Robinson, et se font cuisiniers, pêcheurs, chasseurs, charpentiers, potiers, selon les besoins du moment.

Le compagnon de Simplice meurt pour avoir trop bu du vin de palme que l'île produit en abondance. Simplice est seul maître du cottage qu'ils ont construit ensemble ; le pèlerin est redevenu un ermite. Il occupe sa solitude à écrire l'histoire de sa vie sur des feuilles de palmier avec le suc d'une plante. Une quinzaine d'années se sont écoulées ainsi, lorsqu'un navire hollandais aborde à la côte. On offre à Simplice de le rapatrier : il refuse ; il mourra dans son île. « J'ai longtemps vécu en Europe, dit-il, et

qu'ai-je vu? la guerre, le pillage, le meurtre, l'incendie, les hommes martyrisés, les femmes désho-
norées. La guerre est finie : la faim et la peste se
sont retirées avec elle, mais les vices sont restés.
Les hommes continuent de se haïr, de se calomnier,
de s'opprimer les uns les autres, et il en sera encore
longtemps ainsi; car chacun s'imagine avoir expié
tous ses méfaits et rempli tous ses devoirs de chré-
tien, quand il a prié dans une église une fois par
semaine, ou qu'il s'est réconcilié avec Dieu une fois
par an. Qui sait? peut-être pense-t-il même que Dieu
lui doit encore de la reconnaissance. »

Simplice doit finir dans la solitude, car il n'a plus
aucune place ni aucune attache dans le monde. Il
n'appartient, en réalité, ni à la religion ni au siècle.
Sa piété est intermittente; elle n'est que le fruit
de la lassitude et du désenchantement. Sa vocation
pour la vie pratique n'est pas moins incertaine. Il a
femme et enfants, sans avoir une famille. Il est fils
de gentilhomme, et il vit comme un manant. Il
achète une ferme, se sent incapable de l'administrer,
et la cède à son père adoptif. Il a le goût des sciences
et des arts, mais surtout des sciences occultes et des
arts magiques. Quelque nom et quelque habit qu'il
porte, il ne sera jamais, comme il dit, « qu'un
membre mort de l'humanité ». Il est, en tout, l'image
de son temps, un produit de la tourmente terrible
au milieu de laquelle il est né. La guerre l'a pris
tout jeune, et l'a façonné à son dur métier; elle l'a

si bien pétri pour son usage, qu'il est devenu impropre aux œuvres de la paix. Ce n'est pas lui, ce sont ses arrière-neveux qui repeupleront les provinces désertes, qui ensemenceront les terres et rebâtiront les villes, et qui feront renaître dans les cœurs la confiance en Dieu et l'amour des hommes.

KANT,

SA PERSONNE ET SON CARACTÈRE

Iɴ n'y a pas, dans l'histoire de la philosophie, de plus grand contraste que celui des trois hommes qui ont inauguré le mouvement de la pensée moderne, chacun dans son pays : l'Anglais Bacon, le Français Descartes et l'Allemand Kant : le premier, avide de gloire et d'influence, fonctionnaire sans scrupule et dont la vie, selon l'expression de Macaulay, est « pénible à regarder »; le second, voyageur et même soldat dans sa jeunesse, « cherchant la science à la fois en lui-même et dans le grand livre du monde »; Kant enfin, cherchant tout en lui-même, creusant sa pensée, toujours plus avant, comme on creuse une mine, ou comme on pousse des reconnaissances dans une terre inconnue dont on est décidé à s'emparer.

La vie de Kant peut tenir en quelques lignes. Né à Kœnigsberg, dans la Prusse orientale, le 22 février 1724, il y meurt le 12 février 1804. Après avoir passé par le collège de sa ville natale, le *Collegium Fredericianum*, fondé par le roi Frédéric Iᵉʳ, il suit les cours de l'université, spécialement ceux de mathématiques et de philosophie, comme un

élève studieux, qui fait déjà preuve d'une certaine
indépendance d'esprit, sans que rien fasse prévoir
cependant sa célébrité future. Ses études terminées,
selon l'habitude des étudiants pauvres, il devient
précepteur dans diverses familles. Puis il enseigne
pendant quinze ans comme *privatdocent*, c'est-à-
dire sans traitement, touchant pour toute rétribu-
tion le droit d'inscription payé par les élèves. Son
père meurt en 1746; sa mère était morte neuf ans
auparavant, et les deux fois le registre paroissial
porte cette mention éloquente dans sa brièveté :
« convoi simple, pauvre ». En 1762, une chaire de
poésie devient vacante; Kant la refuse, ne voulant
pas se charger, même temporairement, d'un enseignement pour lequel il ne se reconnaît pas une
compétence spéciale. Enfin, en 1770, à l'âge de
quarante-six ans, il est nommé professeur *ordinaire*
de logique et de métaphysique, avec un traitement
de 400 thalers, auquel se joint une allocation prise
sur les fonds de l'université : il était depuis quelques années bibliothécaire. C'est dans cette double
fonction, qui lui laissait assez de loisir pour ses travaux littéraires, qu'il termina sa vie. Lorsqu'il quittait Kœnigsberg, c'était pour passer quelques jours
à la campagne chez un ami ou chez un de ses
anciens élèves; mais il ne franchit jamais les limites
de sa province, et il n'est pas sûr qu'il ait jamais
regardé la mer, quoiqu'il n'en fût séparé que par
une distance de quelques lieues. Il fit, comme

privatdocent, un cours de géographie physique, sans avoir vu une montagne ni une vallée, de même qu'il disserta sur le beau dans les arts sans avoir mis les pieds dans un musée. « Il fut, dit son dernier biographe Paulsen, un professeur allemand dans le vieux style : travailler, enseigner et faire des livres, c'est tout le contenu de sa vie. »

Ses origines familiales sont trop peu connues pour qu'on en puisse tirer une induction précise sur son caractère. D'après une tradition courante, son grand-père Hans Kant ou Kand serait venu d'Écosse pour s'établir dans la ville prussienne de Tilsitt ; et à ce propos on n'a pas manqué de faire un rapprochement entre Kant et l'Écossais Hume, dont la lecture éveilla d'abord en lui l'esprit critique. Mais cette tradition ne repose que sur un passage d'une lettre écrite par lui dans sa vieillesse, à une époque où il était souvent trahi par sa mémoire. Ce qui ressort des documents, c'est que Hans Kant exerça la profession de sellier à Memel, et que son fils Jean-George, sellier comme lui, demeura et se maria à Kœnigsberg. Emmanuel Kant, le philosophe, avait trois frères et sept sœurs ; deux frères, les aînés de la famille, et quatre sœurs moururent en bas âge ; le frère survivant, le plus jeune de tous, devint pasteur, selon le vœu des parents. Emmanuel était, selon son propre témoignage, le portrait vivant de sa mère. Dans son enfance, elle le promenait souvent dans la campagne, lui faisant admirer la grandeur de Dieu dans la nature : on raconte la même chose de la jeunesse de Schiller. La mère de Kant était piétiste, mais d'un piétisme tranquille et résigné, sans exaltation et sans envie de propagande. « Quoi qu'on ait pu reprocher au piétisme, dit Kant, ceux qui le pratiquaient sérieusement ne pouvaient manquer d'inspirer le respect : ils trouvaient en eux ce que l'homme peut posséder de meilleur, ce repos, cette sérénité, cette paix profonde qui ne sont troublés par aucune passion. » Anna-Regina Kant mourut à quarante ans, des suites d'une fièvre qu'elle contracta en soignant une amie malade. Elle avait sans doute une santé délicate, qu'elle transmit à ses enfants. Emmanuel, dont elle s'occupait avec prédilection, était de petite taille et de constitution faible ; il avait les cheveux blonds, les yeux bleus, le regard pénétrant, le nez fin, le teint rosé, la bouche moyenne avec des lèvres un peu charnues. Le front large et bombé et la poitrine rentrante lui donnaient une allure courbée. Mais nul ne fut jamais plus économe des ressources que la nature lui avait départies. « Il faut savoir s'arranger avec son corps », avait-il l'habitude de dire, et, grâce à une surveillance incessante sur lui-même, grâce à un parfait équilibre intérieur, il a su faire de sa faiblesse une force et mener son chétif organisme jusqu'à l'âge de quatre-vingts ans.

Une volonté froide et réfléchie, tel fut le grand ressort de la vie de Kant et le secret de son activité.

Aussi longtemps qu'il ne fut que *privatdocent*, il enseignait le matin et l'après-midi, quelquefois jusqu'à cinq heures par jour, sans compter les leçons privées qu'il donnait chez lui. Comme professeur *ordinaire*, il réduisit son enseignement à deux heures chaque matin, auxquelles s'ajoutait une heure de récapitulation à la fin de la semaine. Les matières qui figuraient sur son programme étaient des plus variées ; on y trouve les mathématiques, la physique, l'anthropologie, la logique, la morale, la pédagogie, l'esthétique, la métaphysique, la théologie, même la géographie, la pyrotechnie et la science des fortifications. Il était d'une exactitude ponctuelle. Un de ses disciples, Jachmann, qui fut son auditeur pendant neuf ans, assure que pendant tout ce temps Kant ne manqua pas une seule fois son cours.

Les professeurs d'université suivaient alors, pour tous les enseignements ordinaires, des espèces de manuels, dépôts de la science traditionnelle, qu'il ne tenait qu'à eux de compléter et de renouveler pour certaines parties. Un rescrit de 1778 disait : « Il vaut mieux se servir du plus mauvais *compendium* que de n'en avoir aucun. Il est loisible au professeur de corriger son auteur, s'il est assez savant pour cela ; mais nous réprouvons absolument les cours faits sur dictée. Une exception est faite pour le cours de géographie physique de Kant, parce qu'il n'existe encore aucun traité convenable sur ce sujet. » Kant avait ordinairement devant lui, outre son *compendium*, des notes succinctes sur des feuillets détachés, dont on a conservé une partie à la bibliothèque de Kœnigsberg. La plupart du temps il parlait librement. Dans les matières courantes, il aimait à citer et à développer des passages de ses auteurs favoris, qui étaient surtout les moralistes anglais et français. « S'agissait-il d'une question de métaphysique, dit le même Jachmann, il montrait un art particulier dans la manière d'amener une définition. Il procédait, pour ainsi dire, par essais successifs, comme s'il commençait seulement lui-même à réfléchir sur la question. Après avoir donné une première formule toute générale, il y ajoutait l'une après l'autre des déterminations nouvelles, reprenait les explications précédentes en les corrigeant et en les complétant, et enfin, quand il croyait le sujet éclairé sur toutes ses faces, il formulait sa conclusion. De cette manière, il n'instruisait pas seulement son auditoire, mais il habituait l'auditeur attentif à penser méthodiquement. » Les leçons de Kant étaient suivies à la fin, outre les étudiants, par des gens du monde, des magistrats, des médecins, des officiers, qui se tenaient jusque dans le vestibule. Il n'avait qu'un mince filet de voix, mais il se faisait entendre à force de se faire écouter. Dès qu'il commençait à parler, tout bruit, tout mouvement cessait; on s'abstenait même, dit encore Jachmann, de tailler sa plume, sachant que la moindre dérogation à l'ordre habituel pouvait le troubler.

« De même qu'un diamant cassé en morceaux perd de son prix, de même qu'une armée séparée en petits corps devient impuissante, de même un esprit supérieur tombe au niveau commun, lorsqu'il est interrompu, dérangé, détourné violemment de son objet; car sa supériorité consiste précisément en ce que toutes ses forces, comme les rayons d'un miroir creux, sont concentrées en un seul point. » Kant aurait approuvé ces paroles de son disciple Schopenhauer; il aurait aussi été d'avis, comme lui, qu'il faudrait défendre aux voituriers de faire claquer leur fouet dans l'intérieur d'une ville. Il demeura trois ans chez le libraire Kanter; il y trouvait toutes les nouveautés, et quand paraissait le catalogue de la foire de Leipzig, il en avait déjà extrait tout ce qui l'intéressait. Mais un coq chantait dans le voisinage, et comme on refusait de le lui vendre, ce qui aurait sans doute coûté la vie à la pauvre bête, il changea de domicile. En 1783, il acheta une maison au centre de la ville, dans la *Prinzessinstrasse*, près du château; elle a fait place à une construction moderne. Elle se composait d'un rez-de-chaussée et d'un étage. Kant habitait l'étage, pour être loin du bruit de la rue. Son cabinet de travail, qui se trouvait à l'angle le plus retiré, était simplement meublé de deux tables, de quelques chaises, d'un canapé et d'une commode; au mur étaient pendus un baromètre et un thermomètre, qu'il consultait fréquemment. Il avait l'habitude, surtout aux heures du crépuscule, de méditer près de la fenêtre, sans quitter de l'œil une tour qui domine encore le quartier de Lœbenicht ; cet objet matériel, par son immobilité et sa permanence, donnait, disait-il, de la fixité à sa pensée. Or il arriva que des peupliers plantés dans un jardin voisin lui cachèrent peu à peu, en grandissant, la vue de la tour. Il en fut fort inquiet, et alla trouver le propriétaire du jardin, qui, plus accommodant que celui du coq, consentit à décapiter ses arbres. Malgré cela, dans une ville active et peuplée comme Kœnigsberg, le recueillement était parfois difficile. Dans la prison centrale, on forçait les détenus à chanter des cantiques pour le salut de leurs âmes : Kant obtint qu'ils modérassent leurs voix, disant qu'il suffisait qu'ils s'entendissent eux-mêmes les fenêtres closes. Il arrivait aussi qu'on dansât dans le voisinage. Peut-être ces circonstances ont-elles contribué à l'aversion que Kant a toujours manifestée pour la musique ; il l'appelait un art indiscret.

Ses jours se ressemblaient ; la part du travail et du repos, de la veille et du sommeil, y était exactement prévue et invariablement fixée. A partir de 1770, l'année où Kant devient professeur *ordinaire*, et surtout après 1783, lorsqu'il est en possession de sa maison, sa vie n'est, pour ainsi dire, qu'une série d'actes habituels. A cinq heures du matin, été comme hiver, son domestique le réveille ; il est levé cinq minutes après, prend deux tasses de thé léger, et

fume une pipe, la seule de la journée. De sept à
neuf, ou de huit à dix, unique variation de son programme, il fait son cours à l'université. Le reste de
la matinée est donné au travail personnel. A une
heure précise, il se met à table; ordinairement il
invite quelques amis, deux au moins, cinq au plus.
Le repas se compose de trois plats, simples, mais
bien préparés, car Kant tient à une bonne cuisine :
c'est la part des sens dans son régime. Il connaît
même les mets préférés de ses convives, et il a soin
de les leur offrir. Il ne fait qu'un repas par jour, et
il le prolonge, à la manière antique, en l'assaisonnant
d'entretiens. Quand il invite ses collègues de l'université ou des savants de passage, il leur associe des
gens du monde, afin d'empêcher que la conversation ne prenne une tournure trop sérieuse et ne
devienne une tension pour l'esprit. Lui-même est
un agréable causeur; il sait conter une anecdote et
ne dédaigne pas le jeu de mots. On se sépare vers
quatre ou cinq heures. Kant fait sa promenade, à
peu près toujours la même, seul, à pas lents; elle
dure une heure ou une heure et demie, selon le
temps qu'il fait. La fin de la journée, jusqu'à dix
heures, est consacrée à la lecture et à la méditation.

Kant fut obligé, dans les dernières années de sa
vie, de se séparer de son vieux domestique Lampe,
qui était un ivrogne; il ne put s'y résoudre qu'à
grand'peine, malgré les conseils pressants de ses
amis; et lorsque, enfin, il eut pris son parti de le

congédier, il écrivit sur ses tablettes : « Il faut oublier Lampe. » Cela ne voulait pas dire qu'il fallait oublier les torts de Lampe, mais qu'il fallait s'habituer à se passer de sa présence. Le moindre incident qui dérangeait le cours normal de ses jours lui causait un trouble intérieur; et de même qu'on a dit, en philosophie, qu'il n'y a pas d'acte indifférent, de même, dans la vie de Kant, il n'y avait pas d'événement indifférent, parce que tout, chez lui, avait une répercussion dans le domaine moral. Il se faisait des maximes sur tout, et souvent la petitesse du contenu contrastait avec la rigueur de la formule. Un soir, pendant sa promenade, il rencontre un de ses amis, le comte X..., qui sortait en voiture. Le comte s'arrête, descend, et l'engage avec d'aimables instances à prendre place à côté de lui pour faire un tour à la campagne. Le temps est beau, Kant accepte; mais déjà le piaffement et le hennissement des chevaux l'inquiètent. On cause, on s'attarde, on jouit de la fraîcheur du soir. Enfin le comte lui offre encore de rendre visite à un ami commun, qui demeure à une lieue de la ville. Kant est trop poli pour refuser, et il ne rentre chez lui qu'à dix heures! Aussitôt il inscrit sur ses tablettes ces deux règles de conduite, dont désormais il ne se départira plus : « Ne jamais accepter une invitation pour une promenade. Ne jamais monter dans une voiture dont on n'a pas la libre disposition. »

Que dans une existence ainsi réglée et *maximée*

il n'y eût place pour aucune intervention étrangère, de quelque nature qu'elle fût, cela s'entend. Aussi Kant a toujours été récalcitrant au mariage. Il admettait, d'une manière générale, que le gouvernement de la maison appartient à la femme; il disait même que c'était sa fonction spéciale; mais il voulait être maître de sa maison à lui et de sa personne à lui. Quant à des entraînements passionnés, non seulement il n'en éprouva jamais, mais il les jugeait indignes d'un homme. Ses amis essayèrent deux fois de le marier. Ce fut d'abord avec une jeune veuve, belle et d'un excellent caractère, en visite chez une parente à Kœnigsberg. Kant calcula ses revenus, qui auraient sans doute été suffisants pour un ménage; mais pendant qu'il établissait son budget, la dame repartit. Une autre fois on lui présenta une jeune fille qui voyageait comme demoiselle de compagnie avec une famille noble, et cette fois encore il réfléchit trop. Ses biographes, qui rapportent ces faits, accusent sa lenteur à se décider; mais il est plus probable qu'il était décidé d'avance. Un pasteur de Kœnigsberg lui dédia encore, lorsqu'il avait déjà soixante-neuf ans, une brochure intulée *Raphaël et Tobie ou Conversation entre deux amis sur le bienheureux état de mariage,* en exprimant l'espoir qu'il renoncerait enfin au célibat. Kant paya les frais d'impression de l'opuscule, et s'en divertit beaucoup à table avec ses convives. Cependant il n'était pas plus misogyne qu'il n'était misanthrope. Il aimait la conversation des femmes, et savait même leur plaire; mais il les mettait obstinément sur les chapitres qu'il jugeait de leur compétence, et c'est après avoir assisté à une conversation de ce genre que son concitoyen, le satirique Hippel, disait que Kant aurait pu écrire une *Critique de l'art culinaire* aussi bien qu'une *Critique de la raison pure.*

La vie de Kant ressemble à ses livres, formés de compartiments grands, moyens et petits, où chaque division amène un nombre prévu de sous-divisions, et chaque sous-division une série logiquement enchaînée de paragraphes. C'est ici qu'on peut parler de faculté maîtresse, au sens propre du mot, de faculté dominante, ou plutôt dominatrice, gouvernant tout l'être, toute l'œuvre et toute la vie. La faculté maîtresse de Kant est une volonté droite et continue, sans à-coups et sans soubresauts, servie par une intelligence d'une lucidité extraordinaire et par une mémoire qui ne défaillit que dans les dernières années. L'impératif catégorique, qui faisait le fondement de sa morale, se répartissait et se subdivisait, pour ainsi dire, dans ses moindres actes. L'homme était avant tout, pour lui, un animal discipliné, et le propre de l'homme libre était, à son avis, de se discipliner soi-même.

L'avantage d'un tel système est une merveilleuse continuité dans l'existence. Tout concourt au but final qu'on s'est proposé, et tous les efforts partiels s'additionnent pour produire à la fin un résultat qui, à première vue, paraît presque invraisemblable. Rien n'est perdu, parce que rien n'est hors de série. Kant a été économe de son temps, de sa fortune, de sa santé. Faible de constitution, et toujours pour ainsi dire sur le seuil de la maladie, il a pu se passer de médecin et atteindre une haute vieillesse. Dans sa jeunesse, il a triomphé, dit-il, par un effort de volonté, d'une tendance innée à l'hypocondrie. Né dans la pauvreté, il a trouvé moyen de venir en aide à ses sœurs, même à ses élèves, et de laisser encore à ses héritiers une fortune qui pouvait passer pour considérable. S'il était mort à l'âge où moururent Descartes et Spinosa, il serait à peu près inconnu. Il a cinquante-sept ans lorsqu'il publie la *Critique de la raison pure*, et ensuite il continue d'élaborer et de remanier sa philosophie dans de longs ouvrages dont les derniers à peine trahissent un affaiblissement de l'intelligence ou de l'attention.

L'inconvénient du régime adopté par Kant, c'est de supprimer de la vie toute spontanéité. Poussée à ce point, la raison devient aussi tyrannique que la passion. Hamann, qui admirait le génie de Kant, et qui était toujours des premiers à lire ce qui paraissait de lui, dit dans une lettre à Herder : « Kant est une des têtes les plus sagaces de l'Allemagne, ses ennemis mêmes le reconnaissent; mais sa sagacité est son mauvais démon. » Sa sagacité le rend injuste envers la nature humaine. Tout ce qui procède

directement du cœur excite sa défiance. Il n'aime
pas plus l'éloquence que la musique; il l'appelle « la
sophistique de la persuasion ». Il ne fut jamais
plus embarrassé que le jour où il fut chargé, comme
recteur de l'université, de porter la parole pour
fêter l'anniversaire de la naissance du roi Frédéric-
Guillaume II. On a conservé le manuscrit de son
discours, qui est couvert de ratures : il corrigeait
moins ses ouvrages scientifiques. Parmi les poètes,
il ne lisait guère que les satiriques et les descriptifs.
Schopenhauer considère comme un bonheur pour
l'Allemagne que le siècle de Kant ait été aussi celui
de Gœthe. « Si Gœthe, dit-il, n'avait été envoyé dans
ce monde en même temps que Kant et pour lui faire
contre-poids, Kant aurait pesé sur les âmes comme
un cauchemar; il les aurait écrasées et endolories. »

LA VIE DE GŒTHE

I. — LA JEUNESSE.

ON a dit que Wolfgang Gœthe avait été l'homme heureux par excellence, et cela est vrai en ce sens que la fortune lui a toujours mis généreusement entre les mains tous les moyens de cultiver les hautes facultés dont la nature l'avait doué. L'histoire des lettres offre peu de biographies d'un développement aussi logique et aussi régulier que la sienne. Il n'a pas eu, comme son contemporain Schiller, à lutter contre des influences tyranniques ou même contre les nécessités de la vie. Il est né dans la ville libre de Francfort le 28 août 1749, et dès l'enfance tout le favorise. Il appartenait à une famille d'aristocratie bourgeoise. Son père, conseiller de l'Empire, était un jurisconsulte estimé, homme instruit du reste, qui avait fait un voyage en Italie et en avait rapporté le goût des arts. Sa mère, fille de l'échevin Textor, avait ce genre d'esprit qui s'allie à la bonté et qui ne blesse jamais; elle a pu se rendre à elle-même ce témoignage, « qu'elle

n'avait jamais cherché à corriger personne ni offensé
âme qui vive ». Beaucoup plus jeune que son mari,
elle reportait tout son amour sur son enfant; elle s'as-
sociait à ses jeux, surprenait le premier éveil de son
intelligence, devinait son génie naissant. S'il faut en
croire Bettina Brentano, elle lui faisait de longs
récits, qu'elle interrompait au moment intéressant,
pour lui laisser le soin d'imaginer le reste. C'est
encore Bettina qui nous affirme que, tout jeune, il
avait un tel sentiment de la beauté qu'il ne pouvait
supporter la présence d'un enfant laid. Tandis
qu'Élisabeth Textor dirigeait ainsi ce qu'on pourrait
appeler le côté artistique de l'éducation de Wolfgang, le conseiller Gœthe, avec l'esprit d'ordre
qui était dans son caractère, lui faisait suivre un
cours d'études régulier, à un âge où d'autres enfants
savent à peine les rudiments de la grammaire. Parlant lui-même l'italien et le français, il l'instruisit
dans ces deux langues. Ensuite ce fut le tour des
langues classiques, et ce que le père ne savait pas
il l'apprenait avec son élève. Gœthe parle, dans ses
Mémoires, d'un petit roman qu'il aurait composé
dès lors, et où figuraient sept personnages, chacun
s'exprimant dans une autre langue. Quoi qu'il en
soit des détails plus ou moins historiques que ses
amis nous ont conservés de sa jeunesse, ou que lui-
même s'est plu à recueillir dans un âge avancé, ce
qu'il importe de retenir, c'est l'esprit d'une éducation qui n'avait rien d'exclusif ni d'arbitraire, qui

embrassait également toutes les facultés de l'enfant,
et qui semblait déjà le préparer de loin pour une
carrière où la science et la critique devaient avoir
leur place à côté de la poésie.

Parmi les événements qui laissèrent le plus de
traces dans ses souvenirs, il cite l'occupation de sa
ville natale par les troupes françaises en 1759.
C'était pendant la guerre de Sept Ans. L'Autriche,
alliée à la France et à la Russie, s'apprêtait à écraser
la Prusse naissante. L'Allemagne était divisée, et,
dans le sein de la famille de Gœthe, tout le monde
n'était pas du même parti. L'échevin Textor, qui
avait reçu de l'impératrice Marie-Thérèse un
médaillon en or avec son portrait, était partisan de
l'Autriche ; le conseiller Gœthe, qui tenait son titre
de l'empereur Charles VII de Bavière, était ennemi
des Habsbourg. Quant au jeune Wolfgang, les
prouesses de Frédéric II l'avaient transporté, et il
se disait simplement *frédéricien* ; mais il aimait les
soldats français, à cause du mouvement qu'ils met-
taient dans la ville. Le comte de Thorenc (Gœthe
écrit Thorane), qui commandait le corps d'occupation, fut logé dans la maison du conseiller ; il aimait
les arts ; il occupa chez lui les meilleurs peintres
de Francfort et de Darmstadt, et Wolfgang assistait
à leurs travaux. Un théâtre était venu à la suite des
troupes françaises ; on y jouait les comédies de
Destouches, de Marivaux, de La Chaussée, plus
rarement la tragédie. Wolfgang suivait les repré-

sentations ; il ne comprenait pas bien ce qui se disait sur la scène, mais il observait le geste, le ton de la voix, et, rentré chez lui, il prenait un Racine dans la bibliothèque de son père et le déclamait à la façon des acteurs. Que dès cette époque (il avait onze ans) il se soit posé la question des trois unités, comme il le prétend, et qu'il se soit décidé à laisser là *cette liturgie*, cela est douteux. Mais il est certain que la première influence qui s'exerça sur cet esprit naturellement ami de la règle et de l'harmonie, ce fut une influence classique. Un peu plus tard, au temps de sa jeunesse effervescente, d'autres modèles prévalurent un instant chez lui ; mais il revint promptement à ses vraies origines, à l'antiquité grecque et latine, que la France lui avait fait entrevoir, et que son voyage en Italie lui permit enfin de contempler de ses yeux, directement et sans intermédiaire. Un de ses premiers essais, un simple exercice dramatique qu'il fit comme étudiant à Leipzig, fut une traduction du *Menteur* de Corneille.

En attendant, toutes sortes d'impressions et d'images se déposaient dans l'âme du futur poète. La paix d'Hubertsbourg, en 1763, laissait l'Empire à Marie-Thérèse et à François de Lorraine ; leur fils aîné, l'archiduc Joseph, fut élu roi des Romains, l'année suivante, à Francfort. Gœthe assista aux fêtes du couronnement, qu'il décrit longuement dans ses Mémoires. Le soir, il parcourait les rues de

la ville, encombrées par une foule joyeuse, ayant à
son bras Marguerite, qu'il devait bientôt immorta-
liser dans *Faust* : figure mystérieuse, sur laquelle
il est sobre de renseignements, et dont il n'a voulu
garder, à ce qu'il semble, que le contour idéal. A la
fin du mois de septembre 1765, il partait pour
Leipzig. Il devait y faire ses études de droit, et son
père l'avait spécialement recommandé au professeur
Bœhme ; mais il ne fit guère autre chose à l'université que d'y recueillir les éléments de cette scène où
Méphistophélès énumère devant un écolier tout ce
que l'on peut enseigner sans le savoir. Il avait
apporté à Leipzig une liasse de poésies, qu'il comptait augmenter ; mais il se plaint, dans ses Mémoires,
du peu d'encouragement qu'il trouva d'abord. Il se
rendit vaguement compte qu'il assistait à la fin
d'une période. Les formes littéraires étaient usées ;
le fond même était à renouveler, ou plutôt à créer,
car on avait vécu jusque-là d'imitations. Gottsched,
l'ancien chef de l'école saxonne, était tombé en
discrédit et presque dans le ridicule. Le fabuliste
Gellert était estimé pour sa bonté d'âme, mais il
conseillait d'écrire en prose, surtout en prose didactique. Le jeune Gœthe était donc ramené à lui-
même. Il prenait pension chez une dame de Francfort, Mme Schœnkopf : il éprouva pour la fille de
cette dame, Anna Catharina, ou Kæthchen, comme
il l'appelle, une passion passagère, un caprice.
Elle lui inspira sa première comédie, *l'Amant capri-*

cieux[1]. Et, de ce jour, il prit l'habitude, dit-il, de
convertir en poésie tout ce qui, dans la réalité, lui
causait de la joie ou de la douleur, et de se mettre
ainsi l'esprit en repos. Il y a sans doute, ici encore,
une de ces transpositions de date si fréquentes dans
les Mémoires de Gœthe. Il est peu probable, malgré
la précocité de son génie, qu'il se soit arrêté dès
lors à une poétique aussi précise; mais on peut
admettre qu'il suivait déjà instinctivement une
règle qu'il appliqua plus tard en connaissance de
cause : prendre dans la vie réelle, dans son expérience personnelle et journalière, les éléments de sa
poésie; les placer dans un cadre historique ou ima-
ginaire, pour leur donner une valeur plus générale;
et quant à la forme, après l'avoir d'abord cherchée
dans Shakespeare, il finit par la trouver chez les
anciens.

Il rentra dans la maison paternelle à la fin de septembre 1768; il y avait trois années qu'il en était
parti, trois années stériles si l'on ne considère que
les résultats immédiats, mais importantes par la
lumière qui s'était faite dans son esprit. L'impuis-
sance de la littérature allemande lui apparaissait
clairement : il en jugeait surtout par Gottsched et
ses disciples; Lessing, l'écrivain le plus marquant du
jour, n'attira son attention que plus tard. A défaut
d'autorités littéraires, il avait trouvé néanmoins un

---

1. *Die Laune des Verliebten*; publié d'abord dans un recueil
des *Œuvres* en 1806.

guide dans le directeur de l'École des beaux-arts, Frédéric OEser, graveur, peintre et sculpteur, un des meilleurs successeurs de Winckelmann. OEser lui apprit, dit-il, que l'idéal de la beauté c'était la simplicité et le calme : une leçon dont il ne sut guère profiter encore, qu'il oublia même complètement lorsqu'il écrivit *Gœtz de Berlichingen*, mais dont il se souvint au temps de sa maturité classique.

Un accident de voiture qu'il avait eu en se rendant à Leipzig lui avait laissé une douleur à la poitrine; il voulut se soigner lui-même, et le mal empira. Lorsqu'il revint à Francfort, il était tout à fait malade. Il fut guéri, dit-il, par un médecin alchimiste, le type de ce docteur dont il est question dans la promenade de Faust et de Wagner, de cet « honnête homme qui étudie la nature à sa guise, mais de bonne foi ». Une amie de sa mère lui abrégea les ennuis de la convalescence en lui faisant la lecture : c'est Mlle de Klettenberg, qui croyait elle-même à la pierre philosophale, et dont il a recueilli les entretiens dans le sixième livre de *Wilhelm Meister*, sous le titre de *Confessions d'une belle âme*. Revenu à la santé, il reprit ses études de droit à Strasbourg, où il arriva le 2 avril 1770. Il y resta un peu plus d'un an, mais ce fut, au point de vue de la formation de son esprit, l'année décisive de sa jeunesse. A Leipzig, il avait appris ce qu'il fallait éviter; à Strasbourg, il comprit ce qu'il y avait à faire. Il y rencontra Herder, qui voyageait avec son élève, le prince de Holstein-Eutin. Herder n'avait que cinq ans de plus que lui, mais il avait sur lui une avance plus forte que ne le ferait supposer la différence de leur âge ; il venait de publier ses *Fragments sur la littérature allemande*, et il s'occupait de la question de l'origine du langage, qui avait été mise au concours par l'académie de Berlin. On comprend l'intérêt que devait avoir, pour un poète débutant, la conversation d'un homme qui, tout en ayant encore toute la ferveur de la jeunesse, était déjà au courant de tout le mouvement littéraire. Herder fit connaître à Gœthe la Grèce, l'Orient, le moyen âge ; il l'initia surtout au charme de la poésie primitive ; ils recueillirent ensemble les chants populaires de l'Alsace. Et comme, pour Gœthe, la chose suprême n'était pas l'étude, mais la vie, il s'éprit de la fille du pasteur de Sessenheim, Frédérique Brion. Il fit pour elle les premières de ses poésies lyriques qu'il ait jugées dignes d'être conservées, et qui comptent en effet parmi ses plus belles. Ce fut la passion la plus profonde de sa jeunesse. Pour se faire une idée de ce qu'il sentait alors, il ne faut pas lire le récit des Mémoires, écrit à quarante ans de distance, mais les lettres qu'il adressait au jour le jour à son ami Salzmann, et que celui-ci ne publia que bien plus tard.

II. — « GŒTZ DE BERLICHINGEN ». — « WERTHER ».
LE PREMIER « FAUST ».

A la fin du mois d'août 1771, Gœthe fut rappelé à
Francfort; ses études, du moins ce que son père
appelait ainsi, étaient terminées; il avait le grade de
docteur. Il fit alors la connaissance de Merck, conseiller au département de la guerre à Darmstadt,
esprit caustique, inquiet et mécontent, l'homme « à
l'œil gris et au regard fureteur », dont il s'est souvenu en traçant la figure de Méphistophélès. Au printemps de l'année 1772, il se rendit à Wetzlar, pour
s'essayer à la pratique du droit près de la Chambre
impériale, sorte de cour d'appel formée des délégués
des différents États. La ville s'étendait gracieuse-
ment au fond d'une large vallée, entourée de collines
où des villages s'échelonnaient dans des sites pittoresques. Dans une de ses promenades, seule distrac-
tion qu'offrît le séjour de Wetzlar, Gœthe rencontra
Kestner, attaché à la légation de Hanovre, alors
fiancé à Charlotte Buff, fille du bailli de l'ordre
Teutonique. Il fut présenté à Charlotte, et ce qu'il
dit de son caractère marque la nuance exacte de ce
qu'il éprouva pour elle. « Elle était de ces femmes
qui, *sans inspirer des passions violentes*, sont faites
pour tenir chacun sous le charme. » De retour à
Francfort, au mois de septembre, il s'occupa des

préparatifs du mariage; lui-même commanda les anneaux. Mais voilà qu'il apprend qu'un de ses amis, le fils du pasteur Jérusalem, jeune homme distingué, dont Lessing publia plus tard les fragments philosophiques, s'est tué, à la suite d'une passion malheureuse pour la femme d'un secrétaire d'ambassade. Par une singulière coïncidence, le jeune Jérusalem avait emprunté à Kestner l'arme dont il s'était servi. Gœthe, identifiant sa situation avec celle de son ami, s'imagina que cette arme aurait pu être dirigée contre lui-même : le plan du roman de *Werther* était donné.

Gœtz de Berlichingen fut publié en 1773, et *Werther* l'année suivante. Ces deux ouvrages marquent une époque, non seulement dans la vie de Gœthe, mais dans l'ensemble de la littérature allemande, l'époque tumultueuse qu'on a désignée par le nom de *Sturm-und-Drang*. Ils se ressentent des deux influences qui dominent cette période, celles de Shakespare et de Rousseau. *Gœtz de Berlichingen* est un drame chevaleresque, tiré, quant au fond, de la vieille chronique où le héros principal raconte lui-même ses exploits, mais exactement découpé sur le modèle des *histoires* du poète anglais. Sa pièce terminée, Gœthe l'envoya à Herder, qui lui répondit : « Shakespeare vous a gâté. » Il reprit le manuscrit, supprima quelques épisodes, resserra l'action, châtia le style, adoucit les effets mélodramatiques. Mais le *Gœtz* n'en fut pas mieux approprié

à la scène moderne, et l'auteur en fit plus tard un
dernier remaniement pour le théâtre de Weimar.
Aujourd'hui la pièce, dans ses formes successives,
intéresse surtout par ce travail de correction et
d'épuration que l'on y peut suivre et que le poète
exerçait constamment sur lui-même. Le roman de
Werther a été, au contraire, coulé d'un seul jet, et,
tel qu'il est, il a gardé presque toute sa vérité. C'est
d'abord la peinture du malaise dont souffrait le
siècle, et qui tourmente toutes les époques de transition. Mais le contraste des deux caractères principaux, de l'homme positif et froid, se défiant des
chimères et sachant faire tourner la réalité à son
profit, et du songeur naïf, qui n'a que le tort de
placer trop haut son idéal, ce contraste est de tous
les temps. « Chaque homme, disait plus tard Gœthe
à Eckermann, doit avoir dans sa vie un instant où
il s'imagine que *Werther* a été écrit pour lui seul. »
Il y a, du reste, dans le roman, un sentiment de la
nature qui est un trait de plus dans la peinture du
héros, et qui dérive directement de Rousseau. *Gœtz*
et *Werther* provoquèrent une longue série d'imitations; le *Werther* amena un débordement de poésie
sentimentale, auquel l'auteur lui-même se crut
obligé d'opposer une digue en écrivant *le Triomphe
du sentiment* (1778). Dans la suite des ouvrages
dramatiques de Gœthe, *Clavigo* (1774) et *Stella*
(1776) appartiennent encore à l'époque *werthérienne.*

Clavigo, contre lequel Beaumarchais venait d'écrire

6

ses Mémoires, ressemble à une doublure de Weislingen, le faux ami de Gœtz. Le titre de *Stella* rappelle le double mariage de Swift; Gœthe remania cette pièce, comme il remania le *Gœtz*, pour l'adapter au théâtre, et, ajoutait-il, « pour la mettre en harmonie avec nos mœurs, qui reposent essentiellement sur la monogamie ».

Les premières scènes de *Faust* avaient été écrites en 1774, l'année de *Werther*; la conception remonte plus haut encore, au séjour de Gœthe à Strasbourg. Le *Faust* a donc ses racines dans l'époque de *Sturm-und-Drang*; mais il était d'une végétation plus puissante que *Werther* et *Gœtz*, et il se ramifie à travers toute la vie de Gœthe. Il fut publié, comme *fragment*, en 1790, et, comme *tragédie*, en 1808. C'était une merveilleuse adaptation de la vieille légende à l'esprit du XVIII° siècle dans son expression la plus large et la plus généreuse; et c'était encore, comme dans *Werther*, une opposition entre deux idées, entre deux types, entre deux manières de comprendre la vie; entre l'esprit de négation et d'ironie représenté par Méphistophélès, et l'aspiration incessante vers l'idéal personnifiée dans Faust. Mais comme ces abstractions devenaient fermes et précises! Quelle éloquence dans l'analyse philosophique, et quelle vigueur toujours égale dans le style! On a pu dire sans exagération qu'il n'y avait peut-être pas, dans *Faust*, un seul vers faible.

Pendant que le jeune poète publiait ou préparait

ses premiers chefs-d'œuvre, il étendait ses relations dans le monde littéraire. Au mois de juillet 1774, il fit, avec Lavater et Basedow, un voyage le long du Rhin jusqu'à Dusseldorf, où habitait le philosophe Jacobi. Au mois d'octobre, il fit la connaissance de Klopstock, qui passait par Francfort pour se rendre à l'appel du margrave de Bade. L'hiver s'écoula au milieu des divertissements mondains, dont on peut suivre le détail dans les lettres à la comtesse Augusta de Stolberg. Un projet de mariage avec Élisabeth Schœnemann, la fille d'un riche banquier de Francfort, échoua par la résistance du conseiller Gœthe, qui désirait pour son fils une alliance plus bourgeoise, et qui prévoyait peut-être la ruine prochaine de la maison de banque. Mais Élisabeth, ou Lili, a survécu dans les poésies de Gœthe, surtout dans celle qui a pour titre la *Ménagerie de Lili*. Cette ménagerie se compose de la foule de ses adorateurs, qu'elle a enchantés, comme une autre Circé, d'un coup de sa baguette magique, et qui se disputent les miettes qui tombent de sa main, tandis que le poëte, ours mal apprivoisé, grogne dans un coin. Au commencement de juin 1775, Gœthe rompit sa chaîne en partant pour la Suisse avec les deux frères Stolberg. Il revit Lavater à Zurich; il visita le lac des Quatre-Cantons. Arrivé au sommet du Saint-Gothard, il se demanda s'il descendrait en Italie, comme son père le lui avait conseillé. Mais l'atmosphère allemande était encore pour lui, dit-il, un élément indispensable. Il reprit le chemin de Francfort, où il rentra le 25 juillet, et le 27 novembre suivant, sur l'invitation du duc Charles-Auguste, il arrivait à Weimar.

III. — GŒTHE A WEIMAR.

Il ne s'agissait, pour le moment, que d'une visite à la cour de Weimar, où la duchesse Amélie, la mère de Charles-Auguste, avait déjà attiré Wieland. Mais bientôt le poète et le souverain furent inséparables; ils vivaient entre eux sur le pied de la plus grande familiarité, et leurs distractions étaient parfois bruyantes, au point d'alarmer le cœur paternel de Klopstock, qui, en sa qualité de patriarche de la littérature, s'arrogeait un droit de contrôle sur les jeunes écrivains et leurs Mécènes. L'hiver se passa en fêtes et en mascarades, en parties de chasse et de patinage, en courses à travers les montagnes et les forêts. Wieland trouvait que le nouveau venu mettait la cour et la ville à l'envers, et il le comparait à un lion furieux. « Il est si charmant, écrivait-il à une de ses correspondantes qui habitait Mayence, qu'il nous a tous ensorcelés, à commencer par lr duc, et vous ne reverrez pas de sitôt sa figure. Une seule chose nous manque encore, ajoutait malicieusement Wieland : ce sont les Char-

lottes. » Charlotte de Stein vint à point nommé lui
donner un démenti. Sa liaison avec Gœthe et la
longue correspondance qu'elle eut avec lui commen-
cèrent aux premiers jours de 1776. C'était cependant une liaison d'une autre sorte que les précédentes. Mme de Stein avait alors trente-trois ans,
c'est-à-dire sept ans de plus que Gœthe; son mari,
grand écuyer de Charles-Auguste, avait une certaine situation à la cour; elle avait déjà perdu cinq
enfants, et deux fils lui restaient. « C'est une personne vraiment intéressante, écrivait Schiller quelques années plus tard, et je comprends que Gœthe
se soit si complètement attaché à elle. Elle n'a
jamais dû être belle, mais elle a dans sa figure un
mélange de gravité et de douceur et une sorte de
franchise qui attire. » Gœthe l'appelle quelque part
« celle qui apaise » (*die Besænftigerin*); il lui redit
sur tous les tons, dans la correspondance, qu'elle
l'a calmé, ennobli, qu'elle lui a enseigné la sagesse
et la mesure, qu'elle l'a guéri des extravagances
folles; il se compare lui-même à un mauvais repaire
qu'elle a purifié et dont elle a pris possession. Il
est évident que cette transformation de son être
dont Gœthe fait honneur à Mme de Stein était en
grande partie sa propre œuvre; mais il n'en est pas
moins vrai qu'elle représentait, à ce moment, et
personnifiait à ses yeux un ensemble de qualités
qu'il cherchait à donner à sa poésie, qu'elle était
l'idéal féminin qui correspondait pour lui à un cer-

tain idéal dans l'art. On peut suivre, dans les lettres qu'il lui écrivait jour par jour, quelquefois heure par heure, le progrès des ouvrages qui l'occupaient alors, *Egmont*, *Iphigénie en Tauride*, *Torquato Tasso*, *Wilhelm Meister*, qu'elle vit se compléter peu à peu, et dont elle fut en partie l'inspiratrice.

Car on pense bien que l'inactivité que ses amis lui reprochaient n'était qu'apparente ; sa tête travaillait, lors même que sa plume était oisive. Même les fonctions administratives dont il s'était volontairement chargé n'étaient pour lui qu'un champ d'expériences. Après être entré au Conseil privé, il avait été nommé conseiller de légation ; il devint plus tard premier ministre. Le duc lui donna une maison aux portes de la ville, son *Gartenhæuschen*, entouré de bosquets et de prairies ; il demeura là jusqu'au jour (1ᵉʳ juin 1782) où il occupa l'habitation plus vaste qui a gardé son nom et qui domine aujourd'hui le *Gœthe-Platz*. Le théâtre de Weimar avait brûlé en 1774 ; on le remplaça momentanément par un théâtre d'amateurs, où jouaient les fonctionnaires de la cour et quelques artistes de passage. Gœthe donna à ce théâtre, outre le *Triomphe du sentiment* dont il a été question, une comédie en un acte, *le Frère et la Sœur*[1], composée pour Amélie Kotzebue, la sœur de l'écrivain. Il fit représenter aussi une première *Iphigénie*, en prose (1779), où il jouait le

---

1. *Die Geschwister*, 1776.

rôle d'Oreste. Mais *Egmont*, *Torquato Tasso*, *Iphi-génie* elle-même, restaient sur le chantier. Le plan était arrêté, la suite des scènes indiquée, mais la forme manquait : cette forme classique, que le poète concevait, qu'il ne voyait pas encore, et qu'il allait enfin chercher en Italie.

IV. — SÉJOUR EN ITALIE. — « EGMONT ». « IPHIGÉNIE ». — « TORQUATO TASSO ».

Si Gœthe n'avait voulu qu'imiter les anciens, ou même s'inspirer des anciens, il n'aurait pas eu besoin de quitter son cabinet de travail. Ce qu'il voulait, c'était créer à la manière des anciens, en laissant agir sur lui les influences qui avaient déterminé leur art. Le 3 septembre 1786, il partit de Karlsbad, où il venait de passer la saison des eaux avec la famille ducale ; il avait caché son projet à tous ses amis, de peur d'avoir un compagnon de route. Il traverse rapidement la Bavière et le Tirol, et il descend en Italie par le Brenner. A Roveredo, où est la frontière des langues, il s'applaudit d'entendre parler l'italien, qu'il ne connaissait encore que par les livres ; en même temps tous les détails de la vie journalière et parfois les incidents de la route lui font sentir la différence entre les mœurs du Nord et celles du Midi. Il gagne Venise par Vérone,

Vicence et Padoue, et, le 1er novembre, il écrit de
Rome : « Enfin, je puis parler, et saluer mes amis
d'un cœur joyeux! Qu'ils me pardonnent mon mystérieux départ et mon voyage en quelque sorte sou-
terrain! C'est à peine si j'osais me dire à moi-même
où j'allais. Ce n'est qu'en passant sous la *Porta del
Popolo* que j'ai cessé de craindre : j'étais sûr enfin
de tenir Rome. » Et plus loin : « Me voilà tranquille
pour le reste de mes jours; car on peut dire que l'on
commence une vie nouvelle, lorsqu'on voit de ses
yeux et dans l'ensemble ce qu'on avait longuement
étudié par fragments. Tous les rêves de ma jeunesse
deviennent des réalités. Quand la Galathée de Pyg-
malion, qu'il avait formée selon ses vœux, avec toute
la vérité qu'un artiste peut mettre dans ses œuvres,
s'avança vers lui et dit : *C'est moi!* combien l'être
vivant fut-il différent de la pierre sculptée! » Il passe
l'hiver à Rome, dans une société de peintres et
d'archéologues, étudiant les monuments avec les
écrits de Winckelmann pour guide, regardant beaucoup, écrivant peu, se laissant vivre. Lorsqu'il craint
que sa nature d'Allemand, comme il dit, reprenne
le dessus pour l'engager au travail, il part pour
Naples (22 février 1787), « la ville où l'on oublie
le monde et soi-même pour vivre dans une sorte
d'ivresse ». Il fait le tour de la Sicile, l'*Odyssée* à la
main, et conçoit le plan d'une tragédie sur Nausicaa, dont il n'a jamais écrit que quelques scènes.
Le 6 juin, il revient à Rome, où il reste encore près

d'une année. Les résultats des deux séjours à Rome furent surtout le remaniement d'*Iphigénie en Tauride* et l'achèvement d'*Egmont*. Pour *Iphigénie*, le procédé, comme le dit Gœthe lui-même, fut fort simple : il se contenta de transcrire la pièce, ligne par ligne, période par période, en l'assujettissant au rythme régulier du vers ïambique. Il fit subir la même transformation à deux œuvres de sa jeunesse, *Erwin et Elmire* et *Claudine de Villa Bella*. Il envoya l'*Iphigénie* en vers à Weimar le 10 janvier 1787, et *Egmont* le 5 septembre suivant.

Egmont resta en prose; dans quelques scènes seulement, la prose prend une allure rythmée et se rapproche du vers. Le plan datait de 1775, et était conçu tout à fait dans l'esprit de l'époque *werthérienne*; il s'agissait de peindre le mouvement populaire qui arracha les provinces flamandes à la domination espagnole. Évidemment, le sujet se refusait à la transformation que le poète essaya plus tard de lui faire subir. Déjà en 1782, Gœthe avait écrit à Mme de Stein que si la pièce était encore à faire, il la ferait autrement, et que peut-être même il ne la commencerait plus. Mme de Staël appelle *Egmont* la plus belle tragédie de Gœthe : elle oublie les inégalités du style, le décousu de l'action, la fin mélodramatique, *Egmont* n'est qu'une œuvre de transition. La pièce qui représente le mieux la seconde manière de Gœthe, sa manière classique, c'est *Iphigénie*, moderne par les sentiments et les caractères, antique par la noblesse du style et par les belles proportions de l'ensemble.

Gœthe quitta Rome le 22 avril 1788, et regagna lentement les Alpes par Florence et Milan. Il lui sembla qu'il partait pour l'exil : l'Italie était devenue sa patrie d'adoption. A Florence, il ajouta quelques scènes au drame de *Torquato Tasso*, qui l'occupait depuis 1780, et il mit ses regrets dans la bouche du poète italien, qui s'apprêtait aussi à quitter les lieux auxquels toutes ses affections l'attachaient. *Torquato Tasso* ne fut terminé et publié qu'en 1790; c'est, de toutes les pièces de Gœthe, celle qui, par le style, se rapproche le plus d'*Iphigénie*. Mais, cette fois, la forme antique était appliquée à un sujet moderne, on pourrait dire contemporain, si l'on pense à toutes les allusions dont le drame est rempli. Il n'y a pas plus de cinq personnages, et pour chacun le poète avait un modèle vivant. Alphonse II, duc de Ferrare, c'est Charles-Auguste; sa sœur, Éléonore d'Este, c'est Mme de Stein; la comtesse Sanvitale, c'est la marquise de Branconi, une « merveille de beauté », au dire de Zimmermann, que Gœthe avait connue à Lausanne lors de son second voyage en Suisse, en 1779, et qu'il venait de revoir à Weimar. Enfin Tasso et Antonio, le poète et l'homme d'État, représentent les deux côtés de la nature de Gœthe, le côté idéal et le côté pratique. « Ils sont ennemis, dit la comtesse dans la seconde scène du troisième acte, parce

que la nature a négligé de faire d'eux un être unique ;
mais ils seraient amis, s'ils entendaient bien leur
intérêt. » Que leur union fût possible, la vie entière
de Goethe était là pour le prouver, et c'est aussi ce
que devait montrer la conclusion. Le Tasse, après
avoir menacé de quitter la cour, où la présence
d'Antonio le gêne, revient subitement sur sa résolution, et se jette dans les bras de celui qu'il considérait à tort comme un rival : « ainsi le matelot
s'attache au rocher contre lequel il pensait échouer ».

V. — RETOUR A WEIMAR. — LES ÉLÉGIES ROMAINES. LA CAMPAGNE DE FRANCE.

Le poète ministre était rentré à Weimar le
18 juin 1788. Quelques semaines après, un jour
qu'il se promenait au parc, une jeune fille vint lui
présenter un placet. C'était Christiane Vulpius, la
sœur d'un écrivain qui cherchait péniblement sa
voie et qui acquit plus tard une célébrité momen-
tanée par un mauvais roman, *Rinaldo Rinaldini*,
imité des *Brigands* de Schiller. Goethe a gardé le
souvenir de cette rencontre dans une poésie :

« Je me promenais dans le bois, — et je suivais
mon chemin — sans rien chercher, — sans penser
à rien.

« Je vis sous l'ombrage — une fleur paraître, —

brillante comme une étoile, — belle comme un regard.

« Je voulus la cueillir; — elle me dit gentiment : — « Est-ce pour me flétrir — que je dois être cueillie? »

« Je l'enlevai — avec toutes ses racines; — je la portai au jardin — qui orne ma maison;

« Et je la replantai — dans un lieu paisible. — Maintenant elle verdoie, — elle fleurit toujours[1]. »

Cela veut dire, sans symbole, que Christiane devint la femme de Goethe; mais l'aversion qu'il avait rapportée d'Italie pour les cérémonies de l'Église lui fit différer son mariage avec elle jusqu'en 1806. Elle lui donna, le 25 décembre 1789, un fils qui fut nommé Auguste, en l'honneur du duc de

---

1.

Ich ging im Walde
So für mich hin,
Und nichts zu suchen
Das war mein Sinn.

Im Schatten sah ich
Ein Blümchen stehn,
Wie Sterne leuchtend,
Wie Äuglein schön.

Ich wollt' es brechen,
Da sagt' es fein :
Soll ich zum Welken
Gebrochen sein?

Ich grub's mit allen
Den Würzlein aus,
Zum Garten trug ich's
Am hübschen Haus,

Und pflanzt' es wieder
Am stillen Ort;
Nun zweigt es immer
Und blüht so fort.

Saxe-Weimar. Lors de l'occupation de la ville par les troupes françaises, après la bataille d'Iéna, Goethe, voulant assurer les jours de sa femme et de son enfant, fit consacrer son union. On a beaucoup disserté sur Christiane, que la société de Weimar fit d'abord mine de repousser à cause de son origine, mais qu'elle finit pourtant par accueillir, après que Charles-Auguste lui en eut donné l'exemple. On l'a trop souvent jugée par comparaison avec Mme de Stein ou avec Lili Schœnemann. Elle était assurément moins distinguée que la première, moins brillante que la seconde; mais, sans être lettrée, elle ne manquait pas d'instruction. Au dire des contemporains, elle avait plutôt de la fraîcheur que de la beauté. « Je suis heureux, dit Goethe dans une lettre à Jacobi (du 1er février 1793); ma petite est soigneuse et active dans le ménage; mon garçon est gai et bien portant. » Enfin, il ne faut pas oublier, lorsqu'on parle de Christiane Vulpius, que la mère de Goethe approuva le choix que son fils avait fait. Christiane est l'héroïne des *Élégies romaines*, écrites par Goethe à son retour d'Italie, et publiées en 1792. C'est une peinture de l'amour tel qu'il le comprenait alors, de l'amour antique sans alliage romanesque, peinture faite avec une franchise de ton qui étonna les lecteurs de *Werther*, mais qui éloigne toute idée de libertinage. Il est probable que la traduction de Properce dont Knebel s'occupait alors ne fut pas étrangère à la rédaction

de cet ouvrage, qui est unique dans la littérature
allemande, et qui ne peut se comparer qu'aux élégies
d'André Chénier.

Les *Épigrammes vénitiennes* nous transportent
encore en Italie. La forme est pareille : c'est l'ancien
distique, composé d'un hexamètre et d'un penta-
mètre ; mais l'inspiration est différente. Les unes
sont des épigrammes dans le sens grec, c'est-à-dire
de simples inscriptions ; d'autres sont des traits
satiriques dirigés contre toutes les classes de la
société, le clergé, la noblesse, le peuple ; d'autres
encore, des boutades sur le caractère italien, l'exploitation de l'étranger, la malpropreté des rues. Gœthe
était allé à Venise, au mois de mars 1790, à la rencontre de la duchesse Amélie, qui revenait de Rome ;
la duchesse tarda jusqu'au commencement de mai,
et le poète occupa ses loisirs à écrire au jour le jour
et sans ordre ces petites pièces qui ne lui coûtaient
guère. Il est possible qu'un peu de mauvaise humeur
se soit mêlée aux ennuis de l'attente : on s'expli-
querait ainsi le ton acerbe de certaines épigrammes.
Le recueil s'augmenta dans les années suivantes,
et parut, en 1795, dans l'*Almanach des Muses* de
Schiller.

En 1792, Gœthe accompagna le duc de Saxe-
Weimar dans la campagne de Valmy. Le soir de la
bataille, comme on commençait à s'inquiéter dans
le camp prussien, ses compagnons, réunis autour
d'un feu lui demandèrent ce qu'il pensait de la tour-

nure que prenaient les événements. Il leur répondit :
« De ce lieu et de ce jour date une nouvelle époque
dans l'histoire du monde, et vous pourrez dire : *J'y
étais.* » Ce mot solennel, qui figure aujourd'hui dans
tous les livres d'histoire, a-t-il été réellement pro-
noncé? Ou, comme d'autres mots historiques, a-t-il
été imaginé ou du moins arrangé après coup? Il
faut se souvenir que le récit de la *Campagne de
France* n'a été publié que trente ans plus tard. Dans
une lettre à Knebel, du 27 septembre 1792, Gœthe
dit simplement ceci : « Je suis très content d'avoir
vu tout cela de mes yeux, et de pouvoir dire, quand
il sera question de cette importante époque :
quorum pars magna fui. Après avoir méprisé l'ennemi, on commence à le prendre pour quelque
chose, et, comme il arrive en pareil cas, on exagère
dans l'autre sens, et on le met plus haut qu'il ne
conviendrait. » Gœthe suivit la retraite de l'armée
prussienne jusqu'à Trèves, et, avant de retourner à
Weimar, il alla voir son ami Jacobi à Pempelfort,
près de Dusseldorf. Mais déjà on annonçait que les
Français prenaient l'offensive, et Custine marchait
sur Mayence, qui se rendit le 21 octobre. La ville
fut reprise par les confédérés allemands, le 23 juillet 1793; Gœthe assista au siège et à la capitulation,
et il a fait un tableau intéressant de la sortie des
troupes françaises. Dans l'intervalle des deux campagnes, il avait commencé à mettre en vers hexa-
mètres l'ancien *Poème du Renard*, cette « bible

profane », qui lui semblait « le miroir d'une époque
où le genre humain se montrait dans sa franche bes-
tialité ». C'était en même temps pour lui un exercice de versification, qui le préparait à *Hermann et
Dorothée*. Wieland et Herder se chargèrent de
revoir le poème au point de vue de la forme, qui,
au jugement de Gœthe lui-même, manquait encore
d'aisance et de grâce, et le *Reineke Fuchs*, en douze
chants, parut en 1794, sans que l'auteur en fût
entièrement satisfait. La même année, il reprit ses
études sur l'art, et il visita la galerie de Dresde avec
le peintre Meyer. Il avait l'intention de retourner en
Italie, mais la guerre l'en empêcha. Il dut se borner
à un troisième voyage en Suisse, en 1797. Il retrouva
Meyer à Zurich; ils visitèrent ensemble le lac des
Quatre-Cantons, et Gœthe se renseigna sur la
légende de Guillaume Tell, dont il voulait faire le
sujet d'un poème. A son retour, comme d'autres
travaux l'occupèrent, il abandonna le projet à
Schiller, et l'on sait quel heureux parti celui-ci en a
tiré pour son drame.

VI. — UNION AVEC SCHILLER. — « HERMANN ET
DOROTHÉE ». — « WILHELM MEISTER ». — LES BALLADES.

Les relations entre Gœthe et Schiller dataient de
l'année 1794. Il est remarquable que les deux
poètes, qui devaient bientôt s'unir d'une étroite

amitié, n'aient éprouvé d'abord l'un pour l'autre que de l'antipathie. Lorsqu'ils se rencontrèrent pour la première fois, en 1788, dans le salon de Mme de Lengefeld, Schiller n'était encore que l'auteur de *Don Carlos*; il sortait à peine de cette période orageuse dont Gœthe était complètement dégagé et dont il ne voyait plus maintenant que les excès. Un rapprochement eut lieu à la fin de l'année 1794, lorsque Schiller fonda la revue intitulée *les Heures*, à laquelle il voulait associer tous les écrivains marquants de l'Allemagne. Plusieurs lui refusèrent leur concours, Gœthe lui promit aussitôt le sien. Les *Xénies*, un recueil d'épigrammes, dont Gœthe eut la première idée, mais qu'ils rédigèrent en commun, et qui parurent dans l'*Almanach des Muses pour l'année 1797* sous la signature G. et S., scellèrent leur union. Ils y passaient en revue toutes les formules surannées et toutes les étroitesses de goût qui gênaient l'essor de la littérature; c'était comme le manifeste de l'école nouvelle qui se fondait sous leurs auspices. L'année 1797 s'appelle, pour Gœthe comme pour Schiller, *l'année des ballades*; ils trouvaient ensemble les sujets, et se les partageaient. Gœthe écrivit *le Chercheur de trésors*, *l'Apprenti sorcier*, *la Fiancée de Corinthe*, *le Dieu et la Bayadère*; il abandonna à Schiller *les Grues d'Ibycus* et *Héro et Léandre*. Les deux amis se communiquaient tous leurs projets, exerçaient un contrôle incessant l'un sur l'autre. Gœthe assistait à tous les remanie-

7

ments de *Wallenstein*; Schiller suivait la rédaction d'*Hermann et Dorothée*; il revisa les trois dernières parties de *Wilhelm Meister*. Cette collaboration dura jusqu'à la mort de Schiller, en 1805.

Hermann et Dorothée est, avec *Iphigénie en Tauride*, la plus belle création de Gœthe dans le genre classique, la plus étonnante même si l'on considère l'art qu'il y déploya et les difficultés qu'il eut à vaincre. Le sujet contenait la matière d'une idylle; il en tira un poème en neuf chants, chaque chant étant placé sous l'invocation d'une Muse. Le fils d'un aubergiste épousant une jeune émigrante que la guerre avait chassée de son pays, telle était la donnée; le poète l'éleva, l'amplifia, en faisant voir comme fond de tableau la Révolution française. On s'apercevrait, lors même qu'il ne nous le dirait pas, que l'*Iliade* et l'*Odyssée* étaient présentes à sa mémoire. Il porte l'imitation du style antique jusqu'aux dernières limites où elle peut se concilier avec le naturel. Ses personnages, un pasteur, un pharmacien, parlent comme Nestor et Ulysse; des objets de la vie ordinaire se présentent accompagnés d'une épithète homérique. Mais ce qui sauve toutes les hardiesses, c'est la parfaite harmonie de l'ensemble; il n'y a pas, dans tout le poème, une seule phrase qui détonne. Au reste, *Hermann et Dorothée* fut composé tout d'une haleine, comme l'avait été autrefois *Werther*, et le succès fut pareil;

commencé au mois d'août 1796, le poème fut terminé en juin 1797.

Il n'en est pas de même des *Années d'apprentissage de Wilhelm Meister* [1], dont la rédaction, souvent interrompue, n'embrasse pas moins d'une vingtaine d'années, de 1777 à 1796. Ce roman a été diversement jugé : George Sand, dans *Teverino*, l'appelle un adorable conte; Edmond Scherer y voit le comble de l'ennui. La vérité est sans doute entre ces opinions extrêmes; ce qui est certain, c'est que l'ouvrage est très inégal. Les premiers livres sont d'une composition plus serrée que les derniers. Gœthe veut nous faire assister à l'éducation d'un artiste, nous montrer le rôle qu'il doit jouer dans le monde. Quel beau sujet pour un écrivain qui avait réfléchi sur tous les arts et qui en avait pratiqué quelques-uns! Mais aussi, quoi de plus élastique qu'un tel cadre! et quelle tentation perpétuelle d'ouvrir des portes de côté, des échappées et des perspectives en tous sens! Dans un entretien entre deux personnages, au cinquième livre, la différence du drame et du roman est marquée de la manière suivante : « Le drame doit se hâter, et le caractère principal tendre au dénouement, tout en étant retenu par des obstacles. Le roman, au contraire, doit aller lentement, et les sentiments du personnage principal doivent suspendre, par un moyen quelconque,

1. *Wilhelm Meisters Lehrjahre.*

l'acheminement du tout vers la conclusion. » Gœthe semble avoir voulu appliquer cette définition dans son *Wilhelm Meister*. A mesure qu'on avance, la scène s'étend et l'action se ralentit ; le récit s'émiette et se disperse. L'analyse d'*Hamlet* prend une longue suite de chapitres ; tout le sixième livre est un épisode. Ce fut bien pis quand Gœthe voulut plus tard donner une suite à son roman, et qu'il écrivit les *Années de voyage de Wilhelm Meister ou les Renonçants*[1]. Le premier volume parut en 1821. Pendant que les deux derniers s'imprimaient, en 1829, le manuscrit, raconte Eckermann, se trouva insuffisant. Alors Gœthe posa devant son secrétaire deux liasses de papiers inédits, dont le contenu n'avait aucun rapport avec *Wilhelm Meister*, pour qu'il en tirât des séries de maximes et de réflexions ; on combla ainsi les lacunes. « Cela nous tire d'embarras, ajoutait Gœthe, et cela nous donne l'occasion de lancer dans le monde bien des choses importantes. » Il en était arrivé à une sorte d'indifférence sur la manière dont il ferait ses communications au public.

L'une des nouvelles destinées aux *Années de voyage* se développa sous la plume de l'auteur et devint un roman ; ce sont *les Affinités*[2]. L'idée en était ingénieuse et neuve. N'y a-t-il pas dans le monde moral des attractions mystérieuses et impé-

1. *Wilhelm Meisters Wanderjahre oder die Entsagenden.*
2. *Die Wahlverwandtschaften*, 1809.

ratives, comme dans le monde physique? Deux
époux, Édouard et Charlotte, voient leur bonheur
troublé par l'arrivée de deux personnes qu'ils admet-
tent dans leur intimité, un capitaine, ami d'Édouard,
et une nièce de Charlotte, nommée Ottilie. Le capitaine et Charlotte triomphent de leur penchant
mutuel, ils *renoncent*; mais Édouard et Ottilie meu-
rent victimes de la passion aveugle qui les entraîne.
Le roman, outre les fines analyses qu'il contient, est
un des plus parfaits modèles de la prose de Gœthe.

VII. — LA VIEILLESSE DE GŒTHE.
« LA FILLE NATURELLE ». — LE SECOND « FAUST ».

Les *Années de voyage* appartiennent déjà à la troisième manière de Gœthe, la manière allégorique. Il
demeure fidèle au grand style que lui a enseigné
l'antiquité, et il y ajoute l'intention didactique. A
force d'idéaliser la poésie, de la subtiliser, pour
ainsi dire, il ne voit plus en elle que le vêtement
d'une idée. Ses héros deviennent des types, des
symboles. Dans *Eugénie ou la Fille naturelle*, nous
voyons paraître le Roi, le Duc, l'Abbé, le Secrétaire;
ils ne sont pas autrement désignés. Eugénie, une
princesse du sang, exilée de la cour, est la personnification de la patrie. Trahie par l'Abbé et par le
Secrétaire, c'est-à-dire par le clergé et par le peuple,
elle accepte la main que lui offre le Conseiller. Cela

veut dire, sans doute, que la Justice est le dernier refuge d'une société démembrée. *La Fille naturelle* était la première pièce d'une trilogie où Gœthe voulait peindre tout le développement de la Révolution française. Représentée au théâtre de Weimar en 1803, elle fut froidement accueillie, malgré la perfection du style, et elle n'eut jamais de suite.

La plus grande partie du second *Faust* est écrite dans la même manière allégorique que *la Fille naturelle*. Mais on aurait tort de considérer le second *Faust* seulement comme une œuvre de la vieillesse de Gœthe, bien qu'il ne fût publié qu'après sa mort, en 1833. Plusieurs scènes étaient déjà ébauchées, quelques-unes même tout à fait terminées, à l'époque où parut la *Première partie de la tragédie*, en 1808. Dès l'année 1795, Gœthe avait eu l'idée de faire reparaître l'Écolier devant Méphistophélès, non plus avec sa naïve crédulité d'autrefois, mais avec l'outrecuidance d'un savoir fraîchement éclos. L'épisode d'Hélène, publié séparément en 1827, l'occupait déjà en 1800. Faust était devenu le compagnon idéal de sa vie et comme sa doublure intellectuelle ; au milieu de ses autres travaux, il revenait sans cesse à lui, incarnait en lui toutes ses idées, personnifiait en lui toutes ses métamorphoses. On comprend que, dans un tel sujet, et dans une œuvre de ce genre, se complétant scène par scène à de longs intervalles, le symbole, cette dernière forme de la poésie de Gœthe, ait pris une place de plus en plus prépon-

dérante. Après avoir montré Faust en lutte avec
ses passions, il fallait parcourir avec lui le monde
ancien et moderne, le faire assister à la décadence
du vieil Empire, ressusciter devant lui la patrie
d'Homère avec tout son cortège mythologique. Le
poète, qui n'avait plus souci de la réalité vulgaire,
n'était-il pas libre de supprimer, pour le héros de
ses rêves, les temps et les distances? Le *Faust*, pris
dans son ensemble, contient donc tous les styles de
Gœthe, comme il contient toute sa vie. Si ses poésies
n'étaient, comme il le dit, que des fragments d'une
grande confession, *Faust* est sa confession générale.

La vie de Gœthe, après l'année 1805 qui lui enleva
Schiller, offre peu d'incidents à noter. Le principal
intérêt de sa biographie, à partir de ce moment, est
dans l'attitude qu'il prit vis-à-vis des événements
qui agitaient l'Europe. Il s'était promptement
détaché de la Révolution française; il désapprouvait
surtout les parodies maladroites et intempestives
qu'on en faisait en Allemagne. « Je hais les boule-
versements violents, disait-il plus tard à Eckermann
(27 avril 1825), parce qu'on détruit par là autant que
l'on gagne; je hais ceux qui les accomplissent, aussi
bien que ceux qui les rendent inévitables. » Et,
insistant sur son idée : « Je le répète, ajoutait-il,
tout ce qui est violent et précipité me répugne dans
l'âme, car cela n'est pas conforme à la nature. »
Puis, expliquant encore sa pensée par une image, il
continuait : « Je suis l'ami des plantes, et j'aime la

rose comme la fleur la plus parfaite que produise notre ciel allemand. Mais je ne suis pas assez fou pour vouloir que mon jardin me la donne maintenant, à la fin d'avril. Je suis content de trouver aujourd'hui les premières feuilles vertes, et je le serai encore lorsque je verrai, de semaine en semaine, les feuilles continuer à former la tige ; je le serai davantage quand le bouton se dégagera au mois de mai, et je serai heureux enfin si juin me présente la rose avec sa magnificence et ses parfums. Mais celui qui ne sait pas attendre, qu'il aille dans une serre chaude ! » Il s'attendait à une restauration bourbonienne à bref délai. L'Empire lui donna un démenti. Il admira le génie de Napoléon plutôt en artiste qu'en homme politique ; il vit surtout en lui un grand déploiement de force individuelle. Il assista aux fêtes d'Erfurt, comme ministre du duc de Saxe-Weimar, en 1808, et il eut avec l'empereur un entretien dont il confia plus tard quelques détails au chancelier de Müller[1]. Lors du mouvement national de 1813, Gœthe se tint à l'écart, laissant à des poètes plus jeunes le soin de composer des chants de guerre ou d'exciter les multitudes. « Au reste, disait-il encore à Eckermann (14 mars 1830), je ne haïssais pas les Français, car comment pouvais-je haïr une nation qui compte parmi les plus civilisées de la terre ? » On lui demanda d'écrire une pièce de cir-

1. Voir les *Conversations* d'Eckermann, traduites par Délerot, au 1er vol., p. 81, en note.

constance pour le retour des troupes prussiennes
en 1815, et il donna au théâtre de Berlin *le Réveil
d'Épiménide*, une froide allégorie, où se détachent
cependant quelques belles strophes.

Pendant que l'Allemagne se remettait avec peine
des secousses violentes qu'elle venait de recevoir,
Goethe cherchait une nouvelle source d'inspiration
dans l'Orient, et il composa, à l'imitation du *Divan*
de Hafiz, le *Divan oriental-occidental* (1819). C'était
un recueil de poésies lyriques, très allemandes au
fond, auxquelles certaines particularités de rythme,
certaines substitutions de noms donnaient une teinte
orientale. Ce qui étonne, c'est la fraîcheur d'imagination et la chaleur de sentiment qu'elles dénotent
chez un poète de soixante-dix ans. Il resta, jusqu'à
la fin de sa vie, au courant de tout ce qui se publiait
en Allemagne et à l'étranger. Les débuts de l'école
romantique en France l'intéressèrent surtout et
d'autant plus vivement qu'il y voyait une preuve de
son influence au dehors. Ses amis, le bibliothécaire
Riemer, le peintre Meyer, le musicien Zelter, le ren-
seignaient chacun dans sa spécialité. Eckermann
était, depuis 1821, son principal secrétaire. Sa belle-
fille, Ottilie de Pogwisch, lui servait de lectrice.
Ses dernières années, comme il arrive dans toute
carrière prolongée, furent attristées par des deuils.
Il avait encore vu sa mère à Francfort, en 1807;
elle mourut l'année suivante (le 13 septembre). Il
perdit sa femme en 1816 (le 6 juin), le duc Charles-

Auguste, son meilleur ami après Schiller, en 1828 (le 14 juin). Son fils, Auguste de Gœthe, conseiller à la Chambre des comptes, mourut subitement pendant un voyage à Rome, le 30 octobre 1830. Lui-même s'affaiblit au mois de mars 1832. Dans la nuit du 19 au 20, il eut une crise, dont il parut se remettre les jours suivants. Le 22, vers midi, il s'endormit dans son fauteuil. Sa dernière parole avait été : « Qu'on laisse entrer plus de lumière! »

Gœthe a beaucoup écrit et dans tous les genres; il a semé, en outre, beaucoup d'idées dans sa correspondance, qui est aujourd'hui presque entièrement publiée, et dans ses conversations, dont une partie a été recueillie par ses amis. Nous venons de passer en revue ceux de ses ouvrages où se montrent surtout le développement et les transformations de son esprit. Mais il faut citer encore, dans le genre dramatique : *les Complices* [1], comédie en trois actes (1769); *Prométhée*, un beau fragment, deux actes et un monologue, écrits en 1774, publiés en 1830; *Jéry et Bœtely*, un petit opéra, qui a été porté sur la scène française sous le titre du *Chalet*, et qui fut écrit en 1779, lors du second voyage de Gœthe en Suisse, et publié en 1787; *le Grand Cophte*, une comédie en cinq actes sur l'affaire du Collier (1792); *Pandore*, un pendant de *Prométhée*, et qui resta, comme lui, un fragment; enfin, deux pièces politiques, une

---

1. *Die Mitschuldigen.*

comédie en un acte intitulée *le Citoyen Géné-ral*[1] (1793), et le drame inachevé des *Révoltés*[2], écrit en 1794, imprimé en 1816. Il faut ajouter les traductions du *Mahomet* (1800) et du *Tancrède* (1801) de Voltaire, faites pour le théâtre de Weimar.

En 1798, Gœthe entreprit un poème qui devait former le lien entre l'*Iliade* et l'*Odyssée*, l'*Achilléide*, dont il écrivit le premier chant (publié en 1808). En 1810, il commença la rédaction de ce livre qu'on appelle communément ses Mémoires, et qu'il intitula : *Récits de ma vie, Poésie et Vérité*[3] (quatre parties, 1811, 1812, 1813 et 1831); c'est un tableau idéal de sa jeunesse, qu'on peut consulter pour sa biographie, à condition de le confronter sans cesse avec sa correspondance et avec les autres renseignements contemporains. Gœthe publia lui-même sa correspondance avec Schiller[4]. Au moment où il méditait un troisième voyage en Italie, il fit, pour les *Heures,* une traduction des Mémoires de Ben-venuto Cellini[5]. Il traduisit aussi l'*Essai sur la peinture* de Diderot (1798, publié en 1816), et *le Neveu de Rameau,* encore inédit, qu'il avait pu lire en manuscrit (1805). Enfin, Gœthe a dirigé successivement et rédigé en grande partie deux revues archéo-

1. *Der Bürgergeneral.*
2. *Die Aufgeregten.*
3. *Aus meinem Leben, Dichtung und Wahrheit.*
4. Stuttgart, 1828-1829; 6 vol.
5. Imprimée à part en 1803; deux parties.

logiques, *les Propylées* (1798-1800) et *l'Art et l'Antiquité* (1816-1828).

Lorsque, arrivé au terme de cette longue carrière, on essaye d'en mesurer toute l'étendue et de l'embrasser d'un coup d'œil, on est d'abord frappé de la quantité d'ouvrages qui en marquent, pour ainsi dire, les étapes. Une telle fécondité est déjà le signe d'un grand génie. Mais ce qui étonne davantage, c'est la diversité de ces ouvrages. On croirait à peine que. *Werther, Faust, Iphigénie, Hermann et Dorothée*, pour ne citer que les chefs-d'œuvre, sont sortis de la même plume, sans parler de cette longue suite de poésies lyriques qui les accompagnent, depuis les chansons de la jeunesse jusqu'aux élégies romaines et aux ballades. Gœthe a eu, comme tout écrivain, sa période de formation, de maturité et de déclin ; mais sa maturité s'est prolongée au delà du terme ordinaire, et son déclin même n'a pas été sans force. De plus, il a toujours su découvrir la forme poétique qui pouvait s'approprier à chaque âge de sa vie, à chaque degré de son développement. Toujours aussi, il a trouvé les modèles qui lui convenaient. Il a subi tour à tour l'influence de Shakespeare, de Rousseau, d'Homère, des tragiques grecs, même des élégiaques latins, sans avoir jamais été ce qu'on appelle un imitateur. « Qu'y a-t-il de bon en nous, dit-il quelque part, si ce n'est la force et le goût de nous approprier les éléments du monde extérieur et de nous en servir pour un but élevé ? »

C'est cette faculté d'assimilation, de transformation et de renouvellement, ce rare mélange d'esprit critique et de génie créateur, qui est la marque distinctive de Gœthe, et c'est par là qu'il est le vrai représentant d'une littérature qui, venue la dernière dans l'histoire, n'a pu se constituer que par une combinaison ingénieuse de toutes celles qui l'avaient précédée.

LE DERNIER AMOUR DE GŒTHE

ON conserve aux *Archives de Gœthe et Schiller* à Weimar un cahier formé de neuf feuillets de papier vélin recouverts d'un carton bleu, les mêmes que Gœthe, au dire de son secrétaire Eckermann, avait fixés autrefois par un ruban de soie sur une couverture de maroquin rouge. C'est le manuscrit d'une élégie écrite par lui en souvenir de sa dernière passion, celle qu'il éprouva pour Ulrique de Levetzow. Le directeur des Archives, M. Bernard Suphan, en donna un fac-similé aux membres de la *Société de Gœthe*, en 1900, quelques mois après la mort d'Ulrique, et M. Auguste Sauer, professeur à l'université de Prague, publia, en 1904, quelques pages de *Souvenirs,* où Ulrique racontait elle-même, avec une grande sincérité, l'histoire de ses relations avec le grand poète [1].

Son intention, dit-elle au commencement et à la fin, est surtout de démentir les fables qu'on faisait

---

1. *Ulrike von Levetzow und ihre Erinnerungen an Gœthe,* dans la revue : *Deutsche Arbeit* (Munich).

courir sur son compte. Lorsqu'on sut, en effet, que Gœthe, sur ses vieux jours, s'était épris d'une jeune fille au point de vouloir l'épouser, et qu'il l'avait chantée dans une longue élégie et dans de petites poésies de circonstance, les imaginations se donnè- rent carrière; et, en l'absence de renseignements précis, il se forma une légende, où Ulrique appa- raissait comme une Charlotte sentimentale et Gœthe comme un Werther attardé. Eckermann lui-même, qui pourtant était en position de se renseigner, dit qu'il ajoutait foi à la légende, parce qu'elle semblait d'accord « avec la constitution vigoureuse de Gœthe et avec la fraîche vivacité de son cœur [1] ».

Aujourd'hui que nous possédons les lettres échan- gées entre Gœthe et la famille de Levetzow [2], et qu'Ulrique elle-même a pris la parole, la légende doit faire place à l'histoire; et l'histoire, comme il arrive d'ordinaire en pareil cas, n'est pas moins inté- ressante que la légende.

Les rapports de la famille de Levetzow avec la société de Weimar dataient déjà de loin. Le grand- père d'Ulrique venait chasser avec le duc Charles- Auguste. Gœthe appelait la mère d'Ulrique « une des étoiles de sa vie ». Cependant elle ne lui témoi- gnait pas une admiration sans réserve. Gœthe lui ayant demandé un jour si c'étaient ses poésies à lui ou celles de Schiller qu'elle préférait, elle répondit:

1. *Conversations*, 27 octobre 1823.
2. *Gœthe-Jahrbuch*, t. VIII (1887) et XXI (1900).

« Je ne vous comprends pas toujours ni l'un ni l'autre, mais je *sens* mieux Schiller. »

Ce fut en 1821, aux eaux de Marienbad, qu'Ulrique fit la connaissance de Gœthe. Elle avait dix-sept ans, et elle avait été élevée dans un pensionnat français à Strasbourg, où on lui avait surtout fait lire les poésies de Voltaire. Gœthe habitait la même maison que ses parents. « Un jour, raconte-t-elle, ma grand'mère me fit appeler, et la femme de chambre me dit qu'un vieux monsieur demandait à me voir, ce qui ne me fut nullement agréable, parce que je travaillais à ma broderie. Lorsque j'entrai et que je fus présentée, Gœthe me prit par la main, me regarda d'un air aimable et me demanda si je me plaisais à Marienbad. Comme je ne savais rien de lui et que j'ignorais absolument que j'avais devant moi un homme célèbre, je répondis sans le moindre embarras. »

Ce fut sans doute cette ingénuité qui charma Gœthe. On conserve également à Weimar un portrait d'elle qui date de ce temps. C'est un pastel « qui la montre, dit M. Bernard Suphan, dans toute sa grâce enfantine : le regard franc et pur de ses yeux bleus contraste avec les boucles brunes qui ombragent son front ». Gœthe, à partir du jour où il la connut, l'emmena régulièrement dans ses promenades du matin. Quand par hasard elle ne l'accompagnait pas, il lui rapportait des fleurs. Le soir, il restait des heures assis auprès d'elle sur le banc qui était devant la maison, lui parlant botanique, minéralogie, littérature. « Quand je m'aperçus de son grand esprit, dit-elle, je le connaissais déjà trop pour être intimidée par lui; mais ni ma mère ni personne ne voyait dans nos relations autre chose que l'agrément qu'un homme âgé, qui aurait pu être mon grand-père, trouvait à converser avec une jeune fille qui ne demandait pas mieux que de s'instruire. »

Gœthe publiait alors la seconde édition des *Années de voyage de Wilhelm Meister*. Il en offrit un exemplaire à Ulrique. Elle essaya de le lire, mais s'aperçut aussitôt que ce n'était qu'une suite. Elle demanda les volumes précédents à Gœthe. Il lui répondit « que cela n'était pas pour elle », et qu'il aimait mieux lui en raconter le contenu. « Que de fois, dit-elle, j'ai regretté de n'avoir pas mis son récit par écrit! Cela serait plus intéressant que les lettres et les billets dont on fait tant d'affaires aujourd'hui. »

La même société se retrouva les deux années suivantes. En 1822, les sœurs d'Ulrique, Amélie et Bertha, plus jeunes qu'elle, et qui venaient de terminer leur éducation dans le même pensionnat français, arrivèrent à Marienbad. Gœthe continua ses assiduités auprès d'Ulrique. Les étrangers qu'elle lui présentait, lors même que ce n'étaient que des visiteurs indiscrets, étaient toujours sûrs d'être bien accueillis. « Il suffit, disait-il, que cela fasse plaisir à ma fille. » Un des habitués écrivait, au mois d'août 1823, dans une lettre que M. Sauer a vue en manuscrit : « Gœthe, dans ses excursions minéralogiques, a rencontré une violette, dont il veut faire une violette immortelle. Il est éperdument amoureux d'une jeune fille, et il veut l'épouser. Quelle poétique folie ! »

Gœthe était veuf depuis sept ans ; il avait soixante-quatorze ans. Songeait-il sérieusement à se remarier ? On voudrait en douter, mais le fait est que le duc Charles-Auguste de Saxe-Weimar se chargea de faire la demande.

« Nous crûmes d'abord qu'il plaisantait, raconte Ulrique ; mais il y revint à plusieurs reprises, et me fit même voir tous les avantages d'une telle union : je serais la première dame de Weimar ; je ne serais pas séparée de mes parents, à qui lui-même arrangerait une maison ; il se chargerait aussi d'assurer mon avenir, au cas probable où je survivrais à Gœthe. Ma mère, qui avait pour principe de laisser à ses filles toute liberté pour se marier, me demanda si j'étais disposée à accepter la proposition qui m'était faite. Je lui demandai à mon tour si elle le désirait.

« — Non, me répondit-elle, tu es trop jeune ; mais la proposition est tellement honorable, que je n'ai pas voulu l'écarter sans te consulter ; réfléchis.

« — C'est tout réfléchi, dis-je. J'aime Gœthe comme on aime un père. S'il était seul au monde, et si je croyais lui être nécessaire, je l'épouserais peut-être ;

mais il a son fils, qui est marié, et dont je devrais prendre la place; il n'a donc pas besoin de moi.

« Ce fut tout; Gœthe ne parla plus de son projet ni à ma mère ni à moi, tout en continuant de m'appeler sa petite favorite ou sa chère fille. »

Le 18 août, la famille de Levetzow se transporta aux eaux de Karlsbad. Gœthe la suivit une semaine après, et demeura encore douze jours avec elle. Le 5 septembre, il reprit à petites journées le chemin de Weimar, et ce fut pendant le voyage qu'il composa son élégie, écrivant à chaque station ce qu'il avait médité dans la voiture. Le 13, il arrivait à Iéna; et quatre jours après il rentrait à Weimar. Le 2 octobre suivant, causant avec le chancelier Frédéric de Müller de son aventure à Marienbad, il disait : « C'est un penchant qui me donne encore du mal, mais dont je triompherai. Iffland pourrait en faire une comédie, dont le sujet serait un vieil oncle qui chérit trop sa nièce[1]. »

Il reconnaissait à l'*Élégie de Marienbad* un caractère particulier parmi ses poésies. « Elle a quelque chose d'immédiat, dit-il à Eckermann, elle est d'un seul jet, ce qui peut avoir profité à l'ensemble. » Si cela n'a pas profité à l'ensemble, on peut dire du moins que certains détails y ont gagné. On sait que sa manière ordinaire de composer était toute différente; il attendait que l'impression première

---

1. *Gœthes Unterhaltungen mit dem Kanzler Friedrich von Müller*, Stuttgart, 1870.

fût bien fixée et calmée, qu'il pût la considérer en artiste et lui donner ce qu'il appelait une forme objective. L'*Élégie de Marienbad* a été écrite, au contraire, sous le coup de l'émotion ; elle a de vrais élans du cœur, des retours de passion juvénile ; elle n'a pas la beauté plastique des autres poésies de Gœthe.

Il garda par devers lui le manuscrit qu'il avait exécuté avec un soin religieux après son retour à Weimar. Il le plaça parmi ses souvenirs, à côté d'un verre sur lequel étaient gravés les noms des trois filles de Mme de Levetzow, et qu'il avait reçu d'elle au jour anniversaire de sa naissance. Après sa mort, le manuscrit fut remis à Mme de Levetzow, qui en fit don au Musée de Weimar.

Gœthe et Ulrique, après leurs adieux du 5 septembre 1823, ne se revirent jamais. Ulrique ajoutait quelquefois un post-scriptum aux lettres que sa mère écrivait à Gœthe. Dans une de ces lettres, du 6 septembre 1829, Mme de Levetzow disait : « Ulrique est toujours comme elle était, bonne, douce, ménagère, d'une gaieté tranquille et d'une humeur égale. Elle s'occupe des enfants de sa sœur Amélie. Ses manières simples et prévenantes lui font des amis de tous ceux qui la connaissent : n'est-ce pas une condition de bonheur ? »

Elle ne se maria pas. Un ami de la famille, qui la vit dans son extrême vieillesse, la décrit ainsi : « Elle possédait une force de volonté qui la faisait triompher de sa faiblesse physique. Malgré ses quatre-vingt-seize ans, sa figure était à peine ridée, et un sourire se jouait toujours sur sa bouche. Elle marchait droite dans son appartement, et parfois seulement, quand elle ne se croyait pas observée, elle s'affaissait sur un meuble. Quand sa femme de chambre accourait pour la soutenir, elle se défendait en disant : « Il faut que le corps obéisse au commandement de l'esprit. »

C'était une maxime vraiment gœthienne. Ulrique de Levetzow mourut le 13 novembre 1899, la dernière survivante des femmes qui ont été aimées de Gœthe et qui lui font cortège dans l'immortalité.

LE « FAUST » DE GOETHE

SES ORIGINES ET SES FORMES SUCCESSIVES

SCHILLER disait, dans une de ses épigrammes, à propos de Kant et de ses interprètes : « Que de mendiants un seul riche peut nourrir! Quand les rois bâtissent, les charretiers ont à faire. » Gœthe n'a pas nourri moins de critiques indigents que Kant, et les charretiers n'ont pas chômé pendant le long espace de temps qu'a duré la publication de *Faust*. Lui-même éprouvait un malin plaisir à jeter aux commentateurs « un os à ronger », et il se plaisait même à intriguer ses amis à propos des mystères plus ou moins transparents que contenait son poème. Eckermann lui disait un jour : « Oui, il y a là de quoi exercer la pensée, et un peu d'érudition y est de temps en temps nécessaire. Je suis content, par exemple, d'avoir lu le petit livre de Schelling sur les divinités de Samothrace et de savoir à quoi vous faites allusion dans le fameux passage de la *Nuit classique de Walpurgis*. » Et Gœthe lui répondait en riant : « J'ai toujours trouvé qu'il était bon de savoir quelque chose [1]. »

1. *Conversations* d'Eckermann, 17 février 1831.

Non seulement Schelling, mais Fichte et surtout Hegel ont été mis à contribution pour l'explication du *Faust*, et Schopenhauer, le dernier de la grande lignée des philosophes allemands, n'aurait pas manqué d'être invoqué à son tour, si le système de l'interprétation philosophique n'avait déjà été abandonné à l'époque où le pessimisme s'empara de l'attention publique [1]. On sentait bien que le *Faust* n'était pas un poème comme un autre, qu'il soulevait à chaque page les plus hauts problèmes de la vie et du monde : réfléchir à ces problèmes, recueillir chemin faisant les mots caractéristiques dont le poète les éclairait, ajouter ainsi un intérêt de plus à l'intérêt dramatique du sujet, c'eût été une tâche élevée, captivante, conforme à l'esprit et au but d'une grande œuvre littéraire. Mais cela ne suffisait pas : on voulait systématiser la pensée du poète, la réduire en formule, ramener à un plan uniforme, nettement conçu dès le début et rigoureusement suivi jusqu'à la fin, des fragments qui avaient mis soixante ans à se grouper, à se compléter, et qui avaient été rédigés sous les influences les plus diverses.

Aujourd'hui, l'interprétation philosophique a fait place à l'interprétation historique. Il ne s'agit plus

---

1. Un des premiers disciples de Schopenhauer, David Asher, professeur à l'École de commerce de Leipzig, essaya cependant d'expliquer le *Faust* au moyen de la doctrine pessimiste (*Arthur Schopenhauer als Interpret des Goetheschen Faust*, Leipzig, 1800).

de savoir ce que le *Faust* signifie — c'est à chaque
lecteur à voir ce qu'il signifie pour lui, — mais sur
quels documents Gœthe a travaillé, et comment ces
documents se sont transformés et renouvelés entre
ses mains. Des publications intéressantes sont venues
faciliter cette recherche. Jusqu'ici, on ne connaissait que les éditions publiées par Gœthe, le *Fragment*
de 1790 et la *Première partie de la tragédie* de 1808 ;
enfin l'édition complète et posthume de 1833, pré-
parée par lui. Or, voilà que M. Éric Schmidt nous
donne un *Faust* primitif, un *Urfaust*, antérieur au
fragment de 1790, un premier jet puissant et caractéristique[1]. Plus récemment, M. Otto Pniower s'est
mis à recueillir tous les témoignages qu'il a pu
trouver sur la composition du poème, dans les écrits
de Gœthe, dans sa correspondance et dans son Journal, dans les revues et les correspondances contem-
poraines[2]. Ce sont des compléments d'information
très précieux à ajouter aux renseignements que l'on
possédait déjà.

I. — LE PERSONNAGE HISTORIQUE.

Faust a-t-il existé? Au xvi° siècle, personne n'en
doutait. Il est vrai qu'au xviii° personne ne doutait
non plus de l'existence d'Ossian. Le siège prin-

1. *Gœthes Faust in ursprünglicher Gestalt*, 4° éd., Weimar,
1899.

2. *Gœthes Faust, Zeugnisse und Excurse*, Berlin, 1899.

cipal de la légende de Faust était Wittemberg, la citadelle du luthéranisme. C'est en Saxe qu'il avait accompli quelques-unes de ses actions les plus miraculeuses, et qu'il avait fini par rendre son âme au démon qui l'avait servi. Or, vers la fin du xvii° siècle, un théologien de Wittemberg, Jean-George Neumann, crut devoir à l'honneur de la région où il enseignait de la purger du renom d'avoir donné asile à un réprouvé. Il déclara, dans une *Recherche historique* [1], que jamais aucun citoyen du nom de Faust n'avait été inscrit sur les registres de la ville; que certaines localités qui figuraient dans la légende et qu'on plaçait dans les environs de Wittemberg devaient être cherchées plutôt dans le Wurtemberg; que Faust, s'il avait vécu (ce dont beaucoup de gens doutaient), n'avait été, selon toutes les apparences, qu'un obscur bateleur; enfin, que tout le roman dont il était le héros ne devait peut-être son origine qu'à une analogie entre le nom de Faust et celui de l'imprimeur Fust, de Mayence, que ses ennemis avaient accusé de sorcellerie. « D'ailleurs, ajoutait Neumann, si Faust avait été un si redoutable magicien, et s'il avait exercé son art à Wittemberg, pourquoi ne trouve-t-on aucune trace de lui dans les écrits de Luther et de Mélanchton? »

Au fond, ce qui gêne Neumann, c'est que Faust soit venu en Saxe et qu'il y ait fait des dupes. Ce

---

1. *Disquisitio historica de Fausto præstigiatore*, Wittemberg, 1083.

n'est pas son sens historique, c'est son patriotisme local qui est alarmé, et si seulement *Wittemberg* pouvait être changé en *Wurtemberg*, sa conscience serait à l'aise. Ce qui lui fait invoquer l'autorité des réformateurs, appuyée sur leurs propres écrits, c'est qu'il y avait en effet un témoignage de Mélanchton, témoignage indirect, il est vrai, mais qu'il lui importait d'infirmer. Un disciple de Mélanchton, Jean Mennel ou Manlius, originaire d'Anspach en Bavière, dans un écrit publié en 1562, mettait tout un discours dans la bouche de son maître. Celui-ci disait avoir connu un homme du nom de Faust. Cet homme, après avoir étudié la magie à Cracovie, errait de ville en ville, étonnant et trompant le public. Venu en Saxe, il se vantait d'avoir gagné seul, par ses sortilèges, toutes les victoires des armées impériales en Italie. L'électeur Jean l'ayant expulsé de ses États, il se réfugia à Nuremberg. Le même Faust, voulant donner au peuple de Venise un spectacle extraordinaire, déclara qu'il monterait au ciel aux yeux de tous. Le diable l'éleva en effet jusqu'à une certaine hauteur, mais le laissa retomber si brusquement qu'il pensa en perdre la vie. Le lieu de sa mort, dans le récit attribué à Mélanchton, est placé dans un bourg du duché de Wurtemberg. Au milieu de la nuit, la maison qu'il habite est ébranlée dans ses fondements. Le lendemain, comme l'heure de midi approchait déjà, son hôte, ne le voyant pas reparaître, entra dans sa chambre et le trouva étendu sur le plancher devant son lit, le cou tordu et la face retournée. Pendant sa vie, ajoute le récit, un démon le suivait toujours sous la forme d'un chien [1].

Il existe un autre témoignage, plus ancien et plus explicite, quoique moins complet, que Neumann ne paraît pas avoir connu : c'est celui de Jean Tritheim ou Trithemius, un des hommes les plus savants et les plus considérés de son temps, mort en 1516 comme prieur du couvent des bénédictins à Wurzbourg. Un de ses amis, le mathématicien Virdung, de Hasfurt, lui avait écrit qu'on attendait dans cette ville le grand magicien George Sabellicus, et lui avait demandé des renseignements sur ce personnage. Tritheim lui répond, à la date du 20 août 1507 : « L'homme dont tu me parles, qui ose s'appeler le premier des nécromanciens, n'est qu'un hâbleur, qui mériterait d'être frappé de verges pour ses propos scandaleux et impies. Il s'appelle tour à tour George Sabellicus et Faust le Jeune, expert en toute sorte de magie et de science occulte. Revenant,

---

1. *Locorum communium collectanea*, Bâle, 1562. — Les dires de Manlius sont répétés par Jean Wier ou Wierus, médecin du duc Guillaume de Clèves (*De Præstigiis dæmonum*, Bâle, 1568). — Philippe Camerarius, à son tour, confirme le témoignage de Wier (*Horæ subcisivæ*, Francfort, 1602). Il ajoute, pour l'avoir entendu dire, qu'un jour Faust fit paraître brusquement devant ses compagnons une vigne chargée de raisins mûrs, et lorsqu'ils voulurent les saisir, ils s'aperçurent qu'ils tenaient chacun un couteau à la main, avec lequel ils s'apprêtaient à se couper le nez : un détail dont Gœthe a profité dans la scène de la *Taverne d'Auerbach*.

l'année dernière, de la marche de Brandebourg, et passant par Gelnhausen, j'y ai trouvé cet homme, dont on me disait merveilles ; mais, ayant appris ma présence dans la ville, il s'enfuit, et l'on ne put jamais le décider à paraître devant moi. Il avait déclaré que si tous les écrits de Platon et d'Aristote étaient perdus, il pourrait, par la puissance de son génie, les rétablir plus beaux et plus complets. Il se rendit plus tard à Wurzbourg, et, d'après ce que l'on m'a rapporté, il dit, en présence de plusieurs personnes, que les miracles de Jésus-Christ n'avaient rien de si miraculeux, et qu'il les répéterait où et quand on voudrait. A Kreuznach, où il arriva cette année vers la fin du carême, il se glorifiait d'être le plus grand alchimiste qui ait jamais vécu, se faisant fort de connaître et d'accomplir les souhaits de chacun. Franz de Sickingen, qui aimait les sciences occultes, lui donna la direction d'une école ; mais il abusa des jeunes gens qui lui étaient confiés, et se sauva pour éviter le châtiment qui l'attendait. Voilà ce que je puis affirmer avec certitude de cet homme. »

Le témoignage de Tritheim est formel. Il n'a pas vu Faust, mais il s'est trouvé en contact presque immédiat avec lui, et il aurait pu le confondre, si Faust ne s'était dérobé devant lui. Mais d'autres l'ont vu. Le chanoine Conrad Mudt, ou Mutianus Rufus, de Gotha, un des meilleurs humanistes du siècle, écrit, à la date du 3 octobre 1513 : « Il est venu à Erfurt, il y a une huitaine de jours, un chi-

romancien nommé George Faust, grand hâbleur et
impertinent bavard. Le peuple admire ces gens. Je
l'ai entendu débiter ses sottises dans l'hôtellerie,
sans daigner rabattre son caquet : que m'importent
les insanités des autres? » Un médecin de Worms,
Philippe Begardi, auteur d'un livre sur l'hygiène [1],
a connu des gens qui ont été les dupes de Faust.
Un ecclésiastique de Bâle, Jean Gast, a dîné avec
lui en docte compagnie, et il raconte que Faust
remit au cuisinier, pour les apprêter, des oiseaux
rares, comme on ne les voyait pas dans cette région
et comme on ne pouvait se les procurer à aucun
prix; il était aussi accompagné d'un chien et d'un
cheval, « probablement des démons déguisés »; le
chien prenait même, à ce qu'on disait, la forme d'un
valet pour le servir à table [2].

Ici s'arrête la série des témoignages directs, ou
du moins très rapprochés. Ensuite les récits deviennent de plus en plus merveilleux. Vers la fin du
siècle, un théologien, nommé Augustin Lercheimer,
écrit un livre [3] pour prémunir les âmes chrétiennes
contre les dangers de la magie, encore plus perni-
cieuse, dit-il, pour ses adeptes que pour ses victimes, puisqu'elle les prive du salut éternel; et,
entre autres exemples qu'il cite, il raconte comment

1. *Zeyger der Gesundheit*, Worms, 1539.
2. *Sermones convivales*, Bâle, 1554.
3. *Christlich bedencken und erinnerung von Zauberey*, Heidelberg, 1585. ..

Faust, ayant un jour dîné avec ses compagnons dans un village de la Bavière, les transporta, à soixante lieues de là, dans les caves de l'évêque de Salzbourg, et comment, quand le sommelier survint, il le hucha dans les branches les plus élevées d'un sapin, où il l'abandonna, tandis que toute la bande reprenait son vol à travers les airs. On voit que l'imagination populaire a déjà brodé sur l'histoire; Faust est décidément entré dans la légende.

Il n'y a aucune raison de douter que le personnage dont parlent les témoins précités ait réellement vécu, quels que soient d'ailleurs son vrai nom et sa vraie origine, qu'il se soit appelé Jean ou George Faust, ou George Sabellicus; qu'il appartienne au Wurtemberg, ou à la Saxe, ou au Palatinat du Rhin. Il est même probable qu'il changeait souvent de nom, comme il changeait le théâtre de ses exploits. Mais on voit aussi, d'après l'ensemble des témoignages contemporains, à quelle espèce de personnage nous avons affaire. Les sciences occultes, dans lesquelles il se disait le premier des maîtres, ont toujours eu deux sortes d'adeptes, ceux qui y croyaient et ceux qui en tiraient profit, les naïfs et les charlatans. Faust était du nombre de ceux-ci. Il n'avait rien d'un Agrippa de Nettesheim, avec lequel ses contemporains le comparaient quelquefois, et, au fond, il se souciait peu de savoir dans quelle sphère résidaient les esprits qu'il prétendait soumettre à sa volonté. Mais ce n'était pas non plus

un simple baladin de carrefour. Il savait se métamorphoser selon le public auquel il s'adressait, et il
trouvait ses dupes dans le grand comme dans le
petit monde. Il était, du reste, bon compagnon,
intarissable en paroles, et jamais à court d'expé-
dients. Le peuple admire ces gens, dit Mutianus
Rufus. Le peuple, en effet, a adopté Faust, tandis
que les savants le méprisaient; il l'a idéalisé en beau
et en laid, et il a reporté sur lui sa vague conscience
d'un mystérieux au-delà.

II. — LA LÉGENDE. — LE LIVRE DE SPIES.

Un des critiques les plus pénétrants qui se soient
occupés du *Faust*, Kuno Fischer, fait cette remarque
que le poème de Gœthe a tous les caractères d'une
épopée nationale [1]. Le personnage principal est historique, mais il a été aussitôt transformé par la
légende. Le sujet n'est pas l'invention personnelle
d'un poète, mais le résultat lentement accumulé
d'une tradition populaire; il a reçu l'empreinte de
deux révolutions, l'une religieuse, l'autre philosophique et littéraire, pendant lesquelles s'est cons-
titué le génie d'une nation; Gœthe a eu deux collaborateurs, l'esprit de la Réforme et celui de la
période *Sturm-und-Drang*.

1. Kuno Fischer, *Gœthes Faust*, 3ᵉ éd., Stuttgart. 1893.

L'esprit de la Réforme anime toute la vieille légende. La première édition imprimée sortit des presses de Jean Spies à Francfort-sur-le-Mein, en 1587[1]. L'imprimeur disait avoir reçu le manuscrit d'un de ses amis habitant Spire. L'histoire, ajoutait-il, que tout le monde demandait à connaître, était puisée en grande partie dans les propres écrits de Faust; elle était donnée en avertissement à tous ceux qui pourraient se laisser tenter par une curiosité présomptueuse et impie. Faust, d'après le livre de Spies, est né à Roda, près de Weimar; il est le fils de paysans pauvres et craignant Dieu, qui l'envoient à Wittemberg, auprès d'un oncle riche et sans enfants, pour étudier la théologie; car « il montrait déjà une grande vivacité d'esprit et une grande envie de savoir ». Faust est reçu docteur. Mais bientôt « il met les saintes Écritures sous le banc », et il se rend à l'université catholique de Cracovie, où l'on enseignait la magie. Il étudie jour et nuit les livres chaldéens, grecs et arabes. Dès lors, il ne veut plus être appelé théologien, mais docteur en médecine, mathématicien et astrologue. Il a auprès de lui « un mauvais garçon », Christophe Wagner, qu'il traite comme son fils, et qui est son aide, son *famulus*. Enfin, il conclut avec le diable

1. *Historia von D. Johann Fausten, dem weitbeschreyten Zauberer und Schwartzkünstler, Wie er sich gegen dem Teuffel auff eine benandte Zeit verschrieben,* etc. *Gedruckt zu Franckfurt am Mayn, durch* Johann Spies, 1587.

son fameux pacte, le fait central de la légende. La conjuration a lieu dans une forêt, près de Wittemberg. Le diable refuse d'abord d'entrer dans le cercle tracé par Faust; enfin, cédant à une évocation plus puissante, il apparaît sous la figure d'un moine. Avant d'arrêter les clauses du contrat, il faut qu'il obtienne l'autorisation de Lucifer, le prince de l'enfer; car lui-même, Méphistophélès, n'est qu'un démon subalterne. Le pacte signé, Faust est irrémédiablement perdu. Plus tard, à l'approche du châtiment, il sera saisi d'effroi; il demandera l'assistance d'un homme pieux, médecin comme lui, mais qui a gardé sa foi et qui a continué de s'édifier dans les Écritures. Mais ce sera en vain, car la grâce divine se sera retirée de lui, et « nul homme sur la terre n'a le pouvoir de remettre les péchés d'un autre homme [1] ». Pour le moment, Faust est aveuglé par son orgueil. Il pense « que le diable n'est pas si noir qu'on le dépeint, ni l'enfer si chaud qu'on le dit ». Il veut « sonder les éléments », et comme les dons qu'il a reçus d'en haut et les enseignements qu'il peut recevoir des hommes n'y sauraient atteindre, il faut que le prince de l'enfer soit son précepteur. Il est semblable « aux géants dont parlent les poètes, qui entassaient les montagnes

---

1. Theophilus, dont la légende a été mise en drame par Rutebeuf, conclut aussi un pacte avec le diable; mais ensuite il se repent et implore Notre-Dame, qui arrache le pacte à Satan. — Voir *Rutebeuf*, par Léon Clédat, Paris, 1891.

pour guerroyer contre Dieu, ou au mauvais ange qui fut précipité dans l'abîme ». Si du moins Méphisto avait pu lui prêter réellement « les ailes d'aigle » qu'il demandait pour percer les profondeurs du ciel! Mais le savoir qu'il lui communique n'est que la plus pauvre scolastique du temps. Il lui apprend, par exemple, que le soleil tourne autour de la terre, et qu'il répand d'autant moins de chaleur qu'il est placé plus haut dans le firmament ; en d'autres termes, qu'il fait moins chaud en été qu'en hiver. Faust a fait, sous tous les rapports, un marché de dupe.

Après avoir sondé les origines, Faust veut connaître son siècle et jouir de son pouvoir magique. Il parcourt l'Europe du nord au midi, porté sur le cheval ailé ou sur le manteau de Méphisto, amusant ses amis et ses convives, dupant le paysan et le seigneur, par des tours plus ou moins innocents. A Paris, il admire les hautes écoles. A Venise, il se régale de vins grecs. Mais ce n'est qu'à Rome qu'il se trouve tout à fait dans son élément. Il visite le palais du pape, croise la foule de ses serviteurs et de ses courtisans, voit sa table bien garnie, et demande pourquoi Méphisto ne l'a pas fait pape lui-même. A Constantinople, il se présente au sultan comme le prophète Mahomet, « sous la forme et avec les ornements d'un pape », et il passe six jours dans le harem. De retour en Allemagne, il est mandé à la cour de Charles-Quint à Innsbruck, et il faut qu'il

fasse voir à l'empereur « le puissant roi Alexandre
de Macédoine et son épouse, dans leur vraie forme
et attitude, tels qu'ils furent pendant leur vie ».
Alexandre apparaît, en effet, « comme un petit
homme trapu, avec des joues rouges, une épaisse
barbe rousse, une figure sévère et des yeux de
basilic ». Quant à la reine de Macédoine, Charles-
Quint remarque « qu'elle a dans la nuque une grande
verrue brune, comme on le lui avait appris [1] ». L'intention de l'auteur perce à travers les extravagances
du récit. Mahomet couvert du manteau papal, Faust
se jugeant digne de siéger au Vatican, montrent ce
qu'était à ses yeux le catholicisme : une idolâtrie
déguisée, une institution de Satan. Quant à Charles-
Quint, l'ennemi du luthéranisme, mais le chef de
l'Empire, il est traité avec un mélange de respect et
d'ironie. Il peut bien se considérer comme un émule
d'Alexandre, mais il approuve la magie noire, puisqu'il la consulte, et Faust ne le quitte que comblé
de présents.

A côté de l'influence luthérienne, une autre
influence, moins marquée cependant, se rencontre
dans quelques épisodes : c'est celle de la Renaissance. Le dernier lien par lequel Méphisto enlace
Faust et le reprend, lorsqu'un tardif repentir me-
nace de le lui arracher, c'est l'attrait de la beauté,

---

1. Marie de Bourgogne, la femme de Charles-Quint, avait, dit-
on, une marque pareille dans la nuque. Quant à Alexandre, il res-
sembla fort au portrait de Charles-Quint.

non point, il est vrai, comme un objet de contem-
plation, mais comme une excitation à la volupté.
A la fin d'un souper, Faust fait apparaître devant
un groupe d'étudiants « la belle figure de la reine
Hélène, vêtue d'un précieux manteau de pourpre, la
taille élancée, ses cheveux d'or tombant jusqu'à ses
genoux ; elle avait des joues roses, la bouche petite,
des lèvres rouges comme des cerises, et un cou
blanc comme celui d'un cygne ; aucun défaut n'était
en elle, si ce n'est qu'elle avait l'air hardi et provo-
cant ». L'apparition a lieu le dimanche après
Pâques ; c'est comme une résurrection païenne,
faisant contraste à la résurrection chrétienne[1]. Pendant la dernière des vingt-quatre années dévolues
à Faust, il prend Hélène pour femme ; elle lui
donne un fils, et, le jour où il livre son âme à Satan,
la mère et le fils s'évanouissent.

III. — LES REMANIEMENTS DE WIDMAN ET DE PFITZER.

« Soyez vigilants, car le diable, votre ennemi,
rôde alentour comme un lion rugissant, cherchant
sa proie : résistez-lui et soyez fermes dans la foi » :

1. Dans l'édition de 1590, Faust, expliquant Homère à l'université d'Erfurt, évoque les héros de la guerre de Troie, Ménélas,
Achille, Hector, Priam, Pâris, Ulysse, Ajax, Agamemnon, et
d'autres, même le cyclope Polyphème, dont la vue remplit les
étudiants de terreur.

ces mots qui terminent le récit de Spies, ce conseil biblique indique l'esprit de toute la vieille littérature sur Faust. Cette littérature n'a rien de naïf. Le Faust de Spies et de ses successeurs n'est point une de ces figures à la fois très réelles et très idéales dans lesquelles se peint spontanément le génie d'une nation au moment où elle prend conscience d'elle-même ; c'est le produit d'un siècle très raisonneur. Il y avait bien, dans l'ardente curiosité de Faust et dans ses velléités d'indépendance, les éléments d'un caractère poétique ; mais ces éléments ne se dégagèrent que plus tard. A l'époque où la légende prit sa première forme, elle ne tendait qu'à se développer dans le sens de l'édification et de la controverse ; c'était un texte à remontrance, une démonstration par l'exemple. Un auteur wurtembergeois, George-Rodolphe Widman, publia, dans la dernière année du siècle, douze ans après Spies, une « Histoire véridique des horribles et abominables péchés et vices et des aventures merveilleuses et singulières que le fameux magicien et nécromancien docteur Jean Faust a menés jusqu'à sa fin terrible, avec des exhortations utiles et de beaux exemples pour l'instruction et l'avertissement des lecteurs[1] ». L'ou-

1. *Wahrhaftige Historie von den grewlichen und abschewlichen Sünden und Lastern, auch von vielen wunderbarlichen und seltzamen Ebentheuren : So D. Johannes Faustus, Ein weitberuffener Schwartzkünstler und Ertzzäuberer, durch seine Schwartzkunst, bisz an seinen erschrecklichen End hat getrieben. Mit nothwendigen Erinnerungen und schönen Exempeln, mennigli-*

vrage de Widman contient trois parties et n'a pas
moins de 671 pages. Les « aventures » sont les
mêmes que chez Spies, sauf quelques variantes ; ce
qui est en grande partie nouveau, ce sont les « exhortations ». Faust est né dans le duché d'Anhalt ; c'est
à l'université catholique d'Ingolstadt qu'il étudie la
magie. Le voyage à Rome et à Constantinople est
omis ; mais on rappelle complaisamment les
« crimes » des papes ; Grégoire VII est présenté
comme un magicien. Widman attaque violemment
le célibat des prêtres ; il répète presque textuelle-
ment les instructions du catéchisme de Luther :
« Dieu veut que nous honorions l'état de mariage
et que nous le considérions comme un état saint,
parce que c'est lui qui l'a institué, et qu'il l'a institué
avant tous les autres états. Il faut que tous les autres
états, soit spirituels, soit temporels, s'abaissent
devant celui-ci, qui les surpasse tous. Les prêtres,
les moines, les nonnes, qui méprisent le mariage,
résistent au commandement de Dieu. » Dans Spies,
Faust exprime un jour l'envie de se marier, et il
faut que Lucifer intervienne pour l'en guérir. Chez
Widman, une des clauses du pacte est que Faust
renonce à jamais au mariage : ainsi le diable sera
plus sûr de faire son œuvre en lui. Enfin Widman,
en « véridique historien », veut assigner des dates
aux événements, et ces dates constituent un paral-

chem zur Lehr und Warnung auszgestrichen und erklehret.
Durch Georg Rudolff Widman. Gedruckt zu Hamburg. Anno 1599.

lélisme curieux entre la vie de Faust et celle de Luther. Le pacte est conclu en 1521, l'année où Luther prononce devant la diète de Worms ses paroles célèbres : « Me voici, je ne puis faire autrement : que Dieu m'assiste ! » Faust commence ses voyages en 1525, l'année du mariage de Luther. Il livre son âme à Lucifer en 1545, quand Luther publie son pamphlet, *la Papauté romaine fondée par le diable*[1]. Faust ressemble ici à une personnification de la Contre-Réforme.

L'ouvrage de Widman répondait trop à l'esprit du temps pour ne pas jouir d'une longue faveur. Ce qui lassa d'abord la patience du public, ce ne furent pas les dissertations morales, mais les aventures de voyage de Faust et ses conversations plus ou moins savantes avec Méphisto ; elles disparurent en partie dans un nouveau remaniement qui fut fait dans la seconde moitié du xviie siècle, par un médecin de Nuremberg, Jean-Nicolas Pfitzer. Mais *la Vie scandaleuse et la Fin terrible du fameux magicien Jean Faust... montrées en exemple au méchant monde*, qui parut en 1674, comptait encore plus de 600 pages. Toute l'histoire fut enfin réduite, « pour l'agrément du lecteur », en un mince volume, dont la première édition est de 1728, et qui était encore très répandu au temps de la jeunesse de Gœthe. L'auteur anonyme, sans trop prêcher, pro-

---

1. C'est Kuno Fischer qui a d'abord établi ce parallélisme, dans l'ouvrage cité.

testait seulement « de ses intentions chrétiennes et
de ses vœux charitables pour la conversion des
pécheurs [1] ».

IV. — LE DRAME DE MARLOWE.

La légende, d'une rédaction à l'autre, s'allongeait,
se raccourcissait, mais, au fond, ne changeait pas ;
elle restait dogmatique, sermonneuse, un instrument
de polémique et de propagande. Pour qu'elle se
pénétrât d'un esprit nouveau, il fallut qu'elle passât
de la main des théologiens dans celle des poètes.
Mais ce n'est pas dans l'Allemagne de ce temps
qu'elle pouvait se transformer. L'Allemagne resta
théologique jusqu'au milieu du xvii° siècle ; la constitution de sa foi religieuse demeura sa grande
affaire, tandis qu'en Angleterre, dans cet autre pays
de vieille souche germanique, une vraie renaissance
littéraire côtoya et même pendant quelque temps
domina la Réforme. En Angleterre, le rétablisse-
ment de la paix après les longues guerres civiles,
l'extension des relations politiques et commerciales,
l'accroissement de la richesse publique, l'empire de
la mer qui s'ouvrait et le monde qui s'agrandissait
devant l'imagination, enfin le contre-coup du mouvement général de l'époque, toutes ces causes

1. *Zu einer herzlichen Vermahnung und Warnung, von einem
Christlich Meynenden.*

réunies avaient développé le goût des lettres et des arts. L'Angleterre eut bientôt le premier théâtre de l'Europe. Des troupes de comédiens anglais voyagèrent sur le continent, d'abord dans les régions maritimes, dans les Pays-Bas, dans les villes hanséatiques, et enfin dans toute l'Allemagne. On signale leur présence à Dresde et à Berlin entre les années 1585 et 1587, c'est-à-dire à l'époque où parut le livre de Spies. C'est sans doute par eux que le poète anglais Marlowe connut la légende. Sa *Tragique histoire de la vie et de la mort du docteur Faust* paraît avoir été écrite en 1588 [1]; lui-même mourut en 1593, dans sa trentième année. La première représentation connue du *Faust*, mais qui ne fut sans doute pas la première, eut lieu en 1594, et vingt-deux autres représentations suivirent jusqu'en 1597. La pièce fut imprimée en 1604, quand le succès au théâtre parut épuisé, et après que le texte eut passé par tous les remaniements et renouvellements qu'il plut aux comédiens de lui faire subir [2].

Marlowe était, selon tous les indices, un des

1. Des allusions à la campagne de la Grande Armada, au siège d'Anvers par Alexandre Farnèse, duc de Parme, et à ses projets de descente en Angleterre, rendent cette date probable. La traduction anglaise du livre de Spies est probablement un peu postérieure.
2. Édition moderne de H. Breymann (Heilbronn, 1889). Traduction allemande d'Alfred van der Velde (Breslau, 1870). Traduction française de F. Rabbe (Paris, 1889). La traduction de François-Victor Hugo est très défectueuse, et l'introduction est un tissu d'erreurs.

esprits les plus déréglés de son temps. « On le considérait pour ses vers et on le haïssait pour sa vie », dit son éditeur anglais de 1826. Son contemporain Greene lui reproche ses discours impies. Il mourut dans un duel. S'est-il peint lui-même dans Faust, comme on l'a quelquefois insinué? Ce serait une incarnation de plus dans ce sujet à face multiple. Ce qui est certain, c'est qu'il a fait vivre le personnage; d'un symbole il a fait un homme. Le Faust de Marlowe n'est ni un sceptique, ni un croyant; c'est un esprit dévoyé, à qui la direction de sa vie échappe, et qui, après avoir voulu savoir, pouvoir, jouir au delà de toute mesure, finit par recourir au néant comme à son dernier refuge. Il a toujours près de lui son bon ange d'un côté, et son mauvais ange de l'autre, qui apparaissent presque à chaque scène; il se décide ordinairement pour le dernier, mais plutôt par lassitude que par conviction. Son âme est une hôtellerie mal tenue, où ses folles passions se démènent. Il n'aurait pas besoin de se donner au démon; il pourrait s'appliquer à lui-même ces paroles que prononce une fois Méphistophélès : « Je porte l'enfer en moi ; l'enfer est où je suis. »

Le drame s'ouvre par un monologue, qui se retrouvera dans les pièces populaires allemandes, et auquel Gœthe donnera de magnifiques développements. Faust passe en revue les sciences qui avaient cours dans les écoles, la logique, la jurisprudence, la théologie. Celle-ci lui semblerait

encore la meilleure, si elle ne manquait son objet.
Il ouvre une Bible, et il lit : « Le salaire du péché
est la mort. Si nous disons que nous n'avons point
péché, nous nous mentons à nous-mêmes. » —
« Mais alors, continue-t-il, nous sommes condamnés
à mourir d'une mort éternelle. Théologie, adieu!
La magie, voilà ce qui enflamme les désirs de Faust!
— Oh! quel monde de richesses et de délices, —
de pouvoir, d'honneur, de toute-puissance, — est
promis ici à l'artisan studieux! — Tout ce qui se
meut entre les pôles immobiles — sera à mes ordres.
Empereurs et rois — ne sont obéis que dans les
limites de leurs domaines; — ils ne peuvent ni sou-
lever les vents, ni déchirer les nuages; — mais
l'empire de celui qui excelle en cet art — s'étend
aussi loin que l'esprit de l'homme. — Un magicien
profond est un dieu puissant[1]. »

Et, après que le mauvais ange lui a dit qu'il sera
sur la terre ce que Jupiter est au ciel, il énumère
tout ce qu'il demandera aux esprits : « Je leur com-
manderai de voler dans l'Inde pour me chercher de
l'or, — de sonder l'Océan pour en retirer la perle

---

1. *O, what a world of profit and delight,*
Of power, of honour, of omnipotence,
Is promis'd to the studious artizan!
All things that move between the quiet poles
Shall be at my command : emperors and kings
Are but obeyed in their several provinces,
Nor can they raise the wind, or rend the clouds;
But his dominion that exceeds in this,
Stretcheth as far as doth the mind of man,
A sound magician is a mighty god.

d'Orient, — de fouiller les recoins du Nouveau Monde — pour me procurer des fruits savoureux et des friandises princières. — Ils me révéleront les mystères de la philosophie; — ils me diront les secrets de tous les rois étrangers. — Ils élèveront, si je le veux, un mur d'airain autour de l'Allemagne, — et du Rhin rapide ils feront une ceinture à la belle ville de Wittèmberg [1]. »

Il veut que Méphistophélès lui donne un livre où il trouvera toutes les incantations pour évoquer les esprits, un autre au moyen duquel il pourra suivre tous les mouvements des corps célestes, un autre encore qui lui fera connaître toutes les plantes qui ornent la surface de la terre. Tout cela vaut bien le prix d'une âme. Et pourquoi Faust ne donnerait-il pas son âme? Son âme n'est-elle pas à lui? Le mot de damnation ne l'effraye pas, car qu'est-ce autre chose qu'un mot? L'enfer sera pour lui l'Élysée; il conversera avec les anciens philosophes. Il a des moments où il est plus diabolique que Méphistophélès. Quand celui-ci parle du temps où il voyait la face de Dieu, Faust lui répond : « Quoi ! le grand Méphistophélès est à ce point ému d'être privé des

---

[1]   *I'll have them fly to India for gold,*
        Ransack the ocean for orient pearl,
        And search all corners of the new-found world
        For pleasant fruits and princely delicates;
        I'll have them read me strange philosophy,
        And tell the secrets of all foreign kings;
        I'll have them wall all Germany with brass,
        And make swift Rhine circle fair Wittenberg.

joies du ciel! Apprends donc de Faust le mâle courage, et méprise ces joies que tu ne posséderas plus jamais. »

Mais, dans d'autres moments, le bon ange semble reprendre le dessus : « Oh! quelque chose résonne à mon oreille : Faust, abjure cette magie, retourne à Dieu! » Et qu'est-ce donc que cette haute science qu'on lui a promise? Après une leçon d'astronomie, il dit à Méphistophélès : « Comment! c'est tout ce que tu sais? Wagner pourrait m'en apprendre autant. » Puis il implore le Christ, dont le sang a coulé pour tous les hommes, et il faut que Lucifer apparaisse en personne pour lui rappeler sa promesse, et que Méphistophélès invente de nouvelles séductions pour le retenir. Hélène, la plus belle des femmes qui ont vécu, remonte pour lui du séjour des ombres. Mais enfin le soir de son dernier jour arrive : « Ah! Faust, — tu n'as plus qu'une pauvre heure à vivre, — et puis tu seras damné pour l'éternité! — Arrêtez-vous, sphères toujours mouvantes du ciel! — Que le temps ne marche plus, et que minuit ne vienne jamais! — Bel œil de la Nature, lève-toi, lève-toi encore, et fais — un jour perpétuel! Ou, du moins, que cette heure — soit une année, un mois, une semaine, un jour ordinaire, — afin que Faust puisse se repentir et sauver son âme! — Mais les astres se meuvent toujours, le temps se précipite, la cloche va sonner, — le démon va venir, et Faust sera damné.... La demi-

heure est passée, l'heure entière le sera bientôt. —
O Dieu, — si tu ne veux pas avoir pitié de mon âme,
— cependant, pour l'amour du Christ dont le sang
m'a racheté, — mets un terme quelconque à ma
peine incessante. — Que Faust vive en enfer mille
ans, — cent mille ans, mais qu'à la fin il soit
sauvé !... O mon âme, change-toi en gouttelettes —
et tombe au fond de l'Océan, afin qu'on ne te
retrouve jamais ¹ ! »

Le chœur engage les spectateurs, dans les dernières lignes, à ne pas appliquer témérairement
leur esprit à des mystères que Dieu a voulu cacher
aux hommes. Ainsi la leçon qui doit ressortir de la
légende est grandie; elle ne porte plus sur tel ou
tel commandement à observer, sur tel ou tel péché
à éviter, mais sur la destinée humaine en général et

1.   *Ah, Faustus,*
Now hast thou but one bare hour to live,
And then thou must be damn'd perpetually!
Stand still, you ever-moving spheres of heaven,
That time may cease, and midnight never come;
Fair Nature's eye, rise, rise again, and make
Perpetual day; or let this hour be but
A year, a month, a week, a natural day,
That Faustus may repent and save his soul!
The stars move still, time runs, the clock will strike,
The devil will come, and Faustus must be damn'd....
Ah, half the hour is past! 'twill all be past anon.
O God,
If thou wilt not have mercy on my soul,
Yet for Christ's sake, whose blood hath ransom'd me,
Impose some end to my incessant pain;
Let Faustus live in hell a thousand years,
A hundred thousand, and at last be sav'd!...
O soul, be chang'd into little water-drops,
And fall into the ocean, ne'er be found!

sur ses bornes infranchissables. Il y a dans la *tragique histoire* de Marlowe comme un ressouvenir de la fatalité antique. Après lui, le sujet passera encore de main en main ; Faust sera perdu ou sauvé, selon le courant des idées de chaque époque, selon que son aventure paraîtra plus ou moins noble, plus ou moins coupable. Mais cette aventure sera désormais celle d'un être humain, réel et vivant, avec les rêves qui l'agitent et les éternels problèmes qui le tourmentent. Désormais le drame est dégagé de la légende.

V. — LES PIÈCES POPULAIRES.

S'il est probable que ce furent les comédiens ambulants qui firent connaître le sujet de Faust en Angleterre, il est plus probable encore que ce fut par eux que la pièce de Marlowe se répandit en Allemagne. Ils servirent deux fois d'intermédiaires entre les deux pays. Marlowe prélude, à plus d'un siècle de distance, à la grande influence que son contemporain Shakespeare exercera sur le théâtre allemand. Il agit directement sur les pièces populaires, et, par elles, sur la tragédie de Gœthe. Il est hors de doute que, même sans lui, Faust n'aurait pas tardé à monter sur les tréteaux et à figurer dans ce répertoire cosmopolite où les héros de l'antiquité païenne frayaient avec les personnages de la Bible

et avec les chevaliers du moyen âge. Mais le drame
de Marlowe avait une empreinte trop caractéristique
pour ne pas attirer dès l'abord l'attention des orga-
nisateurs de spectacles.

Certaines situations devinrent, pour ainsi dire,
typiques, et furent considérées désormais comme
inséparables du sujet. Telle était, avant tout, le premier monologue de Faust; l'action ne pouvait s'engager plus naturellement que par ce morne tableau
des enseignements de l'école et par cet appel déses-
péré à une science supérieure. Les deux influences
qui se disputent l'âme de Faust continuèrent de se
personnifier dans deux anges ou dans deux esprits,
dont l'un parlait en voix de soprano et l'autre en voix
de basse. Les clowns du théâtre anglais furent rem-
placés par le personnage comique, le Hanswurst, qui
excita plus tard la mauvaise humeur de Gottsched,
ou le Kasperle viennois, qui résista plus longtemps
à l'influence classique. Dans les pays catholiques,
Méphistophélès n'osa plus apparaître sous la figure
d'un moine; on en fit un gentilhomme d'allure plus
ou moins élégante. Quand Faust arrive à la fin de
sa carrière, il compte toujours les derniers instants
qui le séparent de l'enfer. Mais bientôt il ne suffira
plus que l'horloge sonne; le veilleur de nuit viendra
chanter son couplet d'heure en heure, et le ton
calme de sa mélodie fera contraste avec les angoisses
du pauvre docteur. C'est Kasperle qui, lassé de son
service auprès de Faust, occupe ordinairement cet

emploi, moins dangereux et plus lucratif. Kasperle
s'essaye aussi à la magie, mais seulement pour se
divertir et pour divertir les spectateurs; et quand
les diables qu'il a évoqués lui demandent son âme,
il leur répond : « Je sais bien que j'ai un corps, et
j'en ai trop besoin pour vous le céder; mais Kasperle
n'a pas d'âme : elles étaient toutes données quand il
est venu au monde. » Les diables ont assez d'esprit
pour ne pas insister.

Neumann disait déjà, à la fin du xvıı^e siècle, que
Faust serait moins connu en Allemagne s'il n'avait
été si souvent mis au théâtre. On sait qu'une tragédie dont il était le héros fut jouée à Dresde par
les comédiens anglais, le 7 juillet 1626 : c'était sans
doute celle de Marlowe, car il est dit que les mêmes
comédiens donnèrent, le dernier jour du mois, *le
Juif de Malte*. Ensuite un *Faust* allemand fut représenté à Hanovre en 1661, à Dantzig en 1668, à
Francfort-sur-le-Mein en 1742 et en 1767. Un compte
rendu de la représentation qui eut lieu à Dantzig
en 1668 pendant la foire, nous a été conservé par
George Schrœder, membre du Conseil de la ville. Le
drame s'ouvre par un prologue dans l'enfer; Pluton
appelle les démons devant lui, et leur recommande
de séduire l'humanité par tous les moyens en leur
pouvoir. « Là-dessus, continue le récit, il arrive que
le docteur Faust, ne voulant pas se contenter de la
science ordinaire, consulte les livres de magie, et
conjure les démons pour les attacher à son service.

Il s'informe de leur vitesse; il ne lui suffit pas qu'ils soient aussi rapides que les cerfs, les nuages et les vents; il n'accepte que celui dont la vitesse égale celle de la pensée de l'homme. » Viennent ensuite les diverses conjurations de Faust. Enfin son dernier jour arrive. « Il compte toutes les heures, jusqu'à ce que la cloche sonne la douzième. Puis il exhorte son serviteur à ne pas s'adonner à la magie. Les diables surviennent et s'emparent de Faust; ils le lancent de tous côtés et le déchirent cruellement. On représente de plus comment il est martyrisé dans l'enfer, où il est tantôt élevé en l'air, tantôt jeté brusquement en bas, et où l'on voit ces mots écrits en lettres de feu : *accusatus est — judicatus est — condemnatus est*[1]. »

Vers le milieu du xviiie siècle, au temps de Gottsched et de Félix Weisse, les drames populaires cèdent peu à peu la place aux pièces plus ou moins classiques, imitées de la France ou de l'Angleterre. Mais Faust continue de figurer sur les théâtres de marionnettes, à côté de Don Juan, d'Esther, de Médée, de Geneviève de Brabant et de l'Enfant prodigue. En 1770, au temps où Gœthe terminait ses études à Strasbourg, un drame sur Faust est encore représenté à Hambourg. En 1779, on joue à Vienne une pantomime, dont le programme est publié en

1. W. Creizenach, *Versuch einer Geschichte des Volksschauspiels vom Dr Faust*, Halle, 1878. — E. Faligan, *Histoire de la légende de Faust*, Paris, 1888.

français et en allemand : « Dernier jour du docteur
Faust, pantomime dressée sur un plan allemand
d'un de nos amateurs de théâtre, représentée
par des enfants au Théâtre Impérial et Royal ».
Suit la traduction allemande. Ce sont les marionnettes qui vécurent le plus longtemps.

Toutes ces pièces, tragédies, comédies ou jeux de
marionnettes, étaient rarement écrites en entier.
On indiquait la suite des scènes, avec les passages
caractéristiques, et l'acteur ou le régisseur bro-
daient sur ce canevas mobile. Après que le sujet
eut été remis en lumière par le peintre Müller, par
Klinger, par Lessing et par Gœthe, les érudits se
mirent à recueillir et à fixer ce qui avait longtemps
flotté dans la tradition, et il en résulta d'ingénieuses
restitutions, comme celle que Simrock tenta en 1846.
Jusqu'à quel point ces restitutions étaient-elles
fidèles? « Je n'ai pu, dit Simrock dans sa préface,
suivre exclusivement aucune des différentes ver-
sions, de même que je n'ai pu en écarter aucune.
J'ai dû rassembler de toutes parts les meilleurs
traits. Certains détails sont puisés dans mes souvenirs, mais je n'ai rien ajouté d'essentiel. Que la
forme du dialogue, que l'exécution me reviennent,
et que tous les vers soient de moi, cela va sans
dire [1]. » Simrock aurait pu ajouter qu'il était impos-

---

1. *Doctor Johannes Faust, Puppenspiel in vier Aufzügen, her-
gestellt von* K. Simrock, 1846. — Voir aussi F. Scheible, *Das
Kloster*, 5° vol., Stuttgart, 1847.

sible qu'un travail de ce genre ne fût traversé çà et
là par un ressouvenir involontaire de Gœthe, dont
le nom plane sur toute cette littérature.

VI. — LE JEUNE GŒTHE.

La tragédie de Gœthe est, après la *Tragique
histoire* de Marlowe, le second renouvellement
original de la légende. Gœthe, au moment d'écrire
les premières scènes du premier *Faust*, ne connaissait pas l'œuvre de Marlowe [1]. Ce fut, d'après son
propre témoignage, la pièce de marionnettes qui lui
servit de point de départ. Il parle, au commencement
de ses Mémoires, d'un théâtre de marionnettes,
dernier cadeau de Noël qu'il reçut de sa grand'mère,
« sur lequel des mains autres que les siennes firent
d'abord mouvoir les personnages, mais qu'on lui
permit bientôt d'animer de ses propres inventions ».
Que jouait-on sur cette scène enfantine, dont
l'impression se prolongea, dit Gœthe, jusque dans
son âge mûr? Peut-être déjà le magicien Faust,
comme le suppose Kuno Fischer. En tout cas, le

1. La première mention qui en soit faite par Gœthe se trouve
dans son Journal. On y lit, à la date du 11 juin 1818, ces mots :
« Dr Faust de Marlowe ». Il s'agit de la traduction de Wilhelm
Müller, précédée d'une préface d'Achim d'Arnim, et dont celui-
ci avait offert un exemplaire à Gœthe. Il est probable cependant
que Gœthe n'avait pas attendu jusque-là pour prendre connaissance de l'œuvre de Marlowe.

jeune Gœthe put voir jouer la pièce de marionnettes à Francfort, sa ville natale, où il resta jusqu'au commencement de sa dix-septième année. Il la vit sûrement représenter à Leipzig, où il fit ses premières études de droit, de 1765 à 1768. Il visita aussi, à Leipzig, la cave d'Auerbach, où s'était passée, selon la légende, une des plus étranges aventures de Faust. Le livre de Pfitzer, quoiqu'il ne le mentionne pas à cette date, n'a pas dû échapper à son attention. Il nous apprend, en effet, à un autre endroit des Mémoires, « que l'histoire du Juif errant se grava de bonne heure dans son esprit par les livres populaires [1] » : or un de ces livres populaires les plus répandus était celui du *Docteur Faust*. Ce furent donc la pièce de marionnettes en première ligne, ensuite le récit de Pfitzer plus ou moins fidèlement reproduit dans des éditions populaires, qui fournirent à Gœthe les éléments encore grossiers et, pour ainsi dire, la matière brute de son chef-d'œuvre [2].

Il quitte Leipzig à la fin de septembre 1768, peu satisfait de l'enseignement qu'il y a reçu, un enseignement scolastique, réduit en formules et en paragraphes, selon la méthode de Wolff [3]. L'impression

---

1. *Poésie et Vérité*, XV° livre.
2. Voir un article de Frédéric Meyer de Waldeck, dans l'*Archiv* de Schnorr, 13° vol., 2° cahier, Leipzig, 1885.
3. « Soyez dans la salle de cours au premier coup de cloche, dit Méphistophélès à l'Écolier. Ayez bien étudié d'abord vos paragraphes, afin de mieux voir ensuite que le maître ne dit rien qui ne soit dans le livre. » (*Faust*, première partie.)

qu'il en a gardée doit être assez exactement définie
dans les Mémoires, puisqu'elle se retrouve dans sa
correspondance. Il rentre à la maison paternelle,
découragé et malade, et, pendant l'hiver suivant,
moins pour s'instruire, dit-il, que pour se distraire,
il s'occupe de magie et d'astrologie. Il assure même
qu'un médecin alchimiste lui rendit la santé au
moyen d'un spécifique dont il avait le secret. A la
fin de mars 1770, il va terminer ses études à Strasbourg. Il y rencontre Herder, génie encore plus
précoce que lui, d'un goût mûri par la science, mais
qui ne fait, en somme, que le confirmer dans la
direction que son esprit avait déjà commencé à
prendre. Herder lui enseigne que l'essence de la
poésie est ce qui est populaire dans le sens le plus
large et le plus profond du mot, c'est-à-dire naturel,
caractéristique, original. Il lui fait connaître les
monuments vrais ou supposés des littératures pri-
mitives, la Bible, Homère, Ossian. En même temps,
Gœthe se passionne pour l'architecture gothique.
Enfin il découvre Shakespeare. « La première page
que je lus de lui, dit-il, me fit sien pour la vie ; je fus
comme un aveugle-né à qui une main magique vient
de rendre la vue ; je sentis mon existence élargie à
l'infini. » Son lyrisme aussi prend de la chaleur et
de la vie, sous le coup de la première passion
profonde qu'il ait éprouvée ; il compose les *Chansons
de Sessenheim*, et il a raison de dire « qu'on les
reconnaît aisément parmi les autres ». Au milieu

de toutes ces influences, les sujets « qui avaient pris racine en lui » se développent et se constituent peu à peu. « C'étaient Gœtz de Berlichingen et Faust. La biographie du premier, ajoute-t-il, m'avait ému jusqu'au fond de l'âme. Ce rude et généreux représentant de la défense personnelle dans un temps d'anarchie sauvage excitait ma plus vive sympathie. La remarquable pièce de marionnettes dont l'autre était le héros résonnait et bourdonnait dans ma tête sur tous les tons. Moi aussi, je m'étais poussé à travers toutes les sciences, et j'en avais reconnu de bonne heure la vanité. J'avais pris la vie par tous les côtés, et j'étais toujours revenu de mes tentatives plus mécontent et plus tourmenté. Ces choses et beaucoup d'autres, je les portais en moi et j'en faisais mes délices dans mes heures solitaires, sans toutefois rien mettre par écrit[1]. »

A la fin du mois d'août 1771, il retourne à Francfort, et, sauf un séjour de quatre mois à Wetzlar en 1772, qui lui donne le sujet de *Werther*, sauf quelques excursions à Darmstadt, à Mayence, à Hombourg, et un voyage le long du Rhin avec Lavater et Basedow, il reste dans sa ville natale jusqu'en novembre 1775, où il répond à l'appel du duc Charles-Auguste de Saxe-Weimar. Ces années 1771 à 1775 marquent l'apogée de la jeunesse de Gœthe et en même temps un des grands moments de

---

1. *Poésie et Vérité*, X^e livre.

la littérature allemande. Il faut bien croire qu'il y avait dans l'apparition du jeune poète quelque chose de particulièrement surprenant et séduisant, car les contemporains qui parlent de lui à cette époque ne tarissent pas d'hyperboles sur son compte. Le physionomiste Lavater analyse ses traits avec complaisance, pour y trouver toutes les marques du génie. Jacobi écrit à Wieland, en 1774 : « Plus j'y réfléchis, plus je sens l'impossibilité de donner à qui ne l'a pas vu et entendu une idée de cette extraordinaire créature de Dieu ; il est génie des pieds à la tête. » Et Wieland, après l'avoir vu à Weimar, Wieland qui avait pourtant une satire à lui pardonner, écrit à son tour à Jacobi, l'année suivante : « Que te dirai-je de Gœthe ? Il m'a conquis au premier aspect. Depuis ce matin, mon âme est pleine de Gœthe, comme la goutte de rosée est pleine du soleil matinal. » L'assurance qu'il sentait en lui n'était sans doute pas la moindre cause du prestige qu'il exerçait. « Depuis quelques années, dit-il, mon talent productif ne me quittait pas un seul instant. Souvent même ce que j'observais dans l'état de veille se disposait pendant la nuit en songes réguliers, et, au moment où j'ouvrais les yeux, je voyais devant moi ou un ensemble nouveau qui me ravissait, ou une partie nouvelle d'un tout déjà existant. D'ordinaire, j'écrivais tout de grand matin ; mais, le soir encore, et bien avant dans la nuit, quand le vin et la compagnie excitaient mes esprits, on pouvait me

demander ce qu'on voulait. Qu'il s'offrît seulement
une occasion qui eût un certain caractère, j'étais
prêt et dispos [1]. » Les sujets qui l'occupaient alors
étaient de deux sortes. Les uns furent aussitôt
terminés, et même assez rapidement, soit qu'ils
fussent nettement délimités en eux-mêmes par leur
contenu historique, comme le drame de *Gœtz*, soit
qu'ils répondissent à un moment précis de la vie
du poète, comme le roman de *Werther*. D'autres,
d'une portée plus générale, et peut-être d'une conception plus vague, restèrent à l'état de fragments,
et ce sont peut-être ceux qui traduisent le plus
fidèlement le caractère de l'époque : *Faust* est de ce
nombre.

VII. — LA PÉRIODE « STURM-UND-DRANG ».

L'époque a pris en allemand le nom de *Sturm-
und-Drang*. Ces mots signifient l'un et l'autre un
mouvement tumultueux; le premier s'applique spécialement, par dérivation, aux éléments déchaînés,
et se traduit en français par *tempête*. « On peut
nommer cette époque, dit Gœthe, l'époque *exi-
geante* [2], car on exigeait de soi et des autres ce que
nul homme encore n'avait donné. » Que voulait-on?

1. *Poésie et Vérité*, XV° livre.
2. *Die fordernde* (*Poésie et Vérité*, XV° livre).

Renouveler la poésie, la morale et la religion, brusquement, en un jour, par la puissance magique du
génie. Le mot d'ordre qui ralliait les poètes, les
philosophes, les pédagogues, c'était la nature; la
pure et primitive nature, non encore souillée au
contact d'une civilisation mensongère. L'inspirateur
était Rousseau. En poésie, on ne reconnaissait que
les anciennes traditions nationales, lyriques ou
épiques. On y ajoutait volontiers Shakespeare, non
qu'il fût moins civilisé que Dante ou Corneille, mais
parce qu'on voyait en lui un révolté qui avait secoué
le joug des règles classiques. Entre la nature et le
génie, on n'admettait aucun intermédiaire. L'homme
de génie interprétait librement la nature ; il n'avait
besoin ni de règle ni de conseil; on lui attribuait le
don de l'aperception immédiate, une sorte de divi-
nation supérieure qui lui tenait lieu d'observation et
d'étude. En morale, on était obstinément individua-
liste et personnel. « Celui-là seul, disait Jacobi dans
son roman de *Woldemar*, celui-là seul a fait tout ce
qu'il doit, qui, toujours d'accord avec lui-même, peut
jouir de sa propre approbation. » Le devoir de chacun
était de se faire un idéal et d'en poursuivre la réalisation, en s'appuyant sur ce qui le favorisait, en
supprimant ce qui le gênait. L'homme était placé
au centre du monde, comme le premier de sa race à
qui Dieu avait promis tous les biens de la terre; il
s'en appropriait ce qu'il pouvait, pour donner en sa
personne un exemplaire aussi complet que possible

de l'humanité. L'idée de la culture individuelle comme développement harmonieux de toutes les facultés, cette idée qui joue un si grand rôle dans la vie de Gœthe, faisait déjà partie du programme de la période *Sturm-und-Drang*. En religion, on combinait Rousseau avec Spinosa. Dieu est tout; il se révèle dans le cœur de l'homme. « Cœur, amour, Dieu, dit Faust, je n'ai pas de nom pour cela; le sentiment est tout; le nom n'est que bruit et fumée, qui obscurcit la splendeur du ciel. » Le génie est une émanation de Dieu, c'est Dieu qui descend, dit Lavater[1]. L'homme de génie participe de la toute-puissance de Dieu, et peut, au besoin, s'opposer à lui. « La volonté des dieux contre la mienne, dit Prométhée, c'est un contre un : il me semble que cela se balance. » Léopold de Stolberg écrit, dans une lettre à Klopstock, de 1776, cette singulière phrase : « Gœthe est une tête de fer, et son opiniâtreté, qu'il soutiendrait, si c'était possible, contre Dieu lui-même, m'a souvent fait trembler pour lui; c'est une tête de Titan qui s'élève contre Dieu. »

Il est beaucoup question des Titans dans la littérature de cette époque, et les Titanides s'y ajouteront un peu plus tard. « Les plus hardis de cette race, dit Gœthe, Tantale, Ixion, Sisyphe, étaient mes saints. » Un autre demi-dieu, que l'antiquité avait déjà transfiguré, c'était Prométhée; Gœthe lui con-

---

1. Cinquante-sixième fragment physiognomonique.

sacra un de ses plus beaux fragments. « J'ajustai à ma taille, dit-il, l'antique robe du Titan, et je composai, sans longues méditations, un morceau qui montrait Prométhée en opposition avec Jupiter et les dieux nouveaux, lorsqu'il forme des hommes de sa propre main, qu'il les anime par la faveur de Minerve et fonde ainsi une troisième dynastie. » Les dieux offrent à Prométhée une place dans l'Olympe; il refuse, car, sans quitter la terre, il se croit l'égal d'un dieu : « O Jupiter, abaisse ton regard sur ma création : elle vit! Je l'ai formée à mon image, une race semblable à moi, pour souffrir et pleurer, pour jouir et se réjouir, et pour te dédaigner comme moi. »

Le *Prométhée* devait avoir cinq actes; il s'est arrêté au commencement du troisième. D'autres sujets, comme *Mahomet* et *le Juif errant*, qui auraient mérité plus qu'un intérêt passager, et qui rentraient tout à fait dans le caractère de l'époque, ont été encore moins avancés. Le Mahomet de Gœthe n'est pas, comme celui de Voltaire, un imposteur; c'est un croyant, possédé du besoin de répandre sa foi. Il commence par adorer les étoiles; mais bientôt, au-dessus des étoiles, il découvre celui qui leur a donné l'existence et qui a formé l'univers. « Élève-toi, cœur aimant, vers l'auteur de toutes choses ! Sois mon seigneur et mon dieu, toi qui as créé le soleil et la lune et les étoiles, et la terre et le ciel, et moi-même! » La foi de Mahomet reste pure, aussi

longtemps qu'elle est renfermée en lui-même, qu'elle
demeure un colloque entre son dieu et lui; elle se
rabaisse et se corrompt, dès qu'il cherche à la faire
pénétrer dans les âmes grossières. Il est obligé
d'employer la force, même la ruse, pour fonder sa
religion; il suscite des inimitiés légitimes, et, à la
fin, il meurt empoisonné. Deux chants lyriques et
une scène en prose, c'est tout ce qui a été composé.
Du *Juif errant*, poème héroï-comique dans le style
de Hans Sachs, il nous est parvenu quelques *lam-
beaux* : l'expression est de Gœthe. Ahasver, c'est
l'homme positif, qui ne voit dans le mouvement
provoqué par le Christ qu'une infraction à l'ordre
établi. Pourquoi entraîner le peuple dans le désert
et le leurrer d'espérances chimériques, au lieu de
le laisser vivre en paix du fruit de son travail?
Ahasver est condamné à errer sur la terre, jusqu'au
jour où l'idéal proclamé par le Christ aura lui à ses
yeux comme aux yeux de tous les hommes.

Ces fragments étaient composés à l'heure propice,
« sans longues méditations », souvent dans une
promenade. Les amis de Gœthe l'appelaient alors
le *voyageur*, et il a montré, dans quelques odes où
il croyait imiter Pindare, quelle était la disposition
habituelle de son esprit. La plus ancienne, le *Chant
d'orage du voyageur*, qui date de 1771 ou de 1772,
est qualifiée par lui-même d'extravagante. Peu à
peu l'effervescence se calme, sans pourtant se
refroidir; le Titan devient un homme, mais qui n'a

pas cessé de regarder le ciel. Les œuvres de longue
haleine prennent le pas sur les effusions lyriques.
Dans un passage des Mémoires, qui se rapporte au
printemps de 1772, Gœthe écrit : « *Faust* était déjà
avancé, *Gœtz de Berlichingen* se construisait peu à
peu dans mon esprit[1]. » Au mois de juillet de
l'année suivante, il envoie à Gotter, l'un des fonda-
teurs de l'*Almanach des Muses* de Gœttingue, qu'il
avait connu à Wetzlar, un exemplaire de *Gœtz de
Berlichingen*, qui venait de paraître, et Gotter lui
répond par une pièce de vers humoristique, qui se
termine par ces mots : « Envoie-moi le *Docteur Faust*,
dès qu'il sera sorti de ta tête en ébullition. » En
septembre 1774, Gœthe communique à Klopstock,
de passage à Francfort, les scènes qu'il vient
d'écrire, et Klopstock exprime le vœu que l'ouvrage s'achève. Un mois après, un autre rédacteur
de l'*Almanach* de Gœttingue, Henri-Chrétien Boïe,
écrit, dans une relation de voyage : « J'ai passé une
excellente journée avec Gœthe ; il m'a montré beaucoup de choses, terminées ou non, et tout porte, au
milieu des étrangetés et des incorrections, l'empreinte du génie. Son *Docteur Faust* est presque
fini, et il me semble que c'est ce qu'il a produit jusqu'ici de plus grand et de plus original. »

C'est ce *Faust* presque fini, le *Faust* primitif, ou
le *Urfaust*, comme on l'appelle aujourd'hui, que

1. XIIe livre.

Gœthe apportait à Weimar, en 1775. Il comptait le revoir plus tard, le compléter dans certaines parties, le châtier dans d'autres, en tout cas le soustraire aux regards du public dans l'état imparfait où il l'avait laissé. Mais il comptait sans le zèle indiscret d'une demoiselle d'honneur de la duchesse douairière Amélie, la malicieuse petite bossue Louise de Gœchhausen, un des ornements du salon ducal par la vivacité de son esprit, et qui eut elle-même plus tard son salon dans la mansarde qu'elle occupait au château. Mlle de Gœchhausen faisait collection de tout ce qui lui tombait sous la main, et elle en composait sa bibliothèque manuscrite. Elle servait quelquefois de secrétaire à Gœthe, et elle écrivait sous sa dictée des pièces de circonstance. Comment a-t-elle pu tenir le *Faust* en sa possession assez longtemps pour en prendre copie fidèle, pour le reproduire jusque dans les fautes d'orthographe? Peu importe. Ce dont il faut lui être reconnaissant, c'est de nous avoir conservé un des documents les plus curieux de la littérature allemande.

VIII. — LE « FAUST » PRIMITIF.

Lorsqu'en 1885, après la mort du dernier des petits-fils de Gœthe, on eut l'idée de réunir dans le château de Weimar tout ce qui concernait la vie et

les œuvres du poète, les savants se mirent en campagne pour enrichir ce qui s'appela d'abord les
Archives de Gœthe, ce qui devint quatre ans après
les *Archives de Gœthe et Schiller*. Éric Schmidt,
l'auteur d'une excellente biographie de Lessing et
d'autres travaux importants, se mit en rapport avec
le lieutenant-colonel de Gœchhausen, qui lui laissa
visiter les papiers provenant de la succession de sa
grand'tante. « Je m'attendais surtout, raconte-t-il, à
mettre la main sur une quantité de lettres qui
auraient été les bienvenues ; mais il m'arriva ce qui
était arrivé à Saül, qui partit pour chercher les
ânesses de son père et qui trouva un royaume. Déjà
je voulais m'en retourner, sans avoir absolument
perdu ma peine, mais sans que ma chasse eût été précisément fructueuse, quand mon attention fut encore
attirée par un gros in-quarto : *Extraits, Copies, etc.*,
*tirés de la succession de mademoiselle Louise de
Gœchhausen.* Je tournai les feuillets d'une main
impatiente ; je passai des *Dernières Aventures du
jeune d'Olban* à de petits vers extraits d'almanachs
français et allemands ; c'étaient ensuite des fragments d'Ossian, des sentences tirées de Shakespeare
ou d'*Agnès de Lilien*, la *Lénore* de Bürger, le songe
de Franz Moor, de petits récits de voyage, des farces
et des poésies de circonstance,... enfin le discours
de Méphistophélès sur le *collegium logicum*. Ceci
encore ne me parut pas nouveau ; je crus avoir
devant moi le *Fragment* de 1790, dans une copie de

la très écrivassière dame d'honneur. Mais un regard de plus me fit découvrir des régions inconnues. Je revins au commencement, et je remarquai que les deux premiers vers avaient une forme différente. Je courus à la fin, et je vis, non sans émotion, que la scène de la Prison était en prose. Plus de doute, c'était le *Faust* primitif qui nous était conservé dans une bonne copie. »

Ce qui frappe d'abord dans le *Faust* primitif, c'est sa parenté avec les autres fragments de la même époque. Le style se rapproche de celui du *Juif errant*. Les deux éléments dont se compose la langue du *Juif errant* sont partagés, pour ainsi dire, entre les deux personnages principaux du *Faust*; le ton sérieux est échu à Faust, le ton ironique, sarcastique, parfois trivial, à Méphistophélès. La forme est le petit vers brusque et familier de Hans Sachs, coupé çà et là par un vers plus long, ou remplacé par le petit vers rythmé de *Prométhée*. Le sujet est bien dans l'esprit de la période *Sturm-und-Drang*; c'est la poursuite d'un idéal inaccessible à l'homme, une irruption téméraire de la créature mortelle dans la sphère divine, aboutissant à un dénouement tragique comme devait l'être celui de *Mahomet*, comme l'aurait été sans doute celui de *Prométhée*, si *Prométhée* avait été terminé. Faust veut s'égaler à Dieu, se mesurer avec Dieu; il retombe dans son humanité, et il entraîne dans sa chute Marguerite, dont la destinée est associée à la sienne.

Le plan est très simple, quoiqu'il ne soit pas rigoureusement délimité et qu'il laisse çà et là bien des ouvertures et des échappées à l'imagination du poète. Le début est celui de la pièce de marionnettes, celui de la tragédie de Marlowe. Faust est assis devant son pupitre chargé de fioles, de boîtes et d'instruments, dans sa chambre à voûtes ogivales, haute et étroite : « J'ai tout étudié, hélas! la philosophie, la médecine, la jurisprudence, et même, ô misère, la théologie, à fond, avec un ardent labeur, et me voilà, pauvre fou,. aussi sage que devant! » La lune, l'astre propice aux opérations magiques, jette sa lumière par la haute fenêtre : « Oh! si tu voyais ma souffrance pour la dernière fois, astre éclatant que j'ai suivi si souvent, quand je veillais jusqu'à minuit devant ce pupitre! Alors, par-dessus des livres et des papiers, tu m'apparaissais, mélancolique amie. Ah! que ne puis-je, sur les cimes des monts, marcher dans ta lumière chérie, planer avec les esprits dans le creux des rochers, flotter sur les prairies dans ton jour crépusculaire, et, secouant toute cette science fumeuse, me baigner dans ta rosée et y puiser une nouvelle vie! » C'est le premier appel à la « nature vivante », suivi aussitôt de ce cri, qui semble un écho des chants du *voyageur* : « Fuis! lève-toi! répands-toi dans le vaste monde! »

Faust ouvre son livre de magie. Il rencontre d'abord « le signe du macrocosme », c'est-à-dire de l'univers, de la totalité des choses, et déjà le signe commence à s'animer devant ses yeux, lui montrant les puissances célestes qui montent et descendent, lorsqu'il tourne le feuillet d'un geste impatient. Que lui importent les espaces planétaires, avec leurs horizons froids et incolores? « Ce n'est qu'un spectacle! » Ce qu'il veut, c'est être un dieu sur la Terre. « Comme ce signe agit autrement sur moi! Esprit de la Terre, tu es plus près de moi. Déjà je sens mes forces grandir; je brûle, comme enivré d'un vin nouveau; je me sens le courage de m'aventurer dans le monde, de porter ce que la terre contient de douleur et de joie, de lutter contre la tempête, et de ne pas trembler dans le fracas du naufrage. » Ces paroles contiennent la somme des ambitions tumultueuses de Faust et, pour ainsi dire, le programme de sa vie. Pourra-t-il, même en tendant tous les ressorts de sa nature terrestre, suffire à ce programme? Déjà l'Esprit de la Terre, en lui apparaissant, lui a dit : « Tu es l'égal de l'esprit que tu comprends, tu n'es pas mon égal. »

Les deux dialogues qui suivent, entre Faust et Wagner, entre Méphistophélès et l'Écolier, et la scène de la Taverne constituent, avec le monologue et les conjurations, ce qu'on pourrait appeler, dans le *Faust* primitif, la première partie du drame. Ensuite la « tragédie de Marguerite » se déroule sans interruption jusqu'à la fin. Wagner, c'est l'ancien *famulus*, qui se présente maintenant comme le type du

pédant, borné et heureux, et heureux parce qu'il
est borné ; c'est une création de Gœthe. Le personnage de Marguerite est également sorti de l'imagination et des souvenirs du poète. On a bien prétendu
la retrouver, en retrouver du moins la première
idée, dans la vieille légende. Le livre populaire de
1728 dit, en effet, dans ses dernières pages, que
« Faust se prit d'amour pour une jeune fille, belle
mais pauvre, qui servait chez un marchand de son
voisinage ; mais elle ne voulut céder à son désir
que sous la condition du mariage : c'est pourquoi
Faust eut le dessein de l'épouser ». Il abandonna ce
dessein quand Lucifer lui amena, « par grâce spéciale », la belle Hélène de Grèce. Si ce récit a passé
sous les yeux de Gœthe, et s'il s'en est réellement
souvenu, il faut avouer qu'il en a tiré un parti admi-
rable. Il est plus probable que, fidèle à son habitude,
il s'est confessé ici une fois de plus. Rien ne nous
autorise à douter de la vérité du récit qu'il nous fait,
dans le cinquième livre des Mémoires, de ses premières amours à Francfort. Que certains détails
aient passé après coup du poème de *Faust* dans le
récit des Mémoires, que Gœthe, qui avait pour principe de transformer la réalité en poésie, ait quelquefois, par un procédé inverse, transformé la poésie en
réalité, cela n'est pas impossible. Mais il est certain
que Marguerite a vécu ; elle a vécu dans le cœur du
poète, avant de se transfigurer dans son imagination. Plus tard, il est vrai, d'autres figures, particu-

lièrement celle de Frédérique, se sont associées, mêlées à la sienne, pour constituer un même type idéal. « J'avais été obligé, dit Gœthe, de me séparer de Marguerite; devant Frédérique, pour la première fois, je me sentais coupable. J'eus recours, pour apaiser mes remords, à mon remède habituel, la poésie; je continuai ma confession poétique, afin de mériter, par cette expiation volontaire, l'absolution de ma conscience. » Dans la poésie de Gœthe, les éléments sont toujours empruntés à la réalité, mais les combinaisons sont diverses. L'image de la femme malheureuse par la faute de l'homme qu'elle aime traverse tous les écrits de sa jeunesse et toute la littérature de ce temps. Elle se retrouve dans *Gœtz de Berlichingen*, dans *Clavigo*, dans *Stella*. Il est question, dans *Werther*, d'une jeune fille dont le sort est en tout pareil à celui de Marguerite : « C'était une bonne créature, qui avait grandi dans le cercle étroit des occupations domestiques, qui vaquait toute la semaine à son travail accoutumé, et le seul plaisir qu'elle avait en perspective était d'aller, le dimanche, se promener avec ses pareilles, parée de quelques atours qu'elle avait assemblés peu à peu.... La nature lui fait éprouver enfin des besoins plus profonds, qui sont encore attisés par les flatteries des hommes. Elle rencontre un homme vers lequel un sentiment inconnu l'attire avec une force irrésistible.... Il l'abandonne. Immobile, éperdue, la voilà devant un abîme. Elle se précipite, pour étouffer ses angoisses, dans une mort où tout s'engloutit. »

Le caractère de Marguerite, quoiqu'il ait été formé d'éléments divers, est d'une parfaite unité ; le personnage a été coulé d'abord d'un seul jet. Il n'en est pas de même de Méphistophélès. Est-ce un esprit élémentaire, de même famille que l'Esprit de la Terre, un lutin malicieux et taquin, mais au fond serviable? Ou est-ce un vrai démon, un émissaire de l'enfer, uniquement occupé de faire le mal? Il est l'un et l'autre, et alternativement. Nous ne parlons qu'au point de vue du *Faust* primitif. Dans le plan de ce poème, Méphistophélès était d'abord un compagnon que l'Esprit de la Terre donnait à Faust pour le guider dans son voyage à travers le monde, pour l'aider à « amasser sur sa poitrine toutes les joies et toutes les douleurs de la vie ». Mais Gœthe ne pouvait se soustraire aux souvenirs persistants de la légende, et le compagnon serviable redevenait par moments un esprit de séduction et de malfaisance. Au reste, les deux côtés du rôle de Méphistophélès ne sont pas absolument inconciliables. Dans un fragment qui fait partie de l'édition de 1790, et qui est encore conçu dans l'esprit du plan primitif, Méphistophélès dit, en parlant de Faust : « Lors même qu'il ne se serait pas donné au diable, il périrait encore. » Et, dans une des dernières scènes, quand Faust lui reproche la ruine de toutes ses espérances, Méphistophélès répond : « Pourquoi

entres-tu dans notre compagnie, quand tu ne peux
pas t'y maintenir? Tu veux t'élever dans les airs,
et la tête te tourne. Nous sommes-nous jetés à ta
tête, ou toi à la nôtre? » Faust se perd, parce
qu'étant homme il a voulu être Dieu; il a rompu
la barrière qui borne et qui protège l'existence
humaine, et il se précipite dans l'abîme qu'il a lui-
même ouvert devant lui. Le *Faust* de Gœthe était,
dans sa conception primitive, une *tragique histoire*,
comme celle de Marlowe, mais d'un souffle infiniment plus puissant et d'une portée plus haute,
entraînant deux victimes également nobles dans une
catastrophe commune.

IX. — L'ÉDITION DE 1808.

Gœthe arrive à Weimar, dans le costume de
Werther, le 7 novembre 1775. Ensuite le *Faust* est
souvent lu devant la cour, sans qu'aucun développement nouveau s'y ajoute. Les sujets qui marquent
la période classique de Gœthe commencent à l'occuper, *Iphigénie* en 1779, *Torquato Tasso* l'année
suivante. Au mois de septembre 1786, il part pour
l'Italie. A Rome, voulant comprendre le *Faust* dans
une édition complète de ses œuvres, il reprend le vieux
manuscrit « jauni par le temps et déchiré sur les
bords », et il avoue, dans une lettre du 1er mars 1788,

qu'il lui a fallu d'abord « retrouver le fil », se fami-
liariser avec le plan : « De même qu'autrefois je
me reportais par la pensée dans un monde disparu,
il faut maintenant que je me reporte dans un passé
que j'ai vécu moi-même. » Il écrit la *Cuisine de la
sorcière,* dans le jardin de la villa Borghèse; ensuite
un dialogue entre Faust et Méphistophélès, précédé
d'un monologue de Faust. Le monologue disait, tout
à fait selon les données du poème primitif : « Esprit
sublime, tu m'as tout donné, tout ce que demandait
ma prière. Ce n'est pas en vain que tu as tourné
vers moi ton visage du sein de la flamme. Tu m'as
donné la splendide nature pour royaume, avec la
force de la sentir et d'en jouir. Mais, à côté de ces
délices qui me rapprochent des dieux, tu m'as
donné un compagnon dont je ne puis déjà plus me
passer, quoique, par sa froideur et son insolence, il
me ravale à mes propres yeux. » Ce fut le dernier
effort que fit le poète pour avancer une œuvre de
laquelle son développement intérieur le séparait
de plus en plus. L'édition de 1790, la première qui
fut connue du public, ne fut guère qu'un remaniement de forme. La scène de la Taverne était mise
en vers. Certaines trivialités disparaissaient de l'entretien entre Méphistophélès et l'Écolier. Quelques-
unes des dernières scènes, encore en prose, ou mal
reliées à l'ensemble, étaient supprimées. Le reste
était donné comme un *fragment,* et s'arrêtait après
la scène de la Cathédrale. Le *Faust* primitif était

châtié, épuré, mais découronné ; la conclusion manquait.

Elle manquait parce que le poète, s'il avait dû la
donner à ce moment-là, l'aurait sans doute donnée
toute différente. Il aima mieux abandonner un sujet
auquel ne l'attachait plus aucun intérêt direct. Le
temps du *titanisme* était passé chez lui, et il est
probable qu'en livrant le *Faust* au public comme un
fragment, il n'avait pas plus l'intention d'y revenir
qu'il ne revint au *Prométhée*, au *Juif errant*, au
Mahomet. Il fallut, pour l'y ramener, l'intervention
d'un poète qui avait eu, lui aussi, sa période orageuse, mais qui n'en était pas encore séparé par un
si long intervalle. En 1794, Schiller avait obtenu la
collaboration de Gœthe pour une revue qu'il voulait fonder, *les Heures*; ce fut le commencement de
cette union qui fut si féconde pour l'un comme pour
l'autre. Le 29 novembre de la même année, Schiller
écrit à Gœthe que ce serait pour lui une satisfaction des plus vives de pouvoir lire les fragments
encore inédits du poème de *Faust*, dont il admire
la conception puissante, et qu'il compare au
torse d'Hercule. Gœthe lui répond : « Je ne puis en
ce moment rien vous communiquer de *Faust*; je
n'ose ouvrir le paquet qui le tient captif : je ne
pourrais copier sans remanier, ce dont je ne me
sens pas le courage. » Schiller insiste, et, au mois
d'août de l'année suivante, Gœthe promet « quelque
chose de *Faust* » pour *les Heures*; mais il ajoute :

« Mon *Faust* est comme une poudre qui a été dissoute dans l'eau et qui se dépose au fond du vase : tout paraît remonter et se rejoindre, aussi longtemps que vous secouez le vase; mais à peine suis-je réduit à moi-même, que tout retombe au fond. »

La disposition d'esprit nécessaire pour s'identifier avec le vieux monde légendaire manquait encore. Elle se retrouva lorsqu'en 1797 les deux poètes s'associèrent pour la composition d'un certain nombre de ballades destinées à l'*Almanach des Muses*. Leurs études communes, la recherche et la discussion des sujets ramenèrent Gœthe, comme il le dit, sur « les routes nébuleuses » où il s'était complu dans sa jeunesse. Faust lui redevint familier. Mais il lui arriva ce qui était arrivé autrefois à Lessing. Ce grand critique avait déjà été frappé de ce que la légende de Faust contenait de poésie, et il avait longtemps pensé à la remettre au théâtre; mais peu à peu le sujet s'était transformé dans son esprit, et à la fin le seul péché de Faust était « sa soif de connaître », péché pardonnable assurément aux yeux d'un philosophe, et qui, en tout cas, ne méritait pas la damnation éternelle. Du jour où Gœthe, cédant aux instances réitérées de Schiller, songe sérieusement à reprendre le *Faust*, ce qui le préoccupe surtout, c'est ce qu'il appelle *l'idée* du poème : ce mot revient constamment dans la correspondance des deux amis. « Je me suis décidé, écrit Gœthe le 22 juin 1797, à travailler à mon *Faust*; je veux sinon le terminer, du moins l'avancer pour une bonne part. Je sépare ce qui est imprimé, et je le dispose en grandes masses, en y intercalant ce qui est déjà écrit ou imaginé, et je prépare et avance ainsi l'exécution du plan, qui, à vrai dire, n'est qu'une idée. » En même temps, il engage Schiller à lui dire de quelle manière il se représente le poème dans son ensemble, « à lui expliquer ses propres songes, comme un vrai prophète ». Schiller promet « de chercher le fil », et, s'il ne réussit pas à le trouver, il s'imaginera qu'il a devant lui une série de fragments qu'il vient de découvrir par hasard, et qu'il est chargé de compléter. « Au reste, ajoute-t-il, l'ouvrage, quelque grande que soit sa valeur poétique, devra toujours avoir une certaine portée symbolique : telle est probablement aussi votre idée. » Et ailleurs : « Ce qu'on cherchera dans le *Faust*, ce sera tout à la fois de la philosophie et de la poésie; et vous aurez beau faire, le sujet est tel que vous ne pourrez le traiter qu'à un point de vue philosophique, et que votre imagination sera forcée de se mettre au service d'une idée fournie par la raison. » Schiller venait d'étudier à fond le système de Kant. Il faudrait connaître les entretiens que les deux poètes eurent ensemble pour juger jusqu'à quel point l'influence de Schiller fut déterminante sur le renouvellement du sujet de *Faust*; mais le vif intérêt qu'il témoignait pour l'œuvre de son ami a déjà, pour ainsi dire, l'importance d'un fait littéraire. Schiller représente, à ce moment, en sa propre personne, le lien entre la jeunesse et l'âge mûr de Gœthe.

Au reste, quand Schiller et Gœthe parlent de *l'idée* de Faust, il ne faudrait pas prendre ce mot dans un sens trop étroit. Il ne s'agit pas d'une idée abstraite à traduire sous une forme sensible, ou d'une vérité philosophique ou morale à démontrer par l'exemple, mais seulement d'un point de vue général sous lequel devaient se grouper les fragments anciens ou nouveaux. Gœthe lui-même s'exprime un jour à ce sujet devant Eckermann : « On vient me demander quelle est l'idée que j'ai voulu incarner dans mon *Faust*. Comme si je le savais moi-même ! comme si je pouvais le dire ! » Et, reprenant le dernier vers du *Prologue sur le théâtre*, il continue : « *Depuis le ciel, à travers la terre, jusqu'à l'enfer*, à la rigueur, ce serait quelque chose ; mais ce n'est pas là une idée, c'est la marche de l'action. Ensuite, que le diable perde son pari, et qu'un homme que de graves égarements n'ont pas empêché de s'élever et de s'améliorer toujours puisse être sauvé, c'est une pensée bonne et efficace et qui explique bien des choses ; mais ce n'est pas une idée qui puisse servir de base à l'ensemble et à chaque scène en particulier. Et c'eût été une belle chose, vraiment, si j'avais voulu aligner, sur le maigre fil d'une idée unique serpentant à tra-

vers le tout, la vie abondante et variée que le *Faust*
déroule devant les yeux [1]. »

Ce que Gœthe, dans sa correspondance avec
Schiller, appelle l'idée de *Faust*, c'est simplement
la conception philosophique à laquelle il avait l'intention de soumettre la légende, et qui est exposée
dans l'un des deux prologues, celui dont la scène
est au ciel.

Les milices célestes sont rassemblées devant le
Seigneur. Méphistophélès, le tentateur, apparait au
milieu d'elles; il rend compte de ce qu'il a vu et
fait sur la terre : car il a son rôle dans le gouvernement du monde; il est nécessaire à l'homme, dont
l'activité se relâcherait aisément, s'il n'avait à côté
de lui un compagnon qui le stimule. Pauvre humanité! Méphistophélès lui-même est ému de pitié
pour elle, et, s'il avait le cœur quelque peu tendre,
il renoncerait à la tourmenter davantage : « Le petit
dieu de la terre n'a pas changé; il est baroque
comme au premier jour; il vivrait un peu mieux,
sans la petite étincelle qui est en lui, qu'il appelle
raison, et qui lui sert seulement à être plus bestial
que la bête. »

Le Seigneur l'interrompt : « Connais-tu Faust,
mon serviteur? — Vraiment, dit Méphistophélès, il
vous sert d'une étrange façon. L'insensé! une nourriture terrestre ne lui suffit pas. Son esprit en fer-

---

1. *Conversations*, 6 mai 1827.

mentation le porte au loin dans les espaces, et il se rend à moitié compte de sa folie. Les plus belles étoiles du ciel, les plus hautes jouissances de la terre, il réclame tout, et rien ne peut satisfaire son cœur inquiet. » Le Seigneur répond : « Quoiqu'il ne me serve en ce moment que d'une manière confuse, je saurai bientôt le mener à la lumière. Le jardinier qui voit l'arbrisseau verdir ne sait-il pas que les années suivantes se pareront de fleurs et de fruits? — Que pariez-vous? reprend Méphistophélès; celui-là aussi, vous le perdrez encore, pourvu que vous me permettiez de le mener doucement dans mes voies. »

La gageure est acceptée : « C'est entendu, dit le Seigneur, tu as toute licence. Détourne cet esprit de sa source première; mène-le sur ta route, si tu peux le saisir, et fais-le déchoir. Mais sois confondu, si tu es obligé de reconnaître que l'homme bon, dans l'obscur instinct qui le pousse, a bien conscience du droit chemin. »

Gœthe reprend, en la modifiant, l'idée du pacte, qui formait un des principaux éléments de la vieille légende, mais dont il n'y a point de trace dans le *Fragment* de 1790, ni dans le *Faust* primitif. Selon la légende, Méphistophélès devait servir Faust pendant vingt-quatre ans, après lesquels son âme lui appartiendrait. Dans la *Première partie de la tragédie*, publiée en 1808, la durée du pacte est indéterminée, ou plutôt le pacte se réduit à un pari proposé par Méphistophélès, tenu par le Seigneur dans la cour céleste, et ensuite par Faust dans son cabinet de travail. Nulle distinction n'est faite, dans la forme du pari, entre la vie présente et la vie future. « Ce qui est au delà m'inquiète peu, dit Faust à Méphistophélès. Quand tu auras brisé ce monde, que l'autre s'élève sur ses ruines! C'est cette terre qui est la source de mes joies; c'est ce soleil qui luit sur mes souffrances. Quand je pourrai prendre congé d'eux, qu'alors arrive ce qui voudra, ce qui pourra! » C'est ce monde que Faust veut connaître, qu'il veut embrasser par la pensée, par l'action et par la jouissance, et qu'il veut absorber en sa personne. Si jamais il se déclare satisfait, s'il vient un moment où la vie n'aura plus rien à lui apprendre, il appartiendra à Méphistophélès; mais aussi longtemps qu'il lui restera un désir à exprimer, un but à poursuivre, un acte à accomplir, l'Esprit de négation n'aura aucune prise sur lui :

« Si jamais je m'étends sur un lit de repos, — c'en sera fait de moi. — Si tu peux m'induire par des mensonges flatteurs — à ce que je me complaise en moi-même, — si tu peux me tromper par la jouissance, — que mon dernier jour soit venu! — J'en fais le pari.... S'il arrive un moment auquel je dise : — Demeure, tu es si beau! — alors tu pourras me jeter dans les fers, — et je consentirai à périr. — Alors, que la cloche des morts retentisse! — Alors, tu seras libre de ton service. — Alors, que l'horloge s'arrête, que l'aiguille tombe, — et que le temps n'existe plus pour moi [1] ! »

Ainsi le pacte n'est plus qu'un pari, et le pari devient une épreuve pour Faust. Mais Faust sortira triomphant de l'épreuve, et Méphistophélès sera finalement dupe. Ce moment de pleine satisfaction qui serait le point d'arrêt de son existence, Faust l'entrevoit sans y toucher, lorsque, dans la *Seconde partie de la tragédie*, il livre à l'industrie humaine un terrain qu'il vient de conquérir sur la mer : « Je veux ouvrir des espaces à des milliers d'hommes, — pour qu'ils vivent, non pas sans danger, mais dans une libre activité.... Oui, je suis voué tout entier à cette pensée, — qui est la conclusion dernière de la sagesse : — Celui-là seul possède la liberté, comme la vie, — qui est forcé de la conquérir chaque jour.... C'est une activité de ce genre que je voudrais voir, — vivre sur un sol libre, au sein d'un peuple libre. — Ce serait le moment

---

1.   *Werd' ich beruhigt je mich auf ein Faulbett legen,*
So sei es gleich um mich gethan !
Kannst du mich schmeichelnd je belügen,
Dass ich mir selbst gefallen mag,
Kannst du mich mit Genuss betrügen,
Das sei für mich der letzte Tag !
Die Wette biet' ich !...
Werd' ich zum Augenblicke sagen :
Verweile doch ! du bist so schön !
Dann magst du mich in Fesseln schlagen,
Dann will ich gern zu Grunde gehn !
Dann mag die Todtenglocke schallen,
Dann bist du deines Dienstes frei,
Die Uhr mag stehn, der Zeiger fallen,
Es sei die Zeit für mich vorbei !

auquel je pourrais dire : — Demeure, tu es si beau!
— Non, la trace de mes jours terrestres — ne peut
se perdre dans la succession des siècles [1]. »

Mais que devenaient, dans la nouvelle conception
du sujet, le rôle de l'Esprit de la Terre et celui de
Méphistophélès? L'Esprit de la Terre faisait double
emploi; son évocation n'était plus qu'un épisode
sans lien nécessaire avec l'ensemble; le monologue
où Faust s'adressait à lui en ces mots : « Esprit
sublime, tu m'as tout donné... », n'avait plus de
raison d'être. Quant à Méphistophélès, c'était tantôt
« le compagnon dont Faust ne pouvait plus se
passer, quoique, par sa froideur et son insolence, il
réduisît à rien les dons qu'il lui apportait », tantôt
le séducteur, chargé d'aiguillonner la pauvre humanité, « une partie de cette force qui veut toujours
le mal et qui fait toujours le bien ». Méphistophélès,
selon l'expression de Kuno Fischer, a tantôt l'Esprit
de la Terre derrière lui, tantôt le Seigneur en face
de lui. Tantôt il accomplit une mission pour le
compte d'un autre, plus grand que lui; tantôt il

1.
Eröffn' ich Räume vielen Millionen,
Nicht sicher zwar, doch thätig frei zu wohnen!...
Ja! diesem Sinne bin ich ganz ergeben,
Das ist der Weisheit letzter Schluss :
Nur der verdient sich Freiheit wie das Leben,
Der täglich sie erobern muss....
Solch' ein Gewimmel möcht' ich sehn,
Auf freiem Grund mit freiem Volke stehn.
Zum Augenblicke dürft' ich ich sagen :
Verweile doch! du bist so schön!
Es kann die Spur von meinen Erdetagen
Nicht in Æonen untergehn.

joue sa propre partie, à ses risques et périls. Quand Gœthe reprit son poème après 1797, il avait deux partis à prendre : il pouvait ou refondre les scènes déjà faites et peut-être en élaguer quelques-unes, ou les laisser à leur place, sans trop chercher à les mettre d'accord avec les scènes nouvelles. Il s'arrêta à ce dernier parti, ne se doutant pas de la peine qu'il donnerait à ses futurs commentateurs, qui, plus *gœthiens* que Gœthe, verraient de l'unité où il ne pouvait y en avoir. Tantôt il se rassurait en s'appliquant les théories qui venaient d'être émises sur la formation des épopées [1] : pourquoi, en effet, le *Faust* aurait-il plus d'unité que les *Nibelungen*? Tantôt il pensait, comme il le dit dans sa dernière lettre à Guillaume de Humboldt, que le lecteur saurait bien mettre une date à chaque scène et distinguer ce qui était ancien de ce qui était nouveau [2].

X. — LE « FAUST » COMPLET.

Après la publication de la *Première partie de la tragédie* en 1808, le *Faust* semble encore une fois

---

1. Lettre à Schiller, du 27 juin 1797.

2. Les scènes nouvelles dans l'édition de 1808 étaient : la Dédicace et les deux Prologues, le second monologue de Faust et les chœurs qui suivent, la Promenade devant la ville, le troisième monologue avec la conjuration, la scène du Pacte, la scène entre Valentin, Faust et Méphistophélès, et la Nuit de Walpurgis. La scène de la Prison, en prose dans le *Urfaust*, et omise dans le *Fragment* de 1790, était mise en vers.

abandonné. Devant cette œuvre si souvent interrompue, exécutée sous des influences si diverses et,
par suite, si peu homogène, et qui n'en reste pas
moins son chef-d'œuvre, Gœthe éprouve un double
sentiment. D'un côté, il ne peut jamais se détacher
entièrement d'un sujet dans lequel il a versé de bonne
heure ses émotions les plus vives et les plus pro-
fondes ; et, de l'autre, il désespère de lui donner
jamais cette forme accomplie qui, depuis son commerce avec l'antiquité, est devenue pour lui la vraie
marque d'une œuvre d'art. Le plus souvent, une
excitation du dehors lui est nécessaire pour ranimer
son zèle. Nous savons combien les instances et les
conseils de Schiller contribuèrent à lui faire reprendre le *Fragment* de 1790. Il paraît qu'Eckermann,
le fidèle compagnon de sa vieillesse, conseiller plus
humble, mais non moins dévoué, ne fut pas étranger
à la reprise de *Faust* en 1824. « Il n'est pas bon, lui
dit un jour Gœthe en plaisantant, que l'homme soit
seul, ni surtout qu'il travaille seul ; il a besoin, pour
réussir, de l'encouragement et de l'approbation des
autres. Si j'achève la seconde partie de *Faust*,
ajouta-t-il, c'est à vous que je le devrai [1]. » Il disait
également au chancelier de Müller : « Eckermann
s'entend à merveille à *m'extorquer* des productions
littéraires [2], par l'intérêt intelligent qu'il témoigne

---

1. *Conversations*, 7 mars 1830.
2. *Literarische Productionen mir zu extorquiren* (*Unterhaltungen mit Gœthe*, 8 juin 1830).

pour ce qui est déjà fait ou commencé. » Gœthe
ayant voulu insérer, en 1824, dans la quatrième
partie de *Poésie et Vérité*, un plan de la suite de
Faust, qu'il avait renoncé à exécuter, Eckermann
l'en détourna, se mit à classer les fragments manu-
scrits, et détermina le poète, alors âgé de soixante-
quinze ans, à reprendre encore une fois son œuvre,
pour la mener enfin à terme.

On ne saurait dire d'une manière précise, malgré
l'abondance des renseignements que nous possédons
sur Gœthe, quelles étaient alors les parties du second
Faust déjà composées ou esquissées. C'étaient probablement les scènes du premier acte qui se
reliaient directement à la *Première partie*, et celles
du cinquième acte où l'idée du pari engagé avec
Méphistophélès revient pour la dernière fois; mais
c'était surtout le commencement du troisième acte,
c'est-à-dire de cet épisode d'Hélène qui forme
comme une tragédie à part, et auquel Schiller s'était
déjà intéressé. L'évocation d'Hélène constitue, avec
le séjour de Faust à la cour, le contingent que la
vieille légende a fourni au second *Faust*; mais ces
deux éléments ont subi, comme le reste de la
légende, une série de transformations, avant de se
fixer dans l'esprit du poète et d'entrer dans le cadre
élastique de sa vaste épopée.

Dès l'année 1800, Gœthe écrivait à Schiller :
« Mon Hélène est réellement entrée en scène. Mais
maintenant, ce que la situation de mon héroïne a de

beau me séduit tellement, que je serais affligé de n'en tirer qu'une fantasmagorie grotesque, et j'ai bien envie de construire sur ce qui est commencé une tragédie sérieuse. » Dès lors, Hélène n'est plus ce qu'elle était encore dans le premier plan de Gœthe, un simulacre trompeur tiré de l'enfer; c'est un type éternel, une essence qui ne meurt jamais, mais qui ne vit que pour l'artiste, capable de lui donner une forme dans son imagination. Méphisto-phélès n'a aucun pouvoir sur elle. C'est Faust lui-même, armé d'une clef magique, qui descend jus-qu'aux profondeurs obscures où l'être se confond avec le néant, pour la ramener à la lumière. Elle lui échappe une première fois, lorsqu'il la fait appa-raître devant la cour de l'Empereur en compagnie de Pâris, et qu'il est entraîné vers elle dans un mouvement de convoitise jalouse. Il faut, pour la retrouver, qu'il se transporte sur le sol de la Grèce, qu'il assiste à une *Nuit de Walpurgis classique*, qu'il voie défiler devant lui les formes multiples de la mythologie primitive des Grecs, symboles d'une civilisation à l'état de *devenir* et qui aspire elle-même à la réalisation de la beauté idéale. Pour compléter le tableau, deux philosophes, Thalès et Anaxagore, viennent exposer leurs théories con-traires sur l'origine du monde. Eckermann disait un jour à Gœthe : « Il fallait que l'antiquité vous fût bien présente pour que vous pussiez ressusciter avec tant de fraîcheur toutes ces figures, les employer et les manier avec tant d'aisance. » Gœthe répondit : « Si je ne m'étais occupé toute ma vie d'arts plastiques, cela ne m'aurait pas été possible. Le difficile, c'était de savoir se borner au milieu d'une telle abondance, et d'écarter toutes les figures qui n'étaient pas absolument en harmonie avec mon plan. C'est ainsi, par exemple, que je n'ai fait aucun usage ni du Minotaure, ni des Harpies, ni d'autres monstres encore [1]. » On ne voit pas bien pourquoi les Harpies et le Minotaure n'ont pas pu entrer dans le plan de Gœthe, aussi bien que les Pygmées, les Griffons et les Grues, et il semble que, dans l'organisation de ce défilé fantastique, l'érudition ait eu plus de part que le sens plastique.

C'est le centaure Chiron, le précepteur attitré des héros, qui met Faust sur la trace d'Hélène. Lui-même l'a un jour portée sur son dos, lorsqu'elle fuyait devant des brigands. « Elle n'avait alors que sept ans, dit Faust. — Je vois, lui répond Chiron, que les philologues t'ont trompé, comme ils se trompent eux-mêmes. C'est une chose à part que la femme mythologique. Le poète la présente comme il veut. Elle n'a pas d'âge, est toujours mineure, et appétissante de figure. Jeune, on l'enlève ; vieille, on la courtise encore. Bref, le temps n'enchaîne pas le poète. — Eh bien ! réplique Faust, qu'Hélène non plus ne soit pas enchaînée par le temps ! Achille ne

---

1. *Conversations*, 21 février 1831.

l'a-t-il pas trouvée à Phères, hors de toutes les limites du temps? Rare bonheur pour lui! Avoir conquis l'amour en dépit de la destinée! Et ne pourrai-je pas, par la force du plus ardent désir, faire rentrer dans la vie cette forme unique, cet être éternel, de même rang que les dieux? » Le centaure emporte Faust jusqu'au sanctuaire de la prophétesse Manto, qui lui indique le chemin des Enfers. Goethe, un jour qu'il s'entretenait avec Eckermann des difficultés qu'il rencontrait dans la rédaction du second *Faust*, disait : « Le discours que Faust adresse à Proserpine pour la décider à lui abandonner Hélène, quel discours cela doit être, puisque Proserpine elle-même en est émue jusqu'aux larmes [1] ! » La scène n'a pas été exécutée.

L'acte suivant contraste, par sa belle simplicité, avec le sabbat pseudo-classique qui lui sert d'introduction. Hélène revient de Troie et rentre dans son palais, suivie d'un chœur de Troyennes captives. Mais elle apprend aussitôt que, sur l'ordre de Ménélas, elle doit être la victime d'un sacrifice qu'elle est chargée de préparer elle-même. Elle ne peut se sauver qu'en se mettant sous la protection d'une troupe de jeunes guerriers, venus du Nord, au teint clair et à la taille élancée, qui se sont établis au fond de la vallée de l'Eurotas, où ils ont construit un manoir d'une architecture nouvelle et bizarre. On

---

1. *Conversations*, 15 janvier 1827.

les appelle des barbares, mais ils auraient rougi
de commettre les cruautés dont les Grecs se sont
rendus coupables sous les murs de Troie, et ils
rendent volontiers aux dames un hommage discret et
loyal. Hélène célèbre ses noces idéales avec Faust :
c'est l'union de la beauté grecque avec l'esprit germanique. L'enfant qui naît de cette union s'appelle
Euphorion, comme le fils d'Hélène et d'Achille. C'est
la poésie romantique. « On croit reconnaître, dans
les traits du beau jeune homme, une figure connue »,
dit une indication scénique. En effet, Euphorion,
c'est lord Byron : ainsi le veut Gœthe. « La pièce
ne pouvait être terminée, dit-il dans une lettre à
Guillaume de Humboldt, qu'après l'accomplissement
des temps ; elle embrasse maintenant un espace de
trois mille ans, depuis la chute de Troie jusqu'à la
prise de Missolonghi [1]. »

Un certain parallélisme règne entre l'épisode
d'Hélène et le séjour de Faust à la cour. Il ne suffit
pas au poète de nous montrer l'empire aux abois, le
trésor vide, la justice vénale, l'armée sans discipline,
et le secours inespéré que Faust apporte à l'Empereur en le délivrant d'un anti-César, qui n'aurait
sans doute pas mieux gouverné que lui. Il nous fait
assister, au premier acte, à une mascarade symbolique, où l'Empereur apparaît sous la figure du grand
Pan, Faust sous celle de Plutus, et où sont repré-

[1]. Correspondance avec les frères de Humboldt, 22 octobre 1826.

sentées par des allégories diverses les ambitions et les convoitises qui minent la sécurité de l'État. « Nous parlâmes, raconte un jour Eckermann, de l'enfant qui guide le char de Plutus, traîné par des dragons. — Vous avez deviné, dit Gœthe, que le masque de Plutus cache Faust; mais cet enfant, quel est-il? — J'hésitais à répondre, continue Eckermann. — C'est Euphorion, dit Gœthe. — Mais, répliquai-je, comment peut-il apparaître déjà dans cette mascarade, puisqu'il ne naît qu'au troisième acte? — Euphorion, répondit Gœthe, n'est pas une créature humaine, c'est un être allégorique. Il personnifie la poésie, qui n'est liée à aucun temps, à aucun lieu, à aucun individu. Le même esprit à qui il plaira plus tard d'être Euphorion apparaît déjà sous la figure de cet enfant, semblable en cela aux fantômes qui peuvent être présents en tous lieux et apparaître à toute heure [1]. »

Des fantômes (Gespenster), le mot est de Gœthe, c'est par là que le poème finit. Le Faust, dans sa rédaction primitive, avait été simplement poétique; il devint poétique et philosophique dans la Première partie de la tragédie, poétique et allégorique dans la seconde. La poésie n'est complètement absente nulle part, pas même de la Seconde partie; mais, à mesure qu'on avance, elle est dominée et refroidie par la réflexion. La vieillesse d'un grand poète, quelque

1. Conversations, 20 décembre 1829.

vigoureuse qu'elle soit, est toujours la vieillesse, c'est-
à-dire l'âge où l'on raisonne et où l'on se souvient
plus qu'on ne sent, et, comme dit Gœthe, quelque
puissante que soit l'*entéléchie*, elle ne maîtrise jamais
entièrement le corps, et il est bien différent d'avoir
en lui un allié ou un adversaire [1]. La rédaction des
dernières parties du poème est plus lente, plus intermittente, plus laborieuse. Le style change; il passe
de la métaphore qui jaillit spontanément de l'imagination à l'allégorie qui se superpose artificiellement
à l'idée. La physionomie des personnages pâlit et
s'efface. Méphistophélès, si vivant au début, s'atténue
et s'humanise, et semble presque embarrassé de son
rôle de tentateur; on sent et il paraît sentir lui-
même que son pari est perdu. Le poète l'incarne
dans des figures secondaires : il est le fou à la cour
de l'Empereur, l'Avarice derrière le char de Plutus,
la gardienne du foyer de Ménélas. Faust lui-même
n'est plus qu'un symbole, le symbole de l'humanité
à la recherche de la beauté, de la vérité, de la
liberté, du bonheur. Le plan se modifie, en suivant
les transformations de l'esprit de Gœthe. Celui du
Faust primitif et du *Fragment* de 1790 n'est pas
celui de la *Première partie de la tragédie*; les deux
plans se superposent dans la rédaction de 1808, sans
se pénétrer; on dirait deux poèmes emboîtés l'un
dans l'autre. Enfin, dans la *Seconde partie*, le cadre

1. Même ouvrage, 11 mars 1828.

s'élargit de telle sorte que tous les contours s'effacent, laissant partout des ouvertures pour des allusions à la littérature, à la philosophie, aux affaires politiques du temps. Gœthe a sacrifié de parti pris l'unité à une qualité qu'il jugeait supérieure, la portée morale de son œuvre. L'art était, pour lui, un moyen d'éducation personnelle. C'est par l'art qu'il avait élevé et affranchi son esprit, et il conviait ses lecteurs à suivre son exemple. « Tout ce que j'ai communiqué au public, dit-il dans une lettre de 1827, repose sur les expériences de ma vie : je puis donc espérer aussi que chacun de mes lecteurs voudra revivre mes poésies et s'en servir pour son expérience personnelle [1]. »

Ainsi le point de vue moral, on pourrait dire éducatif, se substitue au point de vue artistique. C'est un livre de sagesse que le poète nous offre, une image du monde en raccourci, le sens de la vie en symboles. « Dans une composition de ce genre, dit-il un jour à Eckermann, il importe seulement que chaque groupe soit important et clair par lui-même ; le tout restera toujours *incommensurable* [2]. » Mais ce qui est incommensurable n'est pas une œuvre d'art, dans le sens qu'on attache ordinairement à ce mot. L'art veut des contours précis, une certaine symétrie intérieure qui se traduit par une forme harmonieuse. Kuno Fischer appelle le *Faust* la *Divine Comédie* du

---

1. Pniower, *Gœthes Faust*, p. 201.
2. *Conversations*, 13 février 1831 ; voir aussi 3 janvier 1830.

peuple allemand : il l'est par sa richesse poétique, par sa profondeur philosophique, et surtout par son rapport intime avec le génie de la nation; mais la *Divine Comédie* de Dante est d'une architecture plus belle. Le *Faust* de Goethe est une cathédrale gothique terminée dans le style de la Renaissance. Il faut laisser à une critique systématique le soin d'en montrer l'unité. La valeur du poème est ailleurs : le problème de la destinée humaine y est posé d'une main magistrale, et traité dans une langue robuste, où l'on sent couler à chaque vers la plus pure sève du génie national.

LA « NAUSICAA » DE GŒTHE

On sait qu'une tragédie dont le principal personnage devait être Nausicaa fut une des grandes
préoccupations de Gœthe pendant son voyage en
Italie. Il n'en a écrit que quelques fragments, tellement disparates qu'ils permettent à peine de se
faire une idée de ce qu'aurait été l'ensemble, et que
peu de lecteurs s'y arrêtent. Ce sont ces fragments
que Wilhelm Scherer, dans un article des *Deutsche
Monatshefte* de Westermann, a essayé de rattacher
et de coordonner[1]. Il a interrogé le texte de l'*Odyssée*,
que Gœthe ne quittait pas pendant qu'il méditait
son plan; il a consulté les notes de voyage du poète,
les livres qu'il lisait et qui l'aidaient à comprendre
Homère. Il a cherché des rapprochements dans les
incidents de sa vie, et, là où tous les renseignements
faisaient défaut, il a hasardé ses propres supposi-
tions, qui sont rarement dénuées de vraisemblance.
C'est un travail de reconstitution, semblable à celui
que la critique aime à entreprendre vis-à-vis des

1. L'article a été réimprimé dans *Aufsätze über Gœthe*,
Berlin, 1886.

œuvres du passé dont le temps n'a laissé qu'un débris, ou à celui que Gœthe lui-même entreprit un jour sur le *Phaéton* d'Euripide ; un travail d'une infinie délicatesse, où il faut que le sentiment de l'artiste se joigne à la sagacité de l'historien.

Gœthe, à chaque époque de sa vie, faisait choix d'un écrivain, qui l'aidait à formuler ses propres impressions, qui lui donnait la réplique lorsqu'il cherchait à coordonner ses idées, et qui devenait, pour ainsi dire, son compagnon idéal. C'était un des procédés qu'il employait pour concilier la poésie avec la réalité. Homère fut pour lui, en Italie, ce que l'auteur du *Village abandonné* avait été pour lui à Wetzlar. Lorsque à Palerme il visita le Jardin public, il trouva d'abord que tout ce qui s'offrait à ses regards le transportait dans l'antiquité. « Les flots noirâtres à l'horizon boréal, leur lutte contre les courbures des anses, l'odeur particulière de la mer vaporeuse, tout rappelait à mes sens et à ma mémoire l'île des heureux Phéaciens : je courus acheter un Homère.... » A partir de ce moment, le centre poétique de ses observations est trouvé. Huit jours après, à la veille de quitter ce « paradis », il retourne à la même place, pour lire son « pensum » dans l'*Odyssée* ; il arrête le plan de sa tragédie de *Nausicaa*, et il esquisse quelques scènes principales. Un mois s'écoule, pendant lequel il contourne les rivages de la Sicile, sans perdre de vue son sujet. Assis au pied des ruines du théâtre de Taormine, pendant que son compagnon de route, le peintre Kniep, dessine le paysage, il revient encore à sa pièce, qu'il appelle « une concentration dramatique de l'*Odyssée* ».

Voilà donc le premier facteur de l'œuvre nouvelle qui est trouvé : c'est l'*Odyssée*. Le second, comme il faut s'y attendre avec Gœthe, sera une idée personnelle. Ce qui existe de la tragédie, ce sont d'abord les deux premières scènes avec une esquisse de la troisième, ensuite des fragments très courts formant ensemble une quarantaine de vers, enfin un plan tout à fait sommaire et se réduisant presque à une liste de personnages. Ce plan, qui est placé en tête, est évidemment postérieur aux scènes écrites. Gœthe s'était tenu d'abord assez près du récit d'Homère. La pièce s'ouvrait par les jeux des jeunes filles, compagnes de Nausicaa, au bord de la mer. Au bruit de leurs ébats, Ulysse se réveillait, et la scène suivante, un monologue, n'était que le développement de quelques vers de l'*Odyssée* : « Le divin Ulysse s'éveilla, et, s'asseyant, il délibéra au fond de son âme. Hélas! se dit-il, à quels hommes appartient cette terre où je suis venu? » Il retourne vers la grotte où il s'était tenu caché. Nausicaa entre en scène avec sa nourrice Eurymédusa. Elle a eu, comme dans Homère, un songe. Mais c'est ici que Gœthe nous abandonne. C'est aussi l'endroit où il s'éloignait décidément de son modèle; car le plan, ou le *schema*, comme il dit, résume ainsi le discours que la jeune fille adressait à sa nourrice : « Confidence : âge des fiançailles » : paroles sommaires qui indiquent déjà le rôle nouveau que Gœthe attribuait à son héroïne.

Ce *schema*, quelque énigmatique qu'il soit en beaucoup d'endroits, ne laisse cependant aucun doute sur les modifications principales que le poète moderne voulait faire subir au sujet antique. Quelques noms sont changés. Nausicaa prend celui d'Arété, qui dans l'*Odyssée* appartient à sa mère. Gœthe jugeait-il ce nom plus approprié au rythme ïambique? ou était-il choqué par la rencontre des deux voyelles? Le fait est que son oreille était devenue, à la fin de son voyage en Italie, d'une sensibilité excessive pour tout ce qui touchait à l'euphonie; et, pour le dire en passant, il n'a jamais écrit une langue plus harmonieuse que dans le monologue d'Ulysse et dans les fragments qui suivent. Le roi Alkinoos est désigné, sans doute pour des raisons analogues, par la forme latine de son nom, Alkinoüs. Quant à la reine, qui joue un rôle si touchant dans Homère, et dont Ulysse vient d'abord embrasser les genoux lorsqu'il se présente comme suppliant dans le palais, il faut la supposer morte, et son absence explique la conduite inconsidérée de Nausicaa. La mère n'est plus là pour diriger les pas de sa fille, pour réprimer les premiers élans de son cœur, ou pour satisfaire à ses vœux légitimes. Une vieille servante, faible et docile, a pris sa place. Eurymédusa, dans le plan définitif, porte le nom de Xanthé, plus commode pour le vers. Des trois frères de Nausicaa, Gœthe n'en garde qu'un seul, qu'il appelle Nérée ; c'est un jeune homme qui écoute avec enthousiasme les récits d'Ulysse, qui ne rêve pour lui-même qu'aventures lointaines, et qui se consume dans sa sphère étroite comme autrefois, ajoute Wilhelm Scherer, le jeune Gœthe au milieu des relations bourgeoises de la ville de Francfort.

La pièce se joue ainsi entre cinq personnages principaux : Ulysse, le roi Alkinoüs, son fils Nérée, Arété sa fille, et la confidente Xanthé. L'intérêt consiste dans la passion subite que la jeune fille conçoit pour le héros étranger. Dans Homère, après les premiers incidents de l'arrivée d'Ulysse, Nausicaa est aussitôt reléguée au second plan. Elle dit aux suivantes, en revenant vers la ville : « Plût aux dieux qu'un tel homme fût appelé mon époux et qu'il consentît à rester parmi nous! » Mais ces paroles ne sont dans sa bouche qu'une expression naïve d'admiration. Gœthe prête à son héroïne une profondeur de sentiment toute moderne, et en même temps une énergie de caractère qui la fait céder sans réserve au premier entraînement de son cœur. Wilhelm Scherer l'appelle une Marguerite antique. Ulysse a d'abord caché son nom ; il dit n'être point marié, pensant qu'un étranger a besoin de la faveur de tout le monde et que les femmes, par instinct, accordent plutôt la leur à un homme encore libre. Il se donne aux Phéaciens pour un messager chargé de porter à Pénélope des nouvelles de son époux égaré sur les mers. Les Phéaciens, réunis en conseil, l'engagent à rester parmi eux, en attendant qu'un navire qu'ils promettent d'équiper ait retrouvé le héros et l'ait amené dans leur île. C'est alors qu'Ulysse, sûr désormais des dispositions bienveillantes de ses hôtes, se déclare. Le mot qui doit amener le dernier revirement de l'action est si naturel, que tout lecteur qui aura voulu se pénétrer du plan de Gœthe le suppléera facilement : « L'homme que vous voulez chercher, c'est moi ; je suis le mari de Pénélope. » Mais Arété, craignant la jalousie des chefs qui forment le conseil, est entrée dans la salle, et elle entend le mot qui sera son arrêt de mort. On se figure aisément toute la scène, qui ne pouvait manquer d'être très dramatique.

Ulysse, au cinquième acte, prend congé d'Alkinoüs. Mais partira-t-il ainsi, en laissant le trouble dans la maison où il a été recueilli ? Il se reproche sa ruse inutile. Il imagine cependant un moyen de tout réparer, de tout concilier. Il reviendra dans l'île des Phéaciens, accompagné de Télémaque. Peut-être Arété reportera-t-elle sur le fils l'amour qu'elle croyait ressentir pour le père, et qui n'était sans doute qu'un vague élan de son imagination. Ici quelques fragments permettent de deviner le mouvement du dialogue. « Tu répares noblement tes

torts, dit Alkinoüs ; mais quelle douleur tu excites
dans mon cœur ! Ainsi je devrais me séparer de ma
fille ! Je devrais, avant l'heure de sa mort, la voir
partir, l'embarquer pour une terre lointaine ! » Mais
enfin, persuadé, il dit ces mots, qui terminent la
série des fragments : « Que ce jour qui te ramènera vers moi accompagné de ton fils, soit le jour
le plus solennel de ma vie ! » Le dénouement n'est
indiqué que par la liste des personnages qui figurent
dans les dernières scènes. Un messager annonce la
mort d'Arété ; et Alkinoüs, fidèle, dans sa douleur,
aux devoirs de l'hospitalité, ne peut que hâter le
départ d'Ulysse, pour le soustraire à la vengeance
du peuple.

« Cette simple fable, écrivait Gœthe beaucoup
plus tard dans ses souvenirs de voyage, devait intéresser par la richesse des motifs secondaires, et surtout par le caractère maritime et insulaire qui
aurait dominé dans l'exécution et qui aurait donné
à l'ensemble un ton particulier. » Qu'est-ce que le
poète entendait par le caractère maritime et insulaire de l'exécution (*das Meer- und Inselhafte*)? Évidemment, il voulait profiter pour son ouvrage de
toutes les observations de détail qu'il avait faites à
Naples et en Sicile. On peut faire, entre le récit du
voyage et le plan de la pièce, des rapprochements
curieux. Dans une scène où Nérée revient d'une
expédition sur mer, on trouve cette indication :
« Départ ; dauphins, etc. ». Et, après la traversée de

Naples à Palerme, Gœthe écrit : « Une troupe de dauphins escortait le navire des deux côtés de la proue, et s'efforçait toujours de prendre les devants. On avait plaisir à les voir tantôt nager sous le flot clair et transparent qui les couvrait, tantôt bondir au-dessus de l'eau avec leurs piquants, leurs nageoires, leurs flancs qui reflétaient l'or et l'émeraude. » Il n'est pas douteux que si la tragédie avait été écrite immédiatement, elle eût été pénétrée et comme imprégnée d'une certaine saveur marine. Gœthe était doué d'une telle faculté d'assimilation, que, selon les influences, il devenait un autre homme. A peine a-t-il mis le pied sur le sol de l'Italie, qu'il se félicite d'avoir complètement dépouillé sa nature germanique. En Sicile, ce n'est plus seulement le ciel du Midi dont il ressent le charme ; la mer a exercé sur lui une séduction nouvelle, et il cherche des formes et des images pour un genre d'impressions que le Nord ne lui a jamais données. Il se figure avoir toujours vécu sur ces rivages, et il s'identifie sans peine avec Ulysse. Le sujet de *Nausicaa* le touchait d'abord par les complications dramatiques ; mais le fond du tableau, c'était la mer, avec ses aspects pittoresques, avec les hasards où elle entraîne l'homme, les aventures lointaines, les dangers de mort, les retours imprévus. N'oublions pas que Gœthe appelait sa pièce « une concentration de l'*Odyssée* ».

Il se comparait à Ulysse à un autre point de vue.

« Il n'est rien dans cette composition, dit-il encore, que je n'eusse été capable de peindre d'après nature, en consultant mes propres expériences. N'étais-je pas voyageur moi-même? N'avais-je pas couru le risque d'éveiller des inclinations qui, sans avoir une fin tragique, pouvaient causer des douleurs, des dangers et des maux? N'avais-je pas été souvent dans le cas d'obtenir des faveurs imméritées, de rencontrer des obstacles imprévus? » Ulysse est aimé de Nausicaa; elle meurt; il part néanmoins, « moitié innocent, moitié coupable », dit Gœthe. Lui-même n'avait-il pas été obligé de s'accuser souvent ainsi? Mais il avait poursuivi sa route, sacrifiant les intérêts de son cœur à ce qu'il considérait comme une nécessité de l'art, et se consolant par une confession poétique. Le personnage d'Ulysse, tel qu'il le conçoit, a de la ressemblance avec Weislingen, avec Clavigo, même avec Faust. Il y a cependant une différence essentielle : Clavigo et Weislingen partagent le sort de leurs victimes; Ulysse n'éprouve que le regret d'avoir causé un mal involontaire. C'était un défaut au point de vue dramatique, et ce fut peut-être une des raisons qui déterminèrent Gœthe à abandonner le sujet : on nous permettra d'ajouter à notre tour cette supposition à toutes celles du savant critique dont nous résumons le travail.

LE JOURNAL DE GŒTHE

L'ALLEMAGNE, à travers toutes ses révolutions littéraires, ne cesse de revenir à Gœthe, comme un
voyageur, après avoir erré sur les chemins de traverse, regagne la grande route large et unie, que lui
ont tracée des mains expérimentées. Toutes les fois
qu'une école a dit son dernier mot, que ce soit la
Jeune Allemagne avec ses revendications politiques,
ou le naturalisme contemporain avec ses visées
sociales et humanitaires, Gœthe reparaît et reprend
faveur : lui, toujours lui. C'est le pôle immobile
autour duquel la pensée allemande gravite et tourne
depuis un siècle. Il semble qu'il y ait dans le public
allemand cette conviction intime, que nul écrivain
n'a réuni en sa personne, d'une manière aussi complète, tous les côtés du génie national.

Le catalogue de ce qui a été écrit sur Gœthe n'est
plus à faire : il existe, et il forme tout un volume.
Mais le recueil même de ses œuvres s'est enrichi
d'une série toute nouvelle : c'est son Journal. Il
forme treize volumes dans l'édition monumentale
publiée sous les auspices de la grande-duchesse

Sophie de Saxe-Weimar. C'est le témoignage le plus éclatant de dévotion admirative qu'une nation ait jamais donné à un de ses grands hommes.

Gœthe marquait presque jour par jour ce qu'il faisait, ce qu'il lisait, les visites qu'il recevait, les impressions que lui laissaient les personnes et les choses qui passaient devant lui. C'étaient tantôt des rédactions à peu près suivies, comme des brouillons, tantôt des phrases inachevées, parfois de simples mots. Certaines notes sont tout à fait inintelligibles ; elles n'avaient un sens que pour lui. Quelquefois il écrivait sur des feuilles blanches intercalées dans un almanach. Dans les premiers volumes, les personnages dont les noms reviennent le plus souvent sont désignés par des initiales, ou même par des signes planétaires. Le duc Charles-Auguste a la marque de Jupiter ♃, qui convenait en effet au souverain de cet Olympe bourgeois. Mme de Stein, c'est le Soleil ☉ : ne fut-elle pas le soleil qui répandit sur une dizaine d'années de la vie de Gœthe sa tiède lumière ? La duchesse Amélie est tantôt le premier, tantôt le dernier quartier de la lune, ☾ ou ☽. Certains signes ne sont pas encore déchiffrés ; les éditeurs se sont contentés de les accompagner d'un point d'interrogation. Il y a là de quoi exercer la sagacité de la critique allemande : il n'est d'ailleurs pas de problème si délicat qu'elle ne vienne à bout de résoudre.

Le caractère énigmatique de certains passages suffirait pour prouver que ces feuillets intimes ne devaient point passer sous les yeux du public. Il est même permis de croire que Gœthe les aurait supprimés, s'il avait prévu l'usage qu'on en ferait. Il a fallu l'esprit fureteur et enquêteur de la critique actuelle, spécialement de la critique allemande, pour les tirer au grand jour.

Les Allemands ne se font pas de la critique littéraire la même idée que nous. Pour nous, quelque curieux que nous soyons des origines, ce qui nous importe dans une œuvre, c'est l'œuvre elle-même. Nous aimons bien à remonter à la source, à la suivre jusqu'aux obscures profondeurs où elle jaillit du sol, mais l'important est pour nous d'y boire et de nous y rafraîchir. En somme, c'est le point de vue esthétique, le point de vue du goût qui domine dans nos recherches. Or, aux yeux d'un Allemand, le mot même de goût est quelquefois suspect. Le goût n'est-il pas quelque chose de subjectif, de personnel, et par conséquent de variable? Et quand il s'agit de goût français, on n'en parle le plus souvent qu'avec une nuance de scientifique dédain. Notre critique est analytique et discursive; la critique allemande a plutôt la forme historique. Elle étudie dans les moindres détails la vie des écrivains; elle aime mieux ajouter un fait nouveau à une biographie que d'ouvrir un point de vue nouveau sur un chef-d'œuvre. De là souvent de gros volumes sur des poètes médiocres; de là aussi un entassement de menus propos sur les grands noms; de là enfin l'habitude de considérer la littérature comme un objet d'investigation minutieuse plutôt que de jouissance intellectuelle.

On saura désormais de façon certaine, si on ne le savait déjà par d'autres documents, que le matin du 14 février 1779 Gœthe a commencé à dicter *Iphigénie*, qu'il a écrit les premiers vers d'*Hermann et Dorothée* le 11 septembre 1796, et les derniers le 21 mars 1797 de grand matin, que les premiers chapitres des *Affinités* ont été esquissés le 29 mai 1808, que le roman a été terminé le 6 juin 1809, et que l'impression a commencé le 28 juillet suivant. On connaîtra les jours où Gœthe a travaillé au *Faust*. On pourra dire à quelle heure il s'est levé, où il s'est promené, en quelle compagnie, et de quoi l'on a causé le long de la route, les lettres qu'il a reçues et celles qu'il a écrites; et pour peu qu'on se soit déjà familiarisé avec lui par la lecture de ses œuvres et de sa correspondance, on pourra, par un dernier effort d'imagination, se donner le spectacle complet de sa vie, jour par jour, dans le plus grand détail.

Le Journal s'étend, avec de courtes interruptions, sur un espace de cinquante-sept ans, du 13 juin 1775 au 16 mai 1832. Il commence par une excursion sur le lac de Lucerne, où le jeune poète, avec le souvenir de Lili Schœnemann au fond du cœur, exhale sa verve en strophes extravagantes et en fantastiques bouts-rimés. Il se termine par une lecture de Plutarque, que lui fait, six jours avant sa mort, sa belle-fille, Ottilie de Pogwisch. Les notices sont ordinairement courtes, même sèches; il faut que le lecteur — si tant est qu'elles puissent être un objet de lecture — les anime par la connaissance qu'il a déjà de Gœthe. Parfois, cependant, l'émotion perce sous la brièveté des mots. A la date du 14 octobre 1806, on lit : « De bonne heure, canonnade du côté d'Iéna. Bataille. Déroute des Prussiens. A cinq heures du soir, les boulets volent à travers les toits. Cinq heures et demie, entrée des chasseurs. Six heures, incendie. Pillage. Nuit terrible. » Gœthe cite ensuite le nom d'un lieutenant français, qui préserva sans doute sa maison. On sait que c'est pendant l'occupation française qu'il fit consacrer son union avec Christiane Vulpius, que la société aristocratique de Weimar hésita d'abord à recevoir; et si Christiane a encore besoin d'une réhabilitation, elle la trouve dans les notes du Journal. En 1796, Gœthe lui adresse ce joli distique : « Mettez beaucoup de violettes ensemble, et le bouquet apparaîtra comme une seule fleur : c'est ton image, fille ménagère. » Et, le jour où il la voit mourir, le 6 juin 1816, il écrit dans son Journal : « Dernière convulsion vers midi. Un vide et un silence de mort en moi et autour de moi. »

Si une impression générale se dégage de ces

notes rapides, c'est celle d'une immense activité, se portant tour à tour sur les objets les plus divers, et qui risquerait de se débander, de s'écouler en pure perte, si elle n'était dirigée avec méthode. Il s'y joint un besoin de connaissance claire et d'information précise, qui se traduit dans les habitudes de l'écrivain et jusque dans les manies de l'homme. Pour être bien reçu chez lui, il ne faut pas porter de lunettes : il aime à regarder son interlocuteur dans les yeux. La barbe ne lui déplaît pas moins : elle cache une partie de la physionomie. Un jour il reçoit la visite d'un peintre ayant une moustache extraordinaire. « A quoi bon, écrit-il, cette mascarade? Pourquoi ne pas se mettre au patron commun? » En voyage, il observe tout, et il note tout immédiatement, la nature du sol, les produits et les conditions économiques du pays, l'administration, les mœurs, le dialecte, le costume. A partir de son premier voyage en Italie, c'est-à-dire après 1788, la botanique et la minéralogie tiennent autant de place dans son Journal que les lettres et les arts.

Tous les matins, il consulte son baromètre, il marque l'état du ciel, et quelquefois la peinture s'anime. Un jour, au château de Dornbourg, construit sur un rocher au-dessus de la Saale, il écrit : « Levé avant le soleil. Parfaite clarté de la vallée. Sainteté de l'heure matinale. Bientôt les brouillards commencent leur jeu. Un vent du sud-ouest les soulève. Enfin il ne reste plus que quelques raies dans le ciel. Tout se dissout en clarté. »

Il suit le mouvement littéraire, non seulement en Allemagne, mais en France, en Angleterre, en Italie. Il reçoit toutes les nouveautés, il lit tout, mais il a ses préférences. Il annote l'*Essai sur la peinture* de Diderot. Le 3 avril 1780, il écrit : « De six heures du matin à onze heures et demie, j'ai dévoré *Jacques le Fataliste*, et, comme le Bel de Babel, je me suis délecté à ce festin énorme ; j'ai remercié Dieu de pouvoir avaler un si gros morceau d'un seul trait, comme si c'était un verre d'eau, et pourtant avec une volupté indescriptible. » Il se régale moins de *Notre-Dame de Paris* : « Ces mannequins m'affligent ; l'auteur leur fait faire des gestes absurdes, les fouette, les torture, et nous met au désespoir. C'est une histoire insupportable, inhumaine. Je n'ai pu finir le second volume. » Mais, en général, il approuve le mouvement romantique. Non seulement il lit le *Globe*, qui était alors l'organe des idées nouvelles, mais il l'étudie, il le fait traduire par ses secrétaires, et il le traduit lui-même.

En somme, le Gœthe que le Journal nous présente n'est pas différent de celui que nous connaissions ; mais le portrait s'accuse, les traits se marquent, et la physionomie devient parlante. C'est comme une photographie, qui détache le moindre pli de la peau, avec cette différence que la pose varie, tout en étant toujours la plus naturelle du monde. Il faut ajouter que les éditeurs ont mis tous leurs soins à élucider les points obscurs, à combler les lacunes, à rendre lisible, ou du moins profitable pour tout le monde, ce que l'auteur n'avait écrit que pour luimême.

LA VIE DE JEAN-PAUL

Jean-Paul-Frédéric Richter a fait deux parts de ses prénoms. Il a publié ses ouvrages, à partir de l'année 1793, sous le nom de *Jean-Paul*; ce nom, pensait-il sans doute, devait être pour les Allemands ce que celui de *Jean-Jacques*, l'un de ses auteurs favoris, était pour les Français. Dans sa famille, on l'appelait Frédéric ou Fritz.

Frédéric Richter naquit à Wonsiedel, dans cette partie nord-est de la Bavière qui est comprise entre la Bohême, la Saxe et la Thuringe, le 21 mars 1763; « il entra dans le monde avec le printemps de l'année ». L'enseignement, la prédication, la musique, étaient de tradition dans sa famille. Son grand-père paternel avait déjà été maître d'école et organiste; « il possédait les deux qualités nécessaires pour instruire la jeunesse, la conscience et l'enjouement ». Le père de Jean-Paul fut d'abord *tertius*, c'est-à-dire maître de troisième, et plus tard pasteur protestant; il avait du talent pour l'orgue, et aurait même pu se faire une réputation comme compositeur, s'il n'avait dû enterrer son génie dans une église de village. « Il avait le don d'égayer par sa conversation un cercle d'amis; mais il était d'autant plus sévère dans ses prédications, et il ne faisait aucune concession sur la doctrine. » Il épousa la fille d'un drapier de Hof, femme simple, bonne ménagère, mais peu instruite, et qui n'eut presque aucune influence sur l'éducation de ses enfants. On a dit que la plupart des grands écrivains avaient eu une mère pour veiller sur la première éclosion de leur génie : cette faveur du ciel a été refusée à Jean-Paul. Au reste, la maison était pauvre. Lui-même nous apprend, dans le petit écrit où il raconte sa jeunesse, « que la faim joue un grand rôle dans son histoire ». Mais il ne s'en plaint pas. « Sois la bienvenue, dit-il à la pauvreté, pourvu que tu ne te présentes pas en compagnie de la vieillesse. »

En 1765, le maître de troisième de Wonsiedel fut appelé comme pasteur protestant à Joditz, non loin de Hof. Jean-Paul a toujours aimé à se reporter par la pensée vers ce petit village, situé sur les deux rives de la Saale, au pied du Fichtelgebirge. « Notre vrai lieu de naissance, dit-il, est le lieu où nous avons été élevés; c'est le lieu de naissance de notre âme. » Il compare les années qu'il y a passées à une idylle. Il y avait cependant un point noir à son horizon : c'était l'école où il recevait une instruction sèche, accompagnée d'une discipline sévère. Son père le reprit bientôt à la maison, et lui enseigna les éléments des sciences et du latin. Tout enfant, il était avide de lecture. Malheureusement, la bibliothèque du presbytère n'était ouverte que les jours où le bibliothécaire, c'est-à-dire le pasteur, était absent. Les *Dialogues des morts* furent le premier livre qui intéressa le jeune Richter; il les lisait, dit-il, comme on lit un journal, et son imagination transportait dans le présent les récits du passé. Mais la lecture n'était qu'un aliment pour sa curiosité; la musique seule prenait toute son âme; il passait des heures à chercher des accords sur un mauvais clavecin; « un chœur de villageois passant sous les fenêtres du presbytère lui arrachait des larmes ». Une grande sensibilité, un besoin d'expansion, une gaieté mêlée de rêverie, une curiosité vague et incohérente, le goût de la musique et l'amour de la nature, tels furent les dons qui le distinguèrent dès l'enfance et qu'il semble avoir hérités en partie de ses ancêtres.

En 1776, le pasteur de Joditz fut transféré à Schwarzenbach, un grand village sur la Saale, avec une imposante maison d'école, où il espéra pouvoir donner à son fils une instruction régulière. Cet espoir ne fut qu'à moitié réalisé. Jean-Paul a été rarement content de ses maîtres, sans doute parce qu'il les comparait à l'idéal qu'il se fit de bonne heure de l'instituteur. Il blâme chez le recteur de Schwarzenbach l'habitude de parler toujours et de s'admirer en parlant, de vouloir rendre tout facile et de ne rien approfondir ; il lui reproche aussi d'avoir constamment déclaré à ses élèves qu'il ne leur disait pas tout, de peur de les dérouter ou de les décourager. Le jeune Richter se mit bientôt à chercher lui-même ce qu'on prétendait lui laisser ignorer ; il voulut comprendre surtout ce qu'on jugeait au-dessus de sa portée. Son amour du détail, son penchant à « fureter dans les coins », fut une autre cause qui le détourna de la méthode expéditive de son maître. Comme son père le destinait à la carrière ecclésiastique, on lui fit commencer de bonne heure l'étude de la langue hébraïque. Mais tandis que ses condisciples étaient trop heureux de pouvoir lire seulement les textes, il perdit son temps à examiner les signes graphiques dont chaque lettre était entourée, et il resta des semaines sur « le premier mot du premier chapitre du premier livre de Moïse ». Il continua de suivre l'école du village, mais sans application et sans succès. Il fit beaucoup de musique. Il lut au hasard tous les livres qui lui tombaient entre les mains. L'histoire de Robinson lui causa une impression extraordinaire, dont il garda le souvenir jusque dans l'âge mûr. « Je me rappelle encore, écrivait-il peu d'années avant sa mort, l'heure du jour et le lieu où cette lecture me ravit pour la première fois : c'était le soir ; j'étais assis près de la fenêtre du presbytère qui donnait sur le pont de la Saale. » Il est remarquable que Jean-Paul se soit passionné, tout enfant, pour le premier livre que Rousseau voulait mettre entre les mains d'Émile.

Au printemps de l'année 1779, il entra au gymnase de Hof, pour se préparer à l'étude de la théologie. Ici encore, la sécheresse des méthodes, le caractère abstrait de l'enseignement, le peu de souci de mettre les sujets en harmonie avec le caractère de la jeunesse, le rebutèrent. Il se rejeta encore une fois sur la lecture, et il commença dès lors ces volumineux extraits qu'il augmenta d'année en année et dont il tira en partie ses ouvrages. Dans ses essais littéraires se trahissait déjà le double penchant de son esprit à la rêverie métaphysique et à l'observation minutieuse des réalités. Son premier roman, *Abélard et Héloïse*, dont Paul Neerlich a publié des fragments [1], est une imitation de *Werther*. L'épigraphe du livre en indique l'esprit : « L'homme sensible est trop bon pour vivre sur cette terre où règne la froide raillerie; ce n'est que dans l'autre monde, dans la demeure des anges compatissants, qu'il trouve la récompense de ses larmes. » Dans d'autres écrits de la même époque on remarque une certaine fermeté de pensée et, ce qui étonne davantage, un style visant à la précision et dédaignant le luxe des images [2].

En 1781, Jean-Paul se rendit à Leipzig et com-

1. Dans l'*Archiv für Literaturgeschichte*, 1881.
2. *Exercices de pensée. Quelque chose sur l'homme. Éloge de la sottise.*

mença ses études à la faculté de théologie. Dans l'intervalle, son père était mort, et sa mère, obligée de quitter le presbytère, avait cherché un refuge à Hof. Il s'était familiarisé avec la pauvreté, mais il connut bientôt le dénuement. Il écrivit pour vivre, pour faire vivre sa mère, et son esprit aigri se tourna vers la satire. C'était, du reste, le seul genre qui ne fût pas encore représenté en Allemagne par un homme de génie. Les *Procès groenlandais* n'eurent aucun succès et n'en méritaient aucun. C'était la critique banale des préjugés, où reparaissaient toutes les attaques du XVIII° siècle contre le clergé et la noblesse, et à laquelle s'ajoutaient, pour agrémenter le sujet, quelques traits inoffensifs sur le luxe des femmes. L'auteur, découragé, quitta Leipzig et retourna auprès de sa mère (1784). Jean-Paul n'était point fait pour la satire; il n'avait que la malice ingénue de La Fontaine. Un nouveau recueil qu'il publia sous le titre de *Choix des papiers du diable* (1789) passa complètement inaperçu. A bout de ressources, il accepta la direction d'une école que lui offrit la petite ville de Schwarzenbach. Il eut à élever ensemble sept garçons, dont l'âge variait de quinze à sept ans. Ne pouvant leur appliquer le même programme d'enseignement, il se contenta, dit-il, de susciter en eux la réflexion personnelle; il publia même plus tard une anthologie de leurs *bons mots*. Il avoue que l'école en elle-même faisait un ensemble « baroque », et que les élèves,

en le quittant, ne furent pas beaucoup plus instruits
que le jour où il les reçut; mais il ajoute que tous
lui gardèrent un attachement inaltérable, et ce seul
détail prouve que ses leçons ne furent pas aussi
stériles qu'il semble le croire.

Est-ce l'habitude d'une vie régulière et calme,
l'oubli momentané de ses préoccupations littéraires,
qui déterminèrent un changement dans sa nature?
Le fait est qu'il parut pour la première fois avoir
conscience de lui-même et de son vrai talent. Il
accomplit ce qu'il appelle sa *transsubstantiation*. La
vie sentimentale absorba et consuma en lui l'esprit
critique. La satire, en un mot, fit place à l'idylle. Le
petit récit par lequel Jean-Paul inaugura sa nouvelle manière, la *Vie du joyeux maître d'école
Marie Wuz à Auenthal* (1791), est resté son chef-
d'œuvre; il s'y est peint lui-même, avec sa candeur
d'enfant, sa facilité à croire au bonheur, son apti-
tude innée à substituer le rêve à la vie. Il fit paraître
ensuite les différentes parties de *la Loge invisible*
(1793), qui lui attira les sympathies d'un groupe de
lecteurs, et d'*Hespérus* (1795), qui excita en Allemagne une admiration presque universelle. Ces
deux ouvrages étaient de lointains échos de *Werther*; mais, tandis que Werther se reposait de ses
angoisses dans le sein de la nature, les héros de
Jean-Paul ne trouvaient leur consolation que dans
un idéalisme transcendant. Au reste, les adeptes
les plus déterminés s'obstinèrent seuls à chercher

un plan dans ces romans. *La Loge invisible* est inachevée, et l'on ne s'en aperçoit pas à la lecture. Jean-Paul définit lui-même sa méthode de composition dans une page du *Titan* (au neuvième cycle) : « J'écris un petit volume après l'autre, et j'y mets tout ce qui me convient, tout, excepté des événements. Je voltige de côté et d'autre, avec ma trompe d'abeille, que j'enfonce dans les nectaires de toutes les fleurs, et je rapporte dans mes cellules le miel que j'ai recueilli. Le livre que je compose ainsi est le fruit de mes excursions aventureuses ; je pourrais l'appeler ma *lune de miel* ; mais je mange moi-même tout le miel que je fais, et je ressemble moins à l'abeille travailleuse qu'au propriétaire qui taille les ruches. »

Jean-Paul avait quitté Schwarzenbach en 1794, et il était revenu auprès de sa mère à Hof. Il composa rapidement la *Vie du maître de cinquième Fixlein* (1796), où il reprenait avec plus d'ampleur et d'abandon le thème de *Marie Wuz*, et l'*Histoire de l'avocat des pauvres Siebenkæs* (il faut renoncer à traduire exactement le titre), où il montrait une nature chimérique aux prises avec une vie étroite (1796-1797). Ces deux romans achevèrent de le classer parmi les illustrations littéraires de l'Allemagne. Sur l'invitation de Mme de Kalb, il se rendit à Weimar (juin 1796). Il reçut un accueil empressé de Herder, de Wieland, de la famille ducale. Gœthe et Schiller, qui ne voyaient sans doute en lui qu'un *werthérien* attardé, lui montrèrent de la froideur. Pendant les années suivantes, répondant à l'appel de ses nombreux amis, il vécut successivement à Leipzig, à Hildburghausen, à Berlin. Dans la société berlinoise, l'enthousiasme pour ses écrits, et plus encore pour sa personne, ne connut point de bornes; on voulut voir en lui le défenseur de l'esprit national contre la philosophie critique de Kant et de Fichte et contre l'art néo-grec de Gœthe et de Schiller; on fut tout près de le considérer comme l'apôtre d'un christianisme nouveau. En 1801, il épousa Caroline Mayer, la fille d'un conseiller au tribunal de Berlin. Il demeura d'abord à Meiningen, puis à Cobourg, et s'établit enfin à Bayreuth, en 1804. Il venait de publier le *Titan* (1800-1803), qu'il regardait comme son chef-d'œuvre, le plus long et le plus décousu de ses romans, dont il est impossible de saisir l'unité, mais où les contemporains trouvèrent toutes sortes d'allusions politiques et littéraires. Le titre même est énigmatique; il s'applique, selon certains interprètes, non à un personnage, mais à l'ensemble de l'œuvre; ce serait le nom générique de notre civilisation, qui rêve d'escalader le ciel, et qui retombe impuissante sur elle-même. Ce qui est certain, c'est que le héros principal n'a rien de titanique; c'est un rêveur indécis, qui se trouve à la fin, par un concours de circonstances, héritier de deux petits duchés allemands.

La vie de Jean-Paul à Bayreuth s'écoula paisible

et monotone, sans autre incident que quelques voyages sur les bords du Rhin (1817), à Stuttgart (1819), à Munich (1820), à Dresde (1822). « Ma biographie, disait-il, n'est qu'une longue idylle. » Un triste événement troubla cependant ses dernières années. Son fils unique, qui faisait ses études à Munich, revint brusquement à la maison au mois de septembre 1821, et mourut trois jours après. Lui-même s'affaiblit peu à peu; mais, plein de cette confiance juvénile qui était un trait de sa nature, il ne voulut pas croire à sa fin prochaine. En 1825, il perdit la vue, et il s'éteignit le 14 novembre de cette année. Ses derniers romans sont comme un ressouvenir de sa meilleure époque, de celle qui précéda le *Titan*. Dans les *Joyeuses années d'école* (*Flegeljahre*, 1804-1805), il revint à ce genre de contrastes qui lui avait inspiré autrefois *Wuz* et *Fixlein*; il mit en opposition, dans deux frères jumeaux, le bon sens pratique et la poésie, la verve bouffonne et la rêverie sentimentale. Dans le *Voyage du docteur Katzenberger aux eaux* (1809), il ridiculisa le pédantisme, mais avec cette bonhomie bienveillante qui tempérait la satire en lui donnant un tour humoristique. Enfin l'étudiant *Fibel* (1812) fut une dernière incarnation de ces existences bornées, heureuses dans leur effacement, que Jean-Paul aimait à observer et à peindre.

Le romancier ne changeait rien à sa manière de penser et d'écrire lorsqu'il abordait directement des

questions de philosophie ou de morale. Ses deux
traités sur l'immortalité de l'âme, *la Vallée de
Campan* (1798) et *Sélina* (ouvrage posthume, publié
en 1827), sont pleins de rêves mystiques et de
visions funèbres, mais ne préviennent aucun doute
et ne répondent à aucune objection. Tous deux
sont comme des développements de cette pensée de
Gœthe : « Tu crois à l'âme immortelle; mais quelles
sont tes raisons? — Je n'en ai qu'une : j'ai besoin
d'immortalité. » C'était le postulat que Jean-Jacques
Rousseau avait déjà posé devant son élève Émile.
Mais Jean-Paul n'a pas la dialectique ardente et per-
suasive de Rousseau. Peut-être même ne cherche-
t-il pas à convaincre et n'a-t-il d'autre but que de se
donner à lui-même la sensation vive de ce qu'il croit
la vérité. Il en résulte que sa pensée reste souvent
obscure, malgré l'éclat des images dont il sait la
revêtir.

Le défaut de précision et d'enchaînement dont
Jean-Paul s'était fait une originalité nuit surtout
aux deux ouvrages théoriques qu'il composa dans
la seconde moitié de sa carrière : l'*Introduction à
l'esthétique* (1804) et la *Levana* (1807).

Dans l'*Introduction à l'esthétique*, malgré sa position indépendante vis-à-vis de l'école de Weimar,
Jean-Paul doit beaucoup à Gœthe. Ses remarques
sur la poésie en général, et même sur le genre
humoristique dont il était le maître, n'ont de particulier que la bizarrerie de certains termes. Sa revue

historique des littératures, sans offrir rien de neuf, frappe souvent par le tour inattendu des jugements. Il décrit bien les conditions naturelles dans lesquelles s'est développé l'art grec ; mais la partie du livre la plus intéressante à consulter est celle qui concerne le romantisme. Jean-Paul juge à sa manière la querelle des anciens et des modernes : ce n'est pas l'art qui a progressé, dit-il, mais la matière poétique qui s'est agrandie ; le vrai poète serait celui qui aurait voyagé à travers tous les âges du monde, navigué autour de toutes les côtes de l'univers.

On peut distinguer de même, dans le traité d'éducation qu'il a intitulé *Levana*, quelques points de vue intéressants, au milieu des allusions, des réminiscences, des banalités même, qui encombrent l'ouvrage. Les premières parties offrent seules quelque suite ; la fin est à peine rédigée. Levana était la déesse que les Romains invoquaient lorsque le père levait dans ses bras l'enfant nouveau-né pour le reconnaître. Jean-Paul indiquait, par le titre même de son livre. qu'il considérait l'éducation comme la fonction sacrée de la famille. Lorsqu'il insiste sur la nécessité de former le corps en même temps que l'esprit, lorsqu'il rappelle aux femmes le rôle qui leur appartient dans la maison, il est le continuateur parfois éloquent de Rousseau. Comme Rousseau, il veut qu'on respecte la gaieté de l'enfant, qu'on favorise ses jeux, surtout ceux qui développent l'activité. Il recommande la danse, le chant, la musique. Mais il admet, contrairement à Rousseau, l'utilité des châtiments, même corporels. Attendre que l'enfant éprouve par lui-même les conséquences de ses fautes, ce serait le priver du bénéfice de l'éducation. La vie est trop courte, ajoute Jean-Paul, pour que chacun puisse faire toutes les expériences à ses dépens. Il se sépare encore de Rousseau dans l'éducation religieuse. Il veut qu'on parle à l'enfant de Dieu, mais qu'on lui en parle rarement, à l'occasion d'une grande manifestation de la nature ou d'un événement important de la vie ; qu'on lui donne l'impression du surnaturel, le sentiment de l'infini, mais sans l'accabler de formules et de préceptes ; que surtout on le prémunisse à l'avance contre toute pensée intolérante, qui serait à la fois une marque d'orgueil et un défaut de charité pour ses semblables. « Que toute religion qui n'est pas la sienne, toute cérémonie, tout symbole qui s'y rattache, soient sacrés pour lui ! Que l'enfant protestant considère avec respect l'image catholique d'un saint qu'il rencontre au bord d'une route, comme s'il traversait le bosquet vénérable où priaient ses ancêtres germains ! Qu'il s'accoutume de bonne heure à voir dans les différentes religions autant de langages dans lesquels s'exprime tour à tour l'âme humaine ! » Une telle conception est bien haute pour l'intelligence d'un enfant. On ne peut nier cependant que Jean-Paul, pour l'ensemble de sa méthode pédagogique, n'ait un avantage sur Rousseau : il n'a pas besoin d'isoler son élève pour le soustraire à des influences qui fausseraient son esprit; il rectifie et corrige ces influences, à mesure qu'elles se présentent.

Jean-Paul s'occupe surtout de cette partie de l'éducation qui forme le caractère; mais il a aussi des vues originales sur l'instruction qu'il convient de donner aux différents âges ; il revient même souvent sur ce sujet dans les digressions qui émaillent ses romans. Ici encore, c'est Rousseau qui fournit le point de départ. Développer les aptitudes naturelles, tel est le principe que le maître ne doit jamais perdre de vue. Jean-Paul donne même à ce principe une portée plus étendue que Rousseau; il veut que l'on consulte non seulement l'esprit individuel de l'élève, mais encore l'esprit du temps et de la nation. Il reproche aux écoles modernes de trop vivre sur le passé, et, sans méconnaître la grandeur de la civilisation antique, il voudrait refréner le zèle des philologues exclusifs, ou, comme il les appelle dans *la Loge invisible*, des perroquets classiques, de ceux qui répudieraient volontiers leur femme légitime pour épouser la Terentia romaine en quatrièmes noces. Tourmenter son âme immortelle à décliner et à conjuguer des mots latins, c'est dépenser son argent pour acheter une belle bourse. Une langue n'est qu'un instrument; et quel instrument vaut celui qu'on a été habitué à manier dès l'enfance? La langue nationale, la littérature nationale, l'histoire nationale, tel est, pour Jean-Paul, le triple fondement d'une éducation et d'une instruction vraiment fécondes.

Jean-Paul contribua, par ses théories pédagogiques, au renouvellement des méthodes scolaires en Allemagne, et ce fut là peut-être l'une des parties les plus utiles et les plus durables de son œuvre. Comme écrivain, il a joui pendant une trentaine d'années d'une autorité immense; on l'appelait l'*unique*, l'*incomparable*; c'est à peine si l'on considérait Gœthe comme son égal. Les femmes auteurs surtout s'empressèrent autour de lui; Mme de Kalb, Mme de Krüdener, Émilie de Berlepsch, Joséphine de Sidow, pour ne citer que les plus célèbres, s'obstinèrent à le traiter comme leur maître, malgré le peu d'encouragement qu'elles reçurent de lui. Ce qui restera de lui, ce ne sont pas ses grands romans, dont nous comprenons à peine aujourd'hui les visées politiques et humanitaires; ce sont ces délicieux tableaux de genre qu'il peignait d'après ses souvenirs et où il mettait le meilleur de son âme. Jean-Paul a la poésie de l'infiniment petit. Il a répandu un charme sur la maison d'école et sur le presbytère; les instituteurs, les pasteurs de village, les étudiants le liront toujours, malgré son style laborieux, chargé d'incidentes et de périphrases. Il ne lui a manqué qu'une forme plus simple pour être un écrivain vraiment populaire.

Mais, par l'ensemble de son caractère, par la chaleur de ses attachements, par son zèle philanthropique, il laissera une trace dans l'histoire de son temps. Ses contemporains, parmi toutes les épithètes élogieuses qu'ils lui ont prodiguées, l'appelaient aussi le *consolateur des humbles* : c'est celui de ses titres de gloire dont la postérité lui tiendra le plus de compte.

ERNEST CURTIUS

D'APRÈS SA CORRESPONDANCE

Ernest Curtius est connu du monde savant par ses fouilles d'Olympie et par tout l'ensemble de ses recherches archéologiques. Il a conquis le grand public par son *Histoire grecque*, où l'érudition se dissimule sous la simplicité du style, et qu'une bonne traduction, celle de M. Bouché-Leclercq, a rendue accessible aux lecteurs français. Dans le cercle plus étroit de ses collègues, de ses amis, de ses élèves, il se faisait aimer par ce qu'il y avait de généreux et d'expansif dans sa nature. S'agissait-il de porter la parole dans une occasion solennelle, dans une séance de rentrée ou de clôture, dans une fête commémorative, il était l'homme désigné d'avance. Il avait le don du développement élégant et facile, l'art de renouveler et de rafraîchir un sujet que l'on croyait banal, et il a laissé des modèles d'éloquence académique et universitaire. Son fils nous a donné sa correspondance, en l'accompagnant d'une très courte introduction et çà et là de quelques notes succinctes [1]. Par une réserve qu'il est permis de

---

1. *Ernst Curtius, ein Lebensbild in Briefen, herausgegeben von* Friedrich Curtius, Berlin, 1903.

regretter, sans qu'on soit en droit de la lui reprocher, il s'est effacé complètement derrière l'homme qu'il a voulu faire connaître. Quelques indications sommaires sur les événements auxquels les lettres font allusion, sur les personnes à qui elles sont adressées, n'auraient pas été inutiles; mais, tel qu'il se présente, ce recueil, qui s'étend sur un espace de soixante-six ans, est intéressant en lui-même; il nous offre l'image d'un savant qui n'a pas dédaigné d'être un écrivain et qui a puisé l'atticisme à la bonne source.

I. — LES ÉTUDES.

Les Curtius étaient une vieille famille patricienne de la ville libre de Lubeck, autrefois le chef-lieu de la Ligue hanséatique. Celui par qui elle a été illustrée reproduisait dans ses traits, au dire d'un homme qui l'a beaucoup fréquenté[1], le type des anciens Saxons, riverains de la Baltique et de la mer du Nord : les cheveux blonds, les yeux d'un bleu pâle, les sourcils abondants, le front haut, le profil accentué, les lèvres minces. Une expression de franchise et de bienveillance, d'affabilité prévenante et de bonté ingénue, était répandue sur toute la figure, surtout dans la jeunesse. On pouvait dire que

1. Le fils du peintre Gurlitt (*Erinnerungen an Ernst Curtius.* Berlin, 1902).

l'homme qui regardait ainsi dans le monde ne ferait jamais rien qui ne fût à l'honneur de son nom et pour le bien de ses semblables.

La ville de Lubeck est bâtie en dos d'âne sur une presqu'île, entre deux cours d'eau, la Trave et la Wakenitz, qui se réunissent dans le port. Elle n'a plus retrouvé sa population d'autrefois, qui est évaluée à près de cent mille âmes; mais ses portes massives, ses hauts pignons, ses clochers et ses tourelles lui donnent encore un air pittoresque, et son hôtel de ville, avec la grande salle où se tenaient les diètes de la Hanse, témoigne de sa gloire passée. Longtemps habituée à se défendre contre des voisins jaloux, elle a gardé son individualité, même au temps où elle a dû se fondre dans l'unité germanique. « Nous avons toujours considéré comme un bonheur pour nous, dit Ernest Curtius, d'avoir été élevés au sein d'une cité qui était notre patrie restreinte, et d'avoir grandi au milieu des monuments du passé. N'assistant que de loin à la poussée du monde moderne, mais prêtant une oreille attentive aux traditions des ancêtres, nous avons pu recueillir en nous, sans trouble, les enseignements que nous offraient la maison et l'école, et en faire la nourriture de notre esprit [1]. »

Le père était syndic de la ville, chargé de la direction des affaires extérieures et de l'adminis-

1. Notice sur George Curtius : *Alterthum und Gegenwart,* 3e volume.

tration des écoles. C'était un magistrat actif et intègre, aussi ponctuel dans le gouvernement de sa famille que dans l'accomplissement de ses fonctions publiques; de plus, ami des arts et des lettres, dont il donna de bonne heure le goût à ses quatre fils. Les artistes de passage, ou qui travaillaient pour le compte de la municipalité, surtout pour la décoration des églises, étaient ses hôtes. Il avait sa maison dans la ville haute, dans la partie supérieure de la *Fischstrasse*, une des rues qui descendent vers la Trave. Dans le bas de la même rue, non loin du port, se trouvait le presbytère de l'Église réformée, la demeure du pasteur Jean Geibel, père du poète Emmanuel Geibel. Celui-ci, né en 1815, avait un an de moins qu'Ernest Curtius. Les deux jeunes gens se rencontraient à l'école, à la salle de gymnastique, à la promenade. « C'est dans nos dernières années d'école, raconte Ernest Curtius, que nous devînmes amis intimes. Geibel se fit admettre dans une société dont je faisais partie, où l'on s'exerçait à discourir et où l'on disputait bravement. C'était une bonne tradition dans notre gymnase de Lubeck de ne pas viser à une universalité de connaissances qui étouffe de jeunes esprits. On ménageait, on suscitait la personnalité, et nous avions beaucoup de loisir. L'amour de la poésie était un lien entre Geibel et moi. La manière intelligente dont notre professeur Ackermann nous faisait lire les élégiaques latins et nous incitait à versifier nous-mêmes dans leur langue,

eut une influence décisive sur notre goût. Nous com-
prenions mieux ensuite Gœthe et Uhland. Je me
rappelle encore avec une véritable joie les soirées où
nous sortions ensemble des rues étroites bordées de
hauts pignons, pour gagner les épais ombrages des
remparts. Nous avions derrière nous les clochers
des vieilles églises; devant nous le regard s'étendait
sur les prés et les forêts, et nous nous redisions les
vers que nous venions de lire [1]. »

Les deux pères, le syndic Curtius et le pasteur
Geibel, avaient traversé ensemble des temps difficiles, et la communauté du danger avait cimenté
leur amitié. En 1806, la ville libre voulut rester
neutre dans la lutte entre Napoléon et la Prusse.
Mais Blücher, ramenant dans le Nord un débris de
l'armée prussienne échappé du désastre d'Iéna, entra
dans Lubeck. Il ne put s'y établir, car dès le lendemain la ville fut prise d'assaut par un corps français.
Les églises furent converties en ambulances. Le jour
où elles furent rendues au culte, le pasteur Geibel
prononça un sermon « sur la nécessité d'abjurer la
vie impie ». Il jugea que l'abaissement de la patrie
était due à la dépravation des mœurs, et celle-ci à
l'affaiblissement du sentiment religieux. En 1813,
quand toute l'Allemagne se souleva, ce fut lui qui
bénit sur la place du marché les drapeaux distribués
aux volontaires; et quand, deux mois après, les

1. *Erinnerungen an Emanuel Geibel: Alterthum und Gegenwart*,
3ᵉ volume.

Français rentrèrent dans la ville, le pasteur et le syndic durent se réfugier dans le camp suédois. « On ne pouvait pas, dit Ernest Curtius, présenter le pasteur Geibel comme un modèle à imiter, quand il fondait en larmes dans sa chaire; mais on avait, en le considérant, l'impression d'un homme tout plein de ses idées, et sa conviction était si absolue, qu'elle finissait par s'imposer et qu'elle faisait taire la contradiction ou la raillerie. »

L'influence du pasteur Geibel faillit un instant attirer Ernest Curtius vers la carrière théologique, où était déjà entré son frère aîné. « Le plus bel emploi de la vie, dit-il dans une de ses premières lettres, est d'enseigner, que ce soit devant un groupe d'élèves, ou devant une communauté chrétienne, ou devant des païens. » Il faisait cette réflexion quand il était encore au gymnase de Lubeck. Il ne songea jamais sérieusement à convertir les païens, et il renonça aussi à l'apostolat intérieur, quoique ses convictions chrétiennes demeurassent intactes jusqu'à la fin de sa vie. Un autre culte, celui de l'antiquité classique, détermina le choix de sa carrière, et ce choix était conforme à ses vraies aptitudes. Le fond de sa nature était l'amour de la science, échauffé par un souffle de poésie. « Que dis-tu, écrit-il à la même époque à son frère Théodore qui faisait ses études à l'université de Gœttingue, que dis-tu de la résolution que j'ai prise de m'adonner entièrement aux ettres anciennes? Quelle source de pures jouissances, de jouissances divines! Quel enseignement, quelle joie de pénétrer dans l'esprit de l'antiquité, de savourer tout ce que ses monuments ont de beau! Tout se réunit pour rendre cette étude attrayante. Même les sciences auxiliaires, l'archéologie et l'histoire, deviennent une nourriture pour l'âme. Mais les Muses ne sont pas toujours d'humeur accommodante; elles ne sourient pas au premier venu. Il faut, par des efforts persévérants, gagner un point de vue élevé, d'où l'on puisse soutenir leur approche et le feu de leur regard. »

Il n'avait que quinze ans et demi quand il écrivait ces lignes. Il était déjà mûr pour l'université. Cependant ce ne fut que deux ans après, en 1833, qu'il alla à Bonn. A partir de ce moment, il rend exactement compte à son père des cours qu'il suit et des lectures qu'il fait. Il se partage entre les langues anciennes, l'archéologie, la philosophie et même la théologie. Il écrit, à la fin de sa première année : « Je lis chaque jour une page d'Homère. » Dans une autre série de lettres, il raconte à sa cousine Victorine Boissonnet ses divertissements d'étudiant et ses distractions mondaines [1]; car, ici comme à Lubeck, les loisirs font partie du programme des études. « Il est bon de jeter de temps en temps sa gourme, lui écrit-il un jour, sans quoi l'on succomberait sous le

1. Victorine Boissonnet était d'origine française par son père, qui tenait un commerce de vins, d'abord à Pétersbourg, ensuite à Lubeck, où il épousa la belle-sœur du syndic Curtius.

poids de la science. » Et il ajoute très sensément :
« Par le temps qui court, on risque plutôt de trop
apprendre que d'apprendre trop peu : le trop peu se
rattrape toujours, mais le trop est une charge dont
on ne se débarrasse jamais. »

C'est une excellente habitude chez les étudiants
allemands de suivre successivement plusieurs uni-
versités ; ils échappent ainsi aux inconvénients d'une
direction exclusive. Au mois d'octobre 1834, Curtius
se rendit à Gœttingue. Ce n'étaient plus les sites pittoresques des bords du Rhin, faisant diversion à la
salle de cours, mais la cité grave, « à l'air vénérable,
même un peu vieillotte et pédante ». On pourrait se
la représenter, ajoute-t-il, sous la figure « d'un
savant poudré, que rien n'irrite tant que de voir des
jeunes gens suivre un autre chemin que le sentier
où il a piétiné pendant des années à la sueur de son
front ». Ce fut cependant à Gœttingue qu'il rencontra le premier homme qui ait marqué une trace
profonde sur sa jeunesse, Otfried Müller. A Bonn,
Welcker avait su l'intéresser à l'archéologie, Brandis
à la philosophie ancienne : chez Otfried Müller, il ne
trouva pas seulement un guide pour telle ou telle
étude spéciale, mais un esprit parent du sien dans
la totalité de ses aptitudes natives, et ayant sur lui
la supériorité d'une science acquise. « Entendre
Müller une fois par jour, écrit-il à son père, c'est un
profit inestimable ; il est incomparable comme professeur. Il enchante par la clarté de ses développe-

ments, par la grâce et la vivacité de son débit, par l'abondance et la solidité de son savoir, et on le suit avec enthousiasme dans les domaines scientifiques qu'il féconde et qu'il anime. L'ancienne philologie se traînait, inerte et vide, d'une génération de savants à l'autre; c'était une masse incohérente et encombrante de détails. Mais il ne s'agit plus simplement, aujourd'hui, de transmettre à l'avenir le capital que nous a légué le passé, en l'augmentant de quelques acquisitions nouvelles. La science actuelle a transformé cet agrégat de notices en un tout homogène et vivant; elle est remontée aux sources; elle les a interrogées autrement; et, parmi ceux qui lui ont montré la voie, Müller est au premier rang. »

Lorsqu'on parle d'un homme en ces termes, c'est qu'on a reconnu un maître. A Berlin, où Curtius passa la dernière année de son stage universitaire, il trouva encore des spécialistes de premier ordre, mais il ne ressentit plus une influence aussi profonde. Sur la liste qu'il dressa pour son père, on remarque les noms du germaniste Lachmann, du philosophe Erdmann, de l'helléniste Bœckh. Il consacra plus tard à Bœckh une notice très élogieuse, mais dans une de ses lettres il le qualifie d'ennuyeux. Il n'admettait la science, même la plus authentique et la plus vraie, que présentée sous une forme vivante, et il pensait que la tâche du professeur n'était pas tant d'instruire ses auditeurs que d'allumer en eux le désir de savoir.

En somme, tous ses efforts, pendant ces années
d'études où sa vocation se décide, sont dirigés vers
la science philologique, telle que les meilleurs interprètes de l'antiquité la comprenaient dès la fin du
XVIIIe siècle, cette science que Wolf définissait déjà
comme « l'ensemble de toutes les connaissances qui
peuvent nous mettre en rapport avec les anciens ».
Ernest Curtius dira bientôt, dans un de ces discours
scolaires où il excellait, un discours où il traite *de
la philologie comme médiatrice des sciences* : « La
philologie ne souffre dans son domaine aucune des
barrières qui séparent la littérature de la politique,
la religion de la jurisprudence. Chaque pas qu'elle
fait dans les rues de Rome ou d'Athènes lui rappelle les relations les plus diverses de la vie humaine.
Elle ne peut passer devant un autel sans méditer
sur l'histoire de la conscience religieuse; elle ne
peut assister aux délibérations d'une assemblée
populaire, aux décisions d'un conseil juridique,
sans vouloir connaître aussi les dispositions du droit
moderne. Il faut qu'à force d'observation et d'expérience elle produise devant nos yeux l'image d'un
certain état de société. L'histoire de l'antiquité ne
doit pas nous apparaître comme un défilé d'ombres
chinoises, mais comme un drame dont les personnages sont des hommes en chair et en os. Aussi
rien n'est plus funeste aux études philologiques que
l'air renfermé du cabinet de travail où se cloître le
spécialiste, et rien ne leur est plus salutaire que la

vue étendue des choses humaines. Un bon philologue
doit pouvoir dire avec le poète ancien : « Rien de
ce qui est humain ne m'est étranger[1] ».

II. — PREMIER VOYAGE EN GRÈCE.

En 1836, Brandis, que Curtius avait eu pour professeur à Bonn, fut appelé, en qualité de lecteur,
auprès du roi de Grèce Otton Ier, et il emmena son
ancien élève, alors âgé de vingt-deux ans, pour lui
confier l'instruction de ses deux fils aînés. Un voyage
en Grèce, à cette époque, était une affaire longue et
incommode, surtout lorsqu'on partait du cœur de
l'Allemagne. Les voyageurs se donnèrent rendez-
vous à Francfort, où ils montèrent dans une calèche
couverte à trois sièges, Curtius avec ses deux
élèves sur le siège de devant, ensuite Mme Brandis
accompagnée d'une parente, Mlle Ida Hengstenberg[2], tout au fond le professeur avec la cuisinière,
et derrière et au-dessus une telle montagne de
bagages qu'on avait quelquefois de la peine à entrer
par la grande porte des hôtels. Au reste, dit Curtius,
« la voiture est confortable, et elle marche assez

1. *Alterthum und Gegenwart*, 1er volume.
2. Ida Hengstenberg était la sœur d'Ernest-Wilhelm Hengstenberg, professeur à la faculté de théologie de Berlin, qu'on a
défini « le plus orthodoxe des savants et le plus savant des
orthodoxes ». Elle se maria l'année suivante, à Athènes, avec
le consul général des Pays-Bas.

doucement pour qu'on puisse lire à 'son aise. Le matin, on lit d'abord un chapitre de la Bible, puis on chante un cantique; Mlle Ida a une très belle voix. Une grande partie de la journée est consacrée à apprendre l'italien. » On s'était mis en route dans les premiers jours de janvier; vers le milieu de février on arriva à Ancône, d'où partait alors le bateau de Corinthe. La fin du voyage se fit à cheval, le long de la côte qui contourne le golfe d'Égine.

La première lettre d'Athènes est datée du 17 mars 1837. A l'enchantement des souvenirs classiques s'ajoutait l'ivresse d'un printemps méridional. « Certains villages de l'Attique, écrit Curtius au retour d'une excursion au Pentélique, sont d'une beauté incomparable. Tout fleurit à la fois. Les habitants sont étendus par terre devant leurs maisons. Au-dessus de la verdure éclatante des arbres s'étend le ciel d'un bleu pur et profond. » Quand vient la saison chaude, la vie en plein air est bornée aux heures du soir. « C'est alors la promenade générale. Les Grecs flânent autour de la ville avec une certaine démarche d'une gravité nonchalante, ou ils s'assoient dans la rue devant les cafés. D'autres se réunissent pour des jeux, ordinairement très simples : on parie, par exemple, à qui lancera le plus loin de lourdes pierres. Mais toujours on les voit par groupes, vêtus de costumes variés, et dans des attitudes pittoresques. Ils semblent jouir de la vie

avec une certaine placidité réfléchie, qu'on cher-
cherait vainement dans nos régions du Nord. C'est
ainsi que je me figure les anciens, et c'est pourquoi
j'aime à me mêler à ces groupes ambulants. A cela
s'ajoutent des couchers de soleil où le rouge feu
passe au bleu profond à travers toutes les nuances
de l'arc-en-ciel. C'est un spectacle qu'on ne saurait
décrire, surtout quand la ligne des montagnes se
détache sur un fond d'or. C'est alors aussi l'heure
où les campagnards retournent à leurs villages avec
leurs chevaux et leurs ânes; ils sont vêtus de man-
teaux de laine blanche, qui flottent sur leur taille
martiale. Des groupes plus nombreux stationnent
autour des fontaines; les uns lavent des étoffes,
d'autres font boire les chevaux, les ânes ou les cha-
meaux, d'autres encore viennent simplement pour
bavarder. Ainsi l'œil est occupé de tous les côtés,
sans parler des charmes du paysage. » Il n'y a
qu'une seule ombre au tableau : Curtius remarque
avec déplaisir que le nom allemand n'est pas en
grand honneur parmi les indigènes, tandis que le
français est la seconde langue du pays; dans les
cercles distingués, ajoute-t-il, on pourrait se croire
à Paris.

Ses fonctions de précepteur ne lui pesaient pas;
il enseignait et il apprenait, le tout sans ennui. « Je
prends mes élèves dès sept heures du matin, écrit-il;
à huit heures on déjeune; à midi toutes les leçons
sont finies; elles me laissent sans fatigue, et me

donnent à moi-même l'occasion de m'instruire. Le
reste du jour m'appartient; je vais voir les temples,
les marbres, les inscriptions. » Il suit les fouilles du
Parthénon : « Les architectes sont mes amis; je les
accompagne dans leurs travaux; j'apprends à connaître maintes particularités qui n'ont pas encore été
remarquées. Autant le Parthénon frappe par sa simplicité dans une vue d'ensemble, autant, lorsqu'on
le considère de près, il étonne par l'exactitude minutieuse avec laquelle tous les détails sont combinés. »
L'idée d'une description de la Grèce, expliquant
l'histoire par la géographie, surgit dès lors dans son
esprit et l'accompagne dans ses excursions. Dès le
mois d'octobre 1837, il visite une première fois la
région de Mycènes avec le géographe Ritter. Six
mois après, il retourne dans le Péloponnèse, ayant
pour compagnons le comte Baudissin, connu par
ses traductions de Molière et de Shakspeare, et un
architecte mexicain. Il parcourt aussi, avec ses
élèves, les petites Cyclades, voisines d'Athènes,
Céos, Andros, Délos. Enfin, il s'adjoint à un
architecte allemand, chargé de préparer les fouilles
de Delphes. On peut suivre, dans ses lettres à son
père, le détail de ses promenades à travers le con
tinent grec et les îles, et se rendre compte du genre
d'intérêt qu'il y trouve. Tout en notant les aspects
pittoresques qu'il rencontre, que ce soit le pittoresque d'un paysage ou celui de la vie et des mœurs,
c'est surtout la Grèce d'autrefois qu'il cherche à

ressusciter devant ses yeux. Il se passionne pour cette idée, et son imagination finit par s'y absorber entièrement. Il est heureux de chaque découverte qu'il fait, de celles qu'il voit faire autour de lui, de celles qu'il pressent et dont il jouit par avance.

Tout en lisant avec ses élèves Homère, Hérodote et Thucydide, il s'exerçait pour son compte à traduire des fragments des poètes grecs, en employant leurs formes métriques. Il commença, au retour de sa première excursion à Mycènes, une *Électre*, qu'il reprit plusieurs fois, et qu'il ne termina jamais. Au mois de juin 1838, il fut rejoint par son ami d'enfance Emmanuel Geibel, qui entra comme précepteur dans la maison de l'ambassadeur de Russie. Ils s'associèrent pour des exercices poétiques, traductions ou imitations, qu'on lisait devant la famille Brandis, ou même devant le roi et la reine [1]. Ils firent ensemble cette promenade dans les grandes Cyclades qu'ils ont célébrée l'un et l'autre en vers, et que Curtius a racontée deux fois, d'abord dans ses lettres, ensuite dans la notice biographique qu'il a consacrée à son ami. C'est cette promenade aussi qui lui a donné l'idée de son opuscule sur l'histoire ancienne et moderne de l'île de Naxos. « Quel spectacle sublime, dit-il au commencement de cet opuscule, qu'un voyage à travers la mer Égée! Aussi loin que l'œil peut atteindre, les lignes aiguës et

1. Ils en publièrent un choix : *Klassische Studien von* Emanuel Geibel *und* Ernst Curtius, Bonn, 1840.

grandioses des montagnes surgissent du sein des eaux; elles se rapprochent et s'éloignent, formant des groupes variés. Quelle que soit la hauteur du soleil, la mer et les côtes se revêtent de couleurs à la fois étincelantes et douces. Des bateaux et des barques vont paisiblement d'une île à l'autre, et des dauphins leur font cortège comme une troupe d'amis. Quel que soit le jour, quel que soit le vent, un port hospitalier est prêt à recevoir le voyageur. Il n'a besoin ni de carte ni de boussole. A quelque endroit qu'il aborde, il entend des voix amies qui l'appellent. Chaque île garde les vestiges de ses dieux et de ses héros. Des chants antiques s'élèvent au fond de l'âme; on sent Homère comme un vivant. On s'émeut au souvenir des malheurs d'Ulysse, lorsqu'on entend bruire autour de la coque du navire les flots de la mer qui fut le théâtre de ses aventures [1]. »

Geibel s'était démis de ses fonctions, d'ailleurs peu agréables, auprès de l'ambassadeur russe; il quitta la Grèce à la fin du mois d'avril 1840. La famille Brandis avait, elle aussi, dès le mois d'octobre 1839, repris le chemin de l'Allemagne. Curtius resta, pour attendre l'arrivée d'Otfried Müller, qui l'avait initié autrefois aux études antiques, et à qui maintenant il pouvait être utile à son tour par sa connaissance des localités et de la langue moderne. Müller arriva en effet, peu de temps avant le départ de Geibel, accom-

1. *Naxos*, dans *Alterthum und Gegenwart*, 3ᵉ volume.

pagné d'un dessinateur que lui avait adjoint le gouvernement hanovrien, et de Gustave-Adolphe Schœll, alors *privatdocent* à l'Académie des beaux-arts de Berlin, plus tard bibliothécaire à Weimar, et qui se fit connaître par d'utiles travaux sur le théâtre grec et par des publications intéressantes sur Gœthe. Curtius traversa encore une fois avec eux le Péloponnèse. Puis ils firent ensemble, pendant les mois les plus chauds de l'année, et à travers des régions en partie marécageuses, ce voyage en Béotie et en Phocide jusqu'à Delphes, qui devait avoir une fin tragique. Le jour, on relevait des inscriptions, qu'on classait et complétait le soir. Müller se forçait au travail, malgré la langueur dont il se sentait envahi. Au retour, il ne put rester à cheval que soutenu par ses compagnons et à la fin porté dans leurs bras. Il arriva ainsi jusqu'à Kasa, l'ancien bourg d'Éleuthères, où une voiture que le roi Otton avait envoyée au-devant de lui le reprit pour le ramener à Athènes. Il expira trois jours après, le 1er août 1840. « A vrai dire, écrit Curtius, la fièvre qui le minait était la fièvre du travail. L'étude était chez lui une passion dont il n'était pas maître. Il lui était physiquement et moralement impossible de s'astreindre à un genre de vie réglé et pondéré, tel qu'il le faut dans les climats du Midi. Il s'obstinait, malgré mes pressantes supplications, à offrir aux ardeurs du soleil sa tête nue, qu'il disait être de fer. » Otfried Müller méditait une histoire de la civilisation grecque sous toutes ses faces, politique, littéraire, artistique, philosophique, à laquelle il voulait associer Curtius pour la partie géographique et descriptive : Curtius reprit l'idée de son maître, et l'exécuta sur un plan plus restreint.

Il quitta la Grèce à la fin de l'année, s'arrêta encore quatre mois à Rome, et regagna l'Allemagne par Venise et le Tirol. Il partit d'Athènes comme, un demi-siècle auparavant, Gœthe était parti de Rome : il lui sembla que sa vraie patrie était derrière lui. « On peut s'en aller d'ici d'un cœur léger, écrit-il à Victorine Boissonnet, et reprendre gaiement sa place sur le bateau à vapeur, quand on n'est venu que pour une simple visite, qu'on n'a fait que recueillir en passant des impressions plus ou moins agréables, et surtout quand on n'a vécu que dans la Grèce moderne, image grimaçante de la civilisation européenne. Mais celui qui a passé ici près de quatre années, et quelles années ! celui qui a éprouvé ici des joies et des douleurs, qui a parcouru les montagnes et les vallées et sillonné les mers, suivant fidèlement les traces des anciens temps, afin de reconnaître le caractère que le pays a imprimé à l'histoire et l'histoire au pays, celui qui s'est attaché ainsi de cœur et d'âme à la terre et à ses habitants, tu lui pardonneras s'il ne monte qu'en pleurant sur le bateau qui doit le ramener. » A Rome, il est déjà frappé et presque choqué de l'intrusion de la vie moderne qui s'installe bruyamment sur les débris du

monde ancien. Mais que sera-ce quand il aura remis
le pied sur la terre allemande et qu'il se trouvera
face à face avec « la prose de la bière » ? « Je fus pris
d'une sorte d'angoisse, écrit-il, la première fois que
j'entrai dans une brasserie et que je vis cette longue
file de petites tables, garnies de convives à l'air
grave, fumant leurs courtes pipes et buvant dans de
grands pots, comme si Dieu ne les avait créés que
pour cela. » Il ferma les yeux sur ce qui l'environnait,
et garda au fond de son âme « ses souvenirs helléniques, clairs ruisseaux qui devaient circuler désormais à travers son champ philologique et le maintenir frais et vert ».

III. — LE PRÉCEPTEUR DU PRINCE FRÉDÉRIC-GUILLAUME.

Au mois de mai 1841, il rentrait à Lubeck. Au
printemps suivant, il fut attaché au gymnase Joa-
chimsthal à Berlin, et deux ans après, ayant subi
les épreuves réglementaires, il débuta dans l'enseignement supérieur comme *privatdocent*. C'était
l'époque où l'art allemand, après s'être abreuvé de
romantisme à la suite des littérateurs et des philosophes, revenait insensiblement à la source antique.
Berlin se décorait de colonnades et de portiques, qui
juraient avec ses toits pointus et son ciel brumeux.
Le difficile problème d'adapter le style ancien à la
vie moderne, ce problème qui n'a été complètement

résolu que par les artistes de la Renaissance, était la pierre d'achoppement de l'école nouvelle. Il fallait, en effet, dans une combinaison de ce genre, moins de science que de goût, et peut-être, avant tout, une impulsion première et originale, indépendante de tout esprit d'imitation, et retenant par elle-même l'imitation dans de justes limites. Curtius, ressemblant en cela à Winckelmann, avait l'âme remplie de l'idéal grec; il ne voyait rien au delà, et il en parlait sur le ton persuasif de l'homme qui défend ses plus chers intérêts. Une conférence qu'il fit à l'Académie de chant, le 10 février 1844, charma son auditoire; et dans cet auditoire se trouvait la princesse royale Augusta, qui cherchait alors un précepteur pour son fils, le prince Frédéric-Guillaume, âgé de douze ans et demi, plus tard empereur sous le nom de Frédéric III.

Un ami de Curtius, dans une lettre que l'éditeur a bien fait de joindre à la correspondance, rend compte de la conférence sur un ton légèrement humoristique. Le sujet était l'Acropole d'Athènes. « D'abord, dans le premier embarras, l'orateur recourait souvent à son manuscrit pour trouver l'expression juste; mais peu à peu son débit devint plus libre. Enfin il poussa de côté l'importun papier, et alors seulement se déploya toute la force de son discours. Toute l'assemblée fut sous le charme. Pas le moindre chuchotement des Berlinoises, ordinairement si bavardes, n'interrompit le silence. On écou-

tait, on admirait. Tantôt il décrivait avec les tours
les plus aimables le cortège des Panathénées, tantôt
il expliquait par les rapprochements les plus ingé-
nieux la haute destination des monuments de l'architecture grecque, ou il faisait comprendre la beauté
plastique de la déesse, comme elle était sortie de
l'imagination de Phidias. Bref, la pierre inerte
s'animait, et l'Acropole se dressait devant les yeux
comme une apparition vivante.... La princesse royale
de Prusse fit venir aussitôt le professeur Lachmann,
pour avoir de lui des renseignements circonstanciés
sur cet intéressant jeune homme [1]. »

Quelque temps après, le général Von Unruh vint
offrir à Curtius de se charger de l'instruction du
jeune prince dont il était le gouverneur militaire. Il
paraît que le choix de la princesse Augusta avait
d'abord rencontré quelque résistance à la cour.
Curtius n'était-il pas originaire d'une ville libre? On
lui supposait donc des opinions sinon républicaines,
du moins peu en harmonie avec l'esprit d'une royauté
qui se prétendait de droit divin. Au fond, Curtius
n'était ni républicain ni monarchiste : toute sa politique remontait à la Grèce en passant par Rome,
comme celle de Bossuet était tirée de l'Écriture
sainte. Plus tard, dans un de ces discours d'apparat

1. L'auteur de la lettre, le diplomate Kurd de Schlœzer, était
le fils du consul général de Russie à Lubeck, et s'occupait
d'études orientales à Berlin. La lettre est adressée à Théodore
Curtius, le second frère d'Ernest.

où il excellait, il mettra les victoires de la Prusse sous l'égide de Pallas Athéné, et il comparera la lignée des Hohenzollern aux Pélopides d'Argos, aux Cadméens de Thèbes, aux Tarquins de Rome : « C'étaient tous des immigrés, et, comme tels, ils étaient plus aptes au gouvernement que des indigènes : une race d'immigrés pouvait seule considérer le gouvernement comme une obligation, comme une fonction à laquelle il leur était impossible de se soustraire[1]. » Pour le moment, il ne consulte que sa conscience de patriote et de savant. Lui est-il permis d'abandonner brusquement la carrière dans laquelle il vient de débuter et pour laquelle il se sent fait? D'un autre côté, est-il bien l'homme qu'il faut pour l'emploi qu'on lui propose? Enfin, après avoir beaucoup hésité, et après qu'on lui a promis que son travail personnel ne sera point entravé, il « passe le Rubicon ». « Ce qu'on veut, écrit-il à son père, c'est un homme qui suive le prince pas à pas, et qui en même temps, par ses goûts scientifiques, exerce sur lui une action bienfaisante. Le prince est une nature tendre, pleine d'abandon, s'attachant facilement, mais capable de mouvements passionnés. La question de savoir comment il sera dirigé et entouré jusqu'à sa dix-huitième année est de la plus haute importance. On imagine difficilement une tâche plus élevée; mais il

1. *Die Entwickelung des preussischen Staats nach den Analogien der alten Geschichte : Alterthum und Gegenwart*, 2° volume.

semble aussi qu'on n'ait pas le droit de s'y soustraire,
lorsqu'on ne l'a pas sollicitée et qu'on ne se sent pas
tout à fait incapable de la remplir. »

Puis, peu à peu, à mesure que son élève s'ouvre
à lui et s'attache à lui, il arrête son plan d'éducation.
Un jeune prince n'a pas l'occasion de s'instruire à
l'école du monde; une barrière le sépare du reste
des hommes : il faut que celui qui a la charge de le
conduire lève cette barrière et, en le faisant profiter
de sa propre expérience, le remette en contact avec
le monde. « Pour le moment, tout savoir spécial
est chose accessoire; mais d'éveiller son esprit,
d'appeler à la vie ce qui est en lui, de lui faire comprendre quels germes sont déposés dans une âme
immortelle, c'est à cela que je vise, et, à moins que
tout ne me trompe, il sent déjà venir à lui comme
le souffle d'une brise matinale. Le général et moi
nous sommes comme la première et la seconde
chambre, chargées de veiller au développement
d'une nation, chacune à son point de vue. Le général, avec toutes les vieilles prétentions de la sainte
légitimité, dit : « Il faut qu'un prince sache ceci et
sache cela. »-Moi je dis : « Il faut d'abord qu'il sache
ce que c'est que savoir, qu'il ait la force de vouloir
ce qui est bon, qu'il ait passé par cette gymnastique
de l'esprit qui distingue l'homme développé de
l'homme encore enveloppé en lui-même. Il faut
d'abord qu'il soit un homme complet; ensuite je
veux bien qu'il devienne un prince brandebourgeois

selon les statuts de la maison de Hohenzollern. »
Cette éducation libre, continue Curtius, cette éducation qui se propose avant tout de stimuler les
facultés, inspire encore quelques doutes. La mère,
selon l'habitude des femmes de s'attacher au détail,
s'inquiète de ce que son fils ignore encore ceci ou
cela. Comme si cela importait! Heureusement, on
ne me contrarie pas dans l'essentiel. Je console la
mère, je persuade le général, et mon royal enfant
fleurit dans la liberté de l'esprit. »

Les doutes qu'il appréhendait se dissipèrent
promptement. Ils ne furent jamais bien sérieux chez
la mère, qui avait puisé son libéralisme dans les
traditions de la maison de Saxe-Weimar dont elle
était issue. Le 3 novembre 1845, un an après l'entrée
en fonction de Curtius, elle lui écrivit une lettre où
elle lui disait qu'elle considérait cet anniversaire
comme celui de la seconde naissance de son fils.
Puis ce fut le tour du précepteur, qui pourtant
n'était pas sujet aux illusions, de s'applaudir du
succès de son enseignement. « Je prévois avec
certitude, écrit-il à son père le 26 décembre 1848,
que les qualités du jeune prince, la pureté et la
noblesse de ses intentions, sa franche religiosité,
son amour de ce qui est grand et beau, son empire
sur lui-même, son tact naturel et son esprit de
justice, la simplicité bourgeoise de ses manières, le
don de gagner les cœurs par un regard, par une
parole, je prévois que toutes ces qualités ne seront

pas perdues pour le peuple qu'il sera un jour appelé
à gouverner. Je suis persuadé aussi qu'il saura
supporter avec résignation toute infortune, même
imméritée. »

Ces mots sont écrits à la fin de cette année 1848
où le sang coula dans les rues de Berlin, et où le
prince royal de Prusse, considéré comme l'âme du
parti militaire et absolutiste, fut obligé de s'expatrier
pour calmer les ressentiments populaires. En 1850,
la princesse Augusta commit une nouvelle infraction
à l'étiquette de cour, en envoyant son fils faire ses
études, comme un fils de bourgeois, à l'université
de Bonn. Pour tout autre que Curtius, c'eût été la
fin de son préceptorat. Mais le précepteur était
devenu un ami. Curtius fut une des dernières personnes que Frédéric III appela auprès de lui, en 1888,
au moment de quitter Berlin pour aller se soigner à
San-Remo. « Il m'a cordialement embrassé, écrit-il.
Son attitude est merveilleuse. Un mélange saisis-
sant de noblesse et de mansuétude est empreint sur
ses traits; mais la conversation est pénible; les mots
qu'il trace hâtivement avec son crayon sont difficiles
à lire. »

IV. — L' « HISTOIRE GRECQUE ».

C'est à son élève que Curtius dédia le premier
volume de son *Histoire grecque*. Une lettre qu'il
lui avait écrite auparavant indiquait le caractère de

l'ouvrage et la manière dont l'auteur entendait la science historique : « C'est un livre qui n'est pas fait pour les savants, mais pour tous ceux qui ont le sens de l'histoire, un livre sans remarques, sans bribes de grec et de latin. Il contient les mêmes matières que j'eus un jour l'honneur de vous présenter. Vous ne serez donc pas étonné que je vous demande la permission de vous le dédier, en témoignage de mon fidèle attachement. J'y ai mis ce que j'ai de meilleur, et à qui l'offrirais-je plutôt qu'à vous? Vous prêtiez une attention bienveillante aux parties que je vous en exposais : j'espère que vous voudrez bien accepter le tout, et que l'intérêt que vous y prendrez ne sera pas uniquement dû au souvenir de votre ancien maître. »

Ce premier volume se présentait, en effet, sans aucune de ces notes critiques où l'auteur montre qu'il n'a rien avancé que sur preuves, et où il réfute victorieusement toutes les opinions contraires à la sienne. Les deux volumes suivants furent accompagnés d'un petit nombre de remarques rejetées discrètement sur les dernières pages. Mais un ouvrage dépouillé de tout appareil scientifique, et qui n'en contenait pas moins de grandes nouveautés, ne pouvait manquer de scandaliser les érudits. Plus tard, au moment de publier la cinquième édition, Curtius disait, dans une lettre à Jacques Bernays : « Les savants de profession font la grimace devant mon *Histoire*, mais le succès me console de leurs dédains. Nos bons savants allemands secouent les épaules, quand un livre est lisible et que la sueur ne perle pas sur le front de l'auteur. J'ai la conscience de n'avoir épargné aucune peine, mais je me suis fait un devoir de ne pas étaler mon travail. J'ai voulu faire un livre que tout homme vraiment cultivé puisse lire d'un bout à l'autre. L'abîme qui sépare encore les savants des laïques est un reste fâcheux de barbarie. »

Les nouveautés se trouvaient surtout dans le premier volume. On sait que Curtius s'est efforcé de réagir contre l'opinion, alors courante, d'après laquelle la civilisation grecque aurait été absolument autonome et autochtone, sans lien avec ce qui l'avait précédée, et sans rapports sensibles et déterminants avec ce qui l'entourait. Il lui donne pour berceau, non pas le continent grec, mais la mer Égée, « la mer hospitalière », et l'Asie Mineure, « ce pont jeté entre l'Orient et l'Occident »... Il admet même, à l'origine de l'histoire grecque, une civilisation semi-asiatique, ayant son siège sur les côtes de l'Ionie, de la Lydie et de la Phrygie, une civilisation multiple et variée dans ses formes, et déjà arrivée à sa complète maturité, au moment où la Grèce européenne commence à se civiliser. Le monde d'Homère n'est pas, selon lui, un monde dans l'enfance, mais un monde tout fait, déjà même presque évanoui, et dont le souvenir se perpétue dans la poésie. C'est surtout dans les lettres d'Ernest

Curtius à son plus jeune frère George, linguiste et grammairien distingué, qu'on peut suivre les progrès de son travail et voir son plan se fixer peu à peu. Le 8 janvier 1835, il lui écrit :

« Il faut que je donne un aperçu de la civilisation grecque, telle qu'elle se présente dans Homère, et telle qu'elle est documentée par de très anciens monuments. Il s'agit donc de dégager le contenu historique de l'*Iliade* et de l'*Odyssée*. Mais où trouver ici un terrain solide? On peut bien se dire d'une manière générale qu'un monde aussi achevé, aussi cohérent, aussi concret que celui d'Homère n'est ni une pure tradition légendaire ni une fiction gratuite. La muse d'Homère est enfant de Mnémosyne. Le sentiment qui traverse toute la poésie d'Homère, c'est que les temps antiques sont révolus. C'est pour cela que les traits des anciens héros sont reproduits aussi fidèlement que possible, et c'est pour cela qu'Homère est, malgré tout, un document historique. Mais, d'un autre côté, la poésie d'Homère s'élève dans un monde idéal où elle se transfigure, où les dieux et les hommes conversent familièrement ensemble, et où le terrain manque sous nos pieds. Combien, dès lors, il est difficile de se faire une idée des modifications qu'a subie la matière épique!

« Le monde d'Homère n'est pas uniforme : c'est encore ce qui augmente à mes yeux sa vraisemblance historique. On vit autrement à Argos qu'à Ithaque, sur la côte orientale que sur la côte occi-

dentale de la Grèce, et il faut bien que cette différence repose sur une tradition authentique. C'est
une particularité du peuple grec d'avoir su amal-
gamer la poésie et l'histoire, et c'est pour cela que
les légendes grecques sont bien plus « substan-
tielles » que les légendes italiques.

« Il m'arriva un jour, comme élève de seconde, de
parler dans une dissertation de « l'art consommé
d'Homère ». Le professeur Ackermann me biffa
ces mots d'un gros trait de plume, et écrivit au-
dessus : « C'est plutôt le manque d'art. » Cela me
fâcha, car j'avais le sentiment très vif et très net
qu'il était absurde de dire qu'Homère manquait
d'art. Plus j'avançai en âge, plus il me parut ridicule de parler « d'enfance » à propos d'Homère.
Et il en est de même du monde dans lequel vivent
les héros d'Homère. On ne cesse de dire et d'imprimer que c'est un monde primitif, un commencement, une aurore, tandis que c'est, au contraire,
un monde complètement formé, poussé en pleine
sève et arrivé à sa parfaite maturité. S'il lui manque
quelque chose, c'est précisément la simplicité primitive dans les rapports des hommes entre eux et
dans leurs rapports avec les dieux.

« Les dieux et les héros ont déjà été tant chantés
et de tant de façons, qu'il ne reste à peu près rien
de la théologie primitive. On sait à peine devant
quels dieux ces héros pliaient les genoux et à quoi
ils croyaient.

« Le véritable hellénisme n'est pas encore né, du moins dans l'art plastique. L'art est asservi au luxe, comme en Asie; il vise à l'éclat extérieur. Le bouclier d'Achille est une exception, qui présage un développement futur. La civilisation qui se reflète dans Homère est celle des peuples maritimes de l'Asie Mineure, échelonnés depuis la mer de Chypre jusqu'à la Propontide. Cette civilisation, au temps d'Homère, avait déjà passé le moment de son apogée. Ce n'est qu'avec les tribus helléniques descendues du Pinde qu'une nouvelle vie s'annonce et que commence l'histoire grecque proprement dite.

« Cet Homère est un thème éternellement inépuisable. On ne l'aura jamais assez approfondi; nul esprit cultivé ne peut se soustraire à son influence, et, en fin de compte, chacun a son Homère, comme chacun a sa Bible. »

V. — L'ENSEIGNEMENT A GŒTTINGUE
ET A BERLIN.

Pour Ernest Curtius, l'imagination était une auxiliaire indispensable de la science historique; il aurait volontiers dit avec Michelet que l'histoire est une résurrection. En même temps qu'il replaçait devant ses yeux et devant les yeux de ses lecteurs le riche développement de la civilisation grecque, il cherchait à reconnaître et à fixer avec précision les lieux qui en avaient été le théâtre. Ses études topographiques sur Athènes et ses *Inscriptions de Delphes* avaient été le résultat de son premier voyage. Au printemps de 1862, il revint à Athènes avec un groupe d'archéologues et d'architectes, et, au retour, il publia sept cartes nouvelles sur l'ancienne configuration de la ville. En 1871, il parcourut les régions maritimes de l'Asie Mineure, et il visita la Troade, « cet éternel champ de bataille, aujourd'hui le théâtre d'une lutte paisible entre deux monticules, qui prétendent chacun à l'honneur d'avoir porté l'antique citadelle de Priam[1] ». Il monta, « l'âme pleine de pressentiments », sur la colline de Bounarbachi, au moment même où Schliemann, à deux lieues de là, commençait à retourner le sol d'où il devait retirer les restes de plusieurs cités superposées. Enfin, en 1874, Curtius commença ses fouilles d'Olympie, qui lui firent faire trois voyages encore, et qui furent le dernier et le plus considérable de ses travaux archéologiques. La relation de Pausanias à la main, il reconstitua peu à peu, avec tous ses accessoires, la carrière où s'exerçait la jeunesse grecque; et, au milieu des palais, des temples, des portiques qu'il remit au jour, ses collaborateurs lui érigèrent un monument, « comme au dernier vainqueur des jeux Olympiques ».

1. *Ein Ausflug nach Kleinasien : Alterthum und Gegenwart*, 2° volume.

En 1856, il avait été appelé à la chaire que son maître Otfried Müller avait occupée autrefois à Gœttingue, et qui avait passé ensuite à Charles-Frédéric Hermann, « un brave et honnête savant, d'une érudition vaste et massive ». Gœttingue lui avait paru d'abord une ville pédante et vieillotte : il s'habitua peu à peu à fermer les yeux sur de petits ridicules, en raison des avantages sérieux qui les compensaient. « Gœttingue me devient si cher, écrit-il en 1861, que je tremble à l'idée de le quitter. Il y a bien ici, comme partout, des petitesses, des étroitesses; mais on y trouve, en somme, tout ce qu'un homme peut souhaiter dans la vie. On y jouit d'une liberté exquise; on est compris, encouragé, soutenu; on est déchargé des soins de l'existence quotidienne; on est en rapport avec toutes les régions de la patrie allemande, et les environs immédiats offrent des retraites champêtres où l'on se délasse de l'écrivasserie. » Et, deux ans après, quand Lepsius lui parle de la possibilité d'un retour à Berlin, il répond : « Les indications que vous voulez bien me donner me font en ce moment une étrange impression. Quel homme, qui ne serait pas voué par sa fonction à une activité toute matérielle, voudrait échanger un terrain neutre et intime comme notre Gœttingue contre Berlin? Nulle part un professeur ne saurait être mieux qu'ici. Cette université forme, tout compte fait, un ensemble vigoureux, florissant et sain, et l'on se félicite chaque jour d'être un de ses membres; cela fortifie, cela élève. Ce n'est donc pas un pur égoïsme qui me fait rester ici. Des semestres tranquilles et laborieux et d'intéressants voyages de vacances, que faut-il de plus à un professeur? »

Une seule chose lui manquait à Gœttingue : les collections artistiques. Aussi, quand la chaire de son autre maître Bœckh devint vacante, en 1867, il répondit à l'appel de l'université de Berlin. Il demanda seulement que la direction du musée archéologique fût comprise dans les attributions du professeur d'archéologie. Il voulait que ses élèves fussent introduits dans la connaissance de l'antiquité par la même voie qu'il avait suivie autrefois, que l'enseignement théorique fût constamment secondé et vivifié par la vue des monuments de l'art.

Les études antiques, telles qu'il les comprenait, ne devaient pas être seulement une spécialité de premier ordre dans les programmes universitaires; elles devaient répandre leur lumière sur toutes les parties de l'enseignement, faire pénétrer partout un esprit de clarté et de méthode, de noblesse et de désintéressement. « Le monde moderne, dit-il dans un de ses discours, s'est transformé au contact du monde ancien. Il y a des peuples dont on peut étudier l'histoire sa vie durant, sans cesser d'être ce que l'on est; mais on ne saurait se plonger dans l'étude de l'art grec sans éprouver en soi une renaissance [1]. » Il considérait l'hellénisme et le christianisme comme les deux fondements de la culture moderne. « Ils proviennent, dit-il ailleurs, de deux peuples anciens qui, ayant perdu leur existence matérielle, ont légué leur âme à l'humanité. Ils ont encore cela de commun, qu'ils semblent par moments déchoir dans la considération des hommes; ils ressemblent à ces fleuves de la Grèce qui, descendus de la montagne, disparaissent dans un gouffre, continuent quelque temps leur marche obscure sous une couche de calcaire desséché, puis rejaillissent soudain comme d'une source nouvelle et font naître autour d'eux une végétation abondante [2]. »

Ernest Curtius mourut le 11 juillet 1896. Il ne cessa d'enseigner que pendant les derniers mois de sa vie. Dans un discours familier qu'il prononça devant un groupe d'amis, le 2 septembre 1893, aux eaux de Gastein, pour le quatre-vingt-neuvième anniversaire de sa naissance, il jette un regard en arrière sur sa jeunesse et son âge mûr. « Les carrières des hommes sont de deux sortes, dit-il : les uns suivent une ligne droite qui leur ouvre un horizon de plus en plus vaste; les autres rencontrent des obstacles et sont jetés d'un chemin dans un autre : j'ai toujours marché dans la même direction. » Il

---

1. *Das Mittleramt der Philologie : Alterthum und Gegenwart*, 1er volume.
2. *Die Bürgschaften der Zukunft : Alterthum und Gegenwart*, 3e volume.

rappelle ensuite que, tout jeune, il a puisé le goût
des lettres grecques aux conversations de son père,
qu'il s'y est fortifié sous la direction d'Otfried Müller
et de Bœckh, qu'il a pu cueillir les meilleurs fruits
de leurs leçons sur le sol même de la Grèce, et
qu'enfin il lui a été donné, comme faveur suprême,
de continuer leur enseignement dans deux univer-
sités et de faire à son tour des disciples. Ainsi,
ajoute-t-il, tout a été harmonieusement combiné
dans sa vie pour une fin unique, comme si une pro-
vidence spéciale avait veillé sur lui.

L' « ALBUM POÉTIQUE » DE STRAUSS

DAVID-FRÉDÉRIC STRAUSS était moins un érudit qu'un artiste. Ceux qui avaient lu la première *Vie de Jésus*, et qui l'avaient comparée à d'autres ouvrages allemands sur le même sujet, sentaient bien qu'il y avait là plus que de l'érudition. « C'était un livre inspiré, écrivit Strauss une trentaine d'années plus tard; l'auteur, qui avait vingt-six ans au moment de se mettre à l'œuvre, était loin de pouvoir passer pour un théologien d'une science consommée; mais il avait saisi le point essentiel qui était en question, lui avait communiqué la chaleur et la vie, et en avait fait le germe d'un nouveau développement scientifique. » Il s'est toujours cru incapable de corriger son livre, dont les imperfections ne lui échappaient pas; la disposition primitive ne se retrouva plus; et lorsqu'on lui en demanda une édition nouvelle, il aima mieux le refaire. Ce n'est pas ainsi que procède un érudit. Lui-même se plaisait à reconnaître ce qui lui manquait, ou du moins ce que son public allemand pouvait être tenté de lui reprocher. « Je ne me suis jamais considéré, dit-il, comme un savant proprement dit. Je suis assez orienté dans l'ensemble du savoir humain, j'ai assez d'exercice, pour me procurer rapidement la somme de connaissances nécessaire dans un sujet spécial : voilà toute ma science. La connaissance en elle-même n'est pas pour moi un but, mais un moyen. Rassembler les matériaux, lors même que certains détails m'intéressent, est pour moi une vraie peine; je ne me sens heureux que du moment où il s'agit d'élaborer et de former le tout. Quand la matière s'amollit sous ma main et entre complaisamment dans le moule préparé, c'est alors que je jouis pleinement des aptitudes qui me sont propres. »

L'art ne consiste pas seulement à circonscrire un sujet dans une forme qui lui convienne et qui plaise. L'artiste, en groupant les éléments dont il dispose, les ramène nécessairement à un point de vue général, c'est-à-dire à une idée qui lui est personnelle. Il n'y a de vraie science que la science impartiale; mais l'art a en lui-même quelque chose d'arbitraire et même d'exclusif. C'est le travail de l'érudit qui nous intéresse, et non sa personne : dans l'œuvre d'art, au contraire, c'est l'homme que nous cherchons, ou qui paraît malgré lui. Strauss a été tour à tour théologien et historien. Après que la *Vie de Jésus* lui eut fait perdre sa chaire à l'université de Tubingue, après qu'il eut vainement essayé, dans quelques pamphlets, de dissiper les malentendus que

son ouvrage avait fait naître, il se tourna tout à
coup, au grand étonnement de ses amis, vers un
champ d'études entièrement nouveau. Il commença
cette série d'essais biographiques qui contiennent
peut-être ses meilleures pages au point de vue littéraire, et où, de son propre aveu, il se sentait encore
plus à l'aise que dans des travaux de théologie pure.
Au fond, il n'avait pas changé de méthode. Dans la
Vie de Jésus, il avait présenté ses propres idées sur
le développement religieux de l'humanité : dans ses
biographies, il suivait à travers les âges la lignée
dès esprits militants dont il se disait le continuateur ;
il établissait en quelque sorte sa propre filiation spi-
rituelle. Les meilleures de ses biographies sont
celles d'Ulric de Hutten et de Voltaire, deux hommes
et deux siècles qui aidèrent puissamment à l'affran-
chissement de la pensée. Dans les *Mémoires littéraires*, qui ont été publiés pour la première fois en tête
de l'édition complète de ses œuvres [1], Strauss nous
raconte que l'historien Gervinus voulut l'engager à
écrire une Vie de Luther. Gervinus croyait le moment
venu d'apprécier Luther dans son rôle historique,
abstraction faite de la doctrine. Strauss fit en effet
quelques études préparatoires. Il n'aborda pas directement le sujet, mais il lut d'abord Zwingle, esprit
moins théologique, dit-il, et il commença par ses premières lettres, « qui se tiennent encore sur le terrain

---

1. *Literarische Denkwürdigkeiten*, Bonn, 1876.

de l'humanisme, où Luther ne put jamais se retrouver ». Cependant il ne tarda pas à s'apercevoir qu'il
avait commis la grande faute de concevoir un plan
sans tenir compte de ses préférences intimes : « Un
homme qui part toujours de cette conviction, que
l'humanité est foncièrement corrompue, qu'elle ne
peut être rachetée que par le sang de Jésus-Christ,
et qu'un acte de foi est nécessaire pour rendre le
salut efficace, un tel homme m'est si complètement
étranger, que je ne saurais le traiter avec sympathie. » Strauss ne choisissait que des héros avec
lesquels il pût se confondre par la pensée. Il aurait
pu dire de ses études historiques ce que Gœthe,
l'un des hommes qu'il admirait le plus, disait de ses
poésies : c'étaient des confessions indirectes qu'il
adressait au public, et au moyen desquelles il sou-
lageait son âme.

Ce qui manquait à Strauss pour être un vrai
poète, c'était la faculté créatrice. Il disposait avec
art les matériaux que ses lectures lui fournissaient,
mais il ne savait pas tirer de lui-même une conception originale. Il avoue, dans ses *Mémoires littéraires*, qu'il aurait été incapable de composer un
roman, même mauvais. Il paraît bien avoir rêvé,
dans sa jeunesse, de figurer dans ce groupe des
poètes souabes, d'une inspiration si franche et si
vraie, quoique tempérée, et dont l'un des plus
remarquables était son ami Justinus Kerner; il
écrivit même, d'après une nouvelle de Tieck, un

texte d'opéra, dont il est resté une romance. Il était alors dans sa période mystique, lecteur assidu de Schelling et de Bœhme. La dialectique puissante de Hegel le détourna du mysticisme, et il renonça du même coup à la poésie pure. Mais il continua de fixer, dans des pièces lyriques et didactiques, pour lui et pour un petit nombre d'amis, les événements et les impressions de sa vie. Il en autorisait la publication après sa mort, sous la condition expresse d'une révision sévère. Voici ce qu'il dit à la première page :

Ces simples petites chansons,
Gémissements de mon âme solitaire,
Reflets de ma destinée,
Sont pour mes chers amis,
Pour quelques rares confidents;
Elles ne sont point pour la foule.

Jamais, tant que je vivrai,
On ne les verra, imprimées,
S'étalant derrière une vitrine
Parmi d'autres nouveautés,
Exposées à la critique bavarde
Des journaux savants et non savants.

Tout ce qui, jeune ou vieux,
M'a pénétré de joie ou de tristesse,
Je savais, il est vrai, le rimer,
Et je me sentais poussé à le traduire en vers;
Je savais composer une poésie,
Mais je ne fus point un poète.

Un jour, quand aura cessé de battre
Ce cœur si souvent méconnu,
Si mes enfants, si mes amis
Veulent faire entendre au dehors
Quelques-unes des notes qui ont retenti
Sur ces cordes, je ne le défends pas.

Alors faites un choix sévère,
Ne laissez passer aucun vers faible.
Quant à mes faiblesses comme homme,
Gardez-vous de les voiler!
Même dans la tombe, votre vieil ami
Ne veut point être un hypocrite [1].

Une familiarité pleine de franchise, tel est en effet le ton dominant de ces poésies. Une première édition en avait été faite en 1876, et tirée à un petit

---

[1]
Diese schlichten kleinen Lieder,
Stille Seufzer meines Herzens,
Spiegelungen meines Schicksals,
Sind für meine lieben Freunde,
Sind für wenige Vertraute :
Für die Menge sind sie nicht.

Nimmer drum, dieweil ich lebe,
Werden sie gedruckt sich zeigen,
Wollen sie am Ladenfenster
Unter Neuigkeiten prangen,
In gelehrt- und ungelehrten
Zeitungen bekrittelt sein.

Denn was mir in Freud' und Schmerzen
Früh und spät das Herz bewegte,
Wusst' ich allenfalls zu reimen,
Musst' ich oft in Verse bringen;
Ein Gedicht wusst' ich zu machen,
Aber Dichter war ich nicht.

Doch wenn einst dies Herz zu schlagen
Aufgehört, das oft verkannte,
Wollen Kinder dann und Freunde
Von den Tönen seiner Saiten
Etwas auch vor denen draussen
Klingen lassen, wehr' ich's nicht.

Sichtet streng alsdann und lasset
Keinen schwachen Vers passiren;
Aber meine Menschenschwächen
Suchet ja nicht zu verstecken :
Auch im Grabe noch will euer
Alter Freund kein Heuchler sein.

nombre d'exemplaires avec le sous-titre de *Manuscrit pour les amis*. Ce qui a été livré au public, comme
supplément des œuvres complètes, garde encore le
même caractère de simplicité intime [1]. C'est vraiment
un album, qui ne doit pas être ouvert par des mains
indifférentes, et qui n'a toute sa valeur que pour
des lecteurs gagnés d'avance, pour ceux qui, ayant
assisté aux luttes philosophiques de l'auteur, veulent en savoir davantage sur sa personne. Certaines
parties seulement, qui se détachent de l'ensemble,
sont d'un intérêt plus général. On sait que Strauss,
qui se défendit toute sa vie de n'être qu'un théologien, aimait à s'aventurer dans les domaines les plus
variés de l'art. Un séjour prolongé à Munich lui inspira les *Épigrammes sur le Musée de sculpture*, qu'il
fit paraître sans nom d'auteur dans le *Morgenblatt*;
des épigrammes dans le sens classique, c'est-à-dire
des inscriptions d'un tour gracieux et fin, qui dénotent un vif sentiment de l'antiquité, et où parfois la
pensée s'échappe avec hardiesse du moule étroit.
Dans une suite de sonnets, d'une forme moins heureuse et où se trahit l'embarras d'une versification
savante, il essaya de traduire ses impressions musi-
cales, et surtout son admiration pour l'incomparable
génie de Mozart : il partageait en cela le sentiment
de Gœthe et de Rossini. Mais, en général, ce que les

1. *Poetisches Gedenkbuch, Gedichte aus dem Nachlasse von
David Friedrich Strauss* (12ᵉ volume des Œuvres complètes),
Bonn, 1877.

éditeurs nous offrent ici, ce sont des poésies de circonstance dans la plus stricte acception du mot, des fragments d'une biographie morale, qu'on se plaît d'autant plus à rapprocher et à comparer, que l'auteur, sans jamais se préoccuper de l'effet qu'il produira, ne semble chercher qu'à se rendre compte à lui-même de la pensée qu'il veut exprimer, ou du sentiment qu'il éprouve.

Ce n'est pas à dire que ces notes poétiques, pour être sans prétention et pour se produire sans éclat, soient tout à fait jetées au hasard. L'homme qui a le sentiment de l'art veut donner à sa pensée une forme achevée, quand même il n'écrit que pour lui seul : c'est un besoin qu'il éprouve, en même temps qu'une jouissance qu'il se procure. Toutes les qualités du style de Strauss, la netteté, la concision, la vigueur, même la couleur et le mouvement, se retrouvent par moments dans ses poésies. Souvent un fait ordinaire se relève par une pointe d'ironie, comme dans les strophes suivantes :

> Ma chère femme, hier,
> A mis au monde un petit garçon ;
> Et voilà des heures que je considère
> La structure de son petit crâne.
> Je voudrais savoir ce qui, sur terre,
> Est réservé à ce petit enfant.

> Ce front me rend perplexe ;
> Il est large à faire plaisir ;
> Mais j'espère bien, mon enfant,
> Que tu ne feras jamais un penseur !
> Penser, cher petit, est chose ardue,
> Et de nos jours chose dangereuse.

Depuis longtemps aussi je médite en moi-même
Si le nez n'est pas trop pointu.
Pour l'amour du ciel, mon cher fils,
Ne sois spirituel que modérément !
Plus d'un serait monté aux honneurs,
S'il avait su retenir un trait d'esprit.

Et là, tout en haut, je voudrais trouver
La bosse de la piété.
Avec elle, beaucoup d'exemples le prouvent,
On fait aujourd'hui son chemin.
Mais, pour la punition de mes péchés,
J'en découvre à peine une faible trace.

Ce bonnet, ma chère femme,
Laisse trop d'espace à la tête.
Il faut, par des coiffures plus étroites,
Tenir la bride à son talent.
Il n'y a de succès, dans notre temps,
Que pour les médiocrités [1].

[1]

> *Eines Knäbleins ward entbunden*
> *Gestern meine liebe Frau.*
> *Nun betracht' ich schon seit Stunden*
> *Seines kleinen Schädels Bau,*
> *Möchte wissen, was auf Erden*
> *Aus dem Kindlein noch mag werden.*
>
> *Diese Stirn macht mich betroffen;*
> *Sie ist breit und allerliebst;*
> *Aber, Kind, ich will nicht hoffen,*
> *Dass du einen Denker giebst !*
> *Denken, Kindchen, ist beschwerlich,*
> *Heut zu Tage selbst gefährlich.*
>
> *Längst erwäg' ich auch im Stillen,*
> *Ob die Nase nicht zu spitz.*
> *Lieber Sohn, um's Himmels willen*
> *Mässige doch deinen Witz !*
> *Mancher wäre hoch gestiegen,*
> *Hätt' er einen Witz verschwiegen.*
>
> *Gern' entdeckt' ich noch hier oben*
> *Das Organ der Frömmigkeit;*
> *Denn damit, nach vielen Proben,*
> *Kommt man heut zu Tage weit.*
> *Doch zur Strafe meiner Sünden*
> *Ist davon nicht viel zu finden.*

Les formes poétiques choisies par Strauss sont ordinairement les plus simples. Quel est cependant le poète allemand contemporain qui ne se soit essayé dans ces rythmes empruntés à l'Orient, qui ne seront jamais populaires dans les contrées du Nord, mais où peuvent se jouer avec grâce une langue riche et un art sûr de lui-même? Le *gasel* est devenu, depuis les modèles qu'en ont donnés Rückert et Platen, un genre fort goûté et désormais accepté du public allemand. Une suite indéterminée de distiques retombent régulièrement sur une même rime allongée. Quand la rime porte sur le mot essentiel, qu'elle met en relief, il en résulte une cadence heureuse, et l'harmonie de la phrase répond à l'harmonie de la pensée. Strauss aborda aussi ce genre délicat, où il faut atteindre à la perfection, si l'on ne veut se borner à un vain cliquetis de paroles. Nous citerons un seul de ses gasels, bien que la traduction soit impuissante à reproduire le tour de l'original; mais elle montrera peut-être que chez Strauss la pensée est toujours assez riche pour pouvoir se passer au besoin des embellissements du vers :

Autrefois je voulais savoir ce que disent les hirondelles,
Savoir de quoi les rossignols se plaignent entre eux.

Diese Haube, liebes Weibchen,
Lässt dem Kopfe zu viel Raum.
Halte doch durch eng're Häubchen
Besser sein Talent im Zaum!
Aussicht ist in diesen Zeiten
Nur für Mittelmässigkeiten.

Je voulais, à l'heure où le jour et la nuit se rencontrent,
Savoir ce qu'ils se demandent l'un à l'autre.

Et les soupirs des amoureux, je voulais savoir
A quelle hauteur les emportent les vents du ciel.

J'étais jeune alors, et heureux. Aujourd'hui je voudrais
Savoir un baume pour les douleurs de la vie.

Sur la nuit chagrine où je marche, je voudrais savoir
Si une aurore doit luire un jour [1].

On se tromperait si l'on ne voyait dans ces vers
qu'un contraste poétique entre les libres élans de
la jeunesse et les graves préoccupations de l'âge
mûr. Pour qui connaît la sincérité habituelle de la
plume de Strauss, il est hors de doute que l'imagination n'entrait que pour une faible part dans ses
effusions les plus lyriques. Quelque achevée que soit
la forme de certaines poésies de l'Album, elles
intéressent surtout, lorsqu'on les lit dans l'ensemble,
par les dispositions morales qu'elles manifestent
chez l'auteur, par le jour imprévu qu'elles jettent sur
certains côtés de sa vie. On connaît assez les âpres
discussions où Strauss fut engagé de bonne heure,
qui l'irritèrent d'abord et lui arrachèrent des
répliques violentes, mais où il finit presque par se

1. *Einst wollt' ich, was die Schwalben sagen, wissen,*
   Was sich die Nachtigallen klagen, wissen.

   Ich wollte, wenn sich Tag und Nacht begegnen,
   Was beide dann einander fragen, wissen.

   Von zarter Herzen Liebesseufzern wollt' ich,
   Wie hoch die Lüfte wohl sie tragen, wissen.

   Jung war ich da und glücklich. Heute möcht' ich
   Ein Heilkraut für des Lebens Plagen wissen,

   Und ob der Kummernacht, in der ich wandle,
   Einmal noch wird ein Morgen tagen, wissen.

complaire, où son talent s'exerça et mûrit. Ce qui
est moins connu, ce sont les difficultés qu'il rencontra plus près de lui, contre lesquelles il lutta pendant des années et qui jetèrent plus d'une fois le
découragement dans son âme.

Strauss rapporte, dans ses Mémoires, que deux
événements eurent une influence fatale sur sa vie :
la première opposition qui lui ferma les portes de
l'enseignement, et son mariage. Il avait renoncé,
depuis plusieurs années, à une carrière pour laquelle
il s'était préparé de longue main, lorsqu'en 1839 une
chaire lui fut offerte à l'École de théologie de Zurich.
Mais la seule nouvelle de son arrivée excita un soulè-
vement dans la population rurale; le parti libéral fut
chassé du gouvernement, et le professeur ne fit même
pas sa première leçon. Dans la même ville où Strauss
devenait la cause involontaire d'une révolution, une
cantatrice viennoise, nommée Agnès Schebest, donnait des représentations dramatiques. Voici comment
elle parla plus tard des événements dont elle fut
témoin : « Pendant que je jouais mes rôles, une
révolte éclata, non point à cause de moi, mais pour
la sainte foi chrétienne. Des gens prétendaient qu'on
voulait leur enlever le bon Dieu, et ils se défendirent
avec acharnement. Mais le bon Dieu est toujours là;
il est là depuis l'origine du monde, et ces pauvres
gens auraient senti qu'il habite toujours dans les
âmes paisibles, si, au lieu de marcher les uns contre
les autres avec des fléaux et des massues, ils avaient

voulu rentrer honnêtement en eux-mêmes et se
retirer dans le tranquille asile de leur cœur. » Elle
songea d'abord à partir; mais la crainte de tomber
entre les mains des paysans armés la fit rester; elle
espéra même, comme elle nous l'assure, calmer les
passions sauvages par le pouvoir de la musique.
Strauss l'entendit et fut charmé par son talent.
Agnès Schebest avait de l'esprit, une imagination
fort vive, une sensibilité exaltée, un penchant à
l'originalité; c'était une nature noble et quelque peu
chimérique. Elle prit, dans sa conduite vis-à-vis de
Strauss, juste le contre-pied du préjugé vulgaire;
elle loua chez lui le sens profond, l'esprit religieux.
Le critique fut flatté d'être pris pour un apôtre. Ils
se marièrent l'année suivante; mais leur sympathie
ne se fondait que sur une illusion, et il leur suffit de
se connaître pour sentir qu'ils étaient peu faits pour
vivre ensemble.

Il est étrange qu'Agnès Schebest, dans les confidences qu'elle publia en 1857, sous le titre de *Récits
de la vie d'une artiste*, et qu'elle dédia à ses deux
enfants, soit absolument muette sur les circonstances de son mariage. Quant à Strauss, il regretta
bientôt sa tranquillité perdue, ses travaux inter-
rompus : « Pendant quatre ans, je n'écrivis pas le
moindre article. Menacé dans mon existence personnelle, je ne pus m'occuper de problèmes scientifiques. Le naufragé, à qui l'eau monte jusqu'au cou,
pense-t-il encore à l'administration de ses biens? »

Les conditions de la séparation ne furent réglées qu'en 1847. La même année, Strauss reparut dans le monde littéraire avec une notice sur le poète Louis Bauer, production peu importante, mais qui lui resta toujours chère, dit-il, parce qu'elle fut le premier signe de sa délivrance.

Il y a, en effet, toute une période de la vie de Strauss qui fut à peu près stérile pour la critique historique et littéraire. Mais elle fournit à l'Album un assez grand nombre de poésies, et non les moins belles. La séparation prononcée, Agnès Schebest continua de demeurer à Stuttgart, avec les deux enfants, tout jeunes. Strauss essaya de se fixer tour à tour à Munich, à Weimar, à Cologne, et enfin à Heidelberg. Quelques amis ayant voulu le décider à revoir Stuttgart et la ville voisine, Ludwigsbourg, où il était né, il leur envoya ces vers :

A la maison ! à la maison ! c'est l'appel
Qui retentit vers moi, de mon pays natal.
Il chasse les dernières joies qui me restaient,
Et assombrit encore mon humeur sombre.
Ainsi la gelée matinale d'automne
Courbe la tête des fleurs tardives :
En vain l'orient se colore d'une teinte chaude,
Les fleurs ne reprennent pas leurs couleurs.

Comme cette parole, hélas !
Vibrait autrement dans mon âme,
Lorsque auprès du foyer natal
Je retrouvais un père, une mère !
Le jeune homme accourait, échappé
A la réclusion du sombre couvent,

Et partageait avec un frère
La joie des jeux enfantins.

Ensuite le frère s'éloigna;
Les parents trouvèrent le repos final;
Et je cherchai un lieu tranquille,
Je vécus caché dans mon étroite cellule.
Ma chère maisonnette, au fond du jardin,
Quelle solitude intime elle m'offrait!

Mais quel homme, dans la pleine vigueur de l'âge,
Supporterait longtemps une existence solitaire?
Une femme belle voulut, avec moi,
Porter les joies et les peines de la vie.
Je l'aimais, elle m'aimait;
Et cependant, cruelle destinée!
Elle me fit, dans sa manie aveugle,
De ma maison, la plus triste prison.

J'ai repris ma liberté :
Je ne suis pas né pour la contrainte.
Mais maintenant que j'ai perdu ma femme,
Je n'ai plus ni maison ni foyer.
Et voilà que des voix connues
Me crient : A la maison! reviens!
Cruels, comment pouvez-vous ainsi
Railler un homme sans asile?

Les enfants, mon propre sang,
Je les recevrais chez moi comme des hôtes!
Celle qui m'a fait reposer sur son sein
Passerait devant moi comme une étrangère!
L'homme affamé, devant le flot de la vie,
S'arrêterait, sans y tremper sa lèvre!
Et s'il se laisse amorcer par la jouissance,
Hélas! il est sept fois perdu [1].

1.   *Nach Haus! nach Haus! so schallt das Wort*
      Aus meiner Heimath mir herüber.
      Es scheucht die letzten Freuden fort,
      Macht mir den trüben Sinn noch trüber.
      So beugt im Herbst ein Morgenfrost
      Der späten Blumen Häupter nieder :
      Erwärmend röthet sich der Ost,
      Die Blumen röthen sich nicht wieder

L'une des causes de la mésintelligence de Strauss avec une femme qu'il ne cessa de regretter, ce fut sans doute cet absolu besoin de liberté qu'attestent un grand nombre de ses poésies, et qui le rendait

Wie anders diese Losung doch
Mir damals durch die Nerven bebte,
Als an dem Heimathherde noch
Der Vater mir, die Mutter lebte!
Der Jüngling dann aus dem Verschluss
Des ernsten Klosters heimwärts eilte,
Und mit dem Bruder den Genuss
Der Knabenspiele wieder theilte.

Der Bruder zog in's Weite fort,
Die Eltern ruhten an dem Ziele :
Da sucht' ich einen stillen Ort
Mit meinen Büchern, meinem Kiele.
In stetem Fleisse manches Jahr
Lebt' ich versteckt in enger Klause ;
Ach, wie es einsam traulich war
In meinem lieben Gartenhause !

Doch wer, mit jungem frischem Leib,
Erträg' es lang, allein zu weilen ?
So nahm ich mir ein schönes Weib,
Des Lebens Lust und Last zu theilen.
Sie war mir gut, ich war es ihr,
Und doch — o grausames Verhängniss!
In krankem Wahne macht sie mir
Das Haus zum traurigsten Gefängniss.

In Freiheit hab' ich mich gesetzt,
Zur Knechtschaft bin ich nicht geboren.
Doch hab' ich mit dem Weibe jetzt
Heimath und Haus zugleich verloren.
Da ruft es nun : nach Hause! mir,
Komm heim! in wohlbekannten Tönen :
Grausame! wie doch möget ihr
Den Heimathlosen so verhöhnen?

Die Kinder dort, das eigne Blut,
Soll ich als Gäste bei mir sehen ;
An deren Busen ich geruht,
Sie soll ich fremd vorübergehen.
Der Durst'ge soll am vollen Fluss
Entsagend stehn mit trocknem Munde ;
Ach! und verlockt ihn der Genuss,
So geht er siebenfach zu Grunde!

incapable de subir la moindre contrainte. Il serait
injuste d'en faire tomber la responsabilité entière
sur Agnès Schebest, bien qu'elle-même, par son
silence, ait assumé d'avance tous les torts. Quinze
ans plus tôt, Strauss aurait pu accepter un genre de
vie où le repos s'achète par quelques sacrifices ;
mais à l'époque où il eut à défendre ses convictions,
sa réputation même, contre des attaques inces-
santes, le sentiment de la personnalité s'était exa-
géré en lui. Ce qui ne le détournait qu'un instant
de son but suprême le froissait ; le moindre obstacle
paralysait ses forces. Ses enfants ayant grandi, il
les rappelle auprès de lui ; mais aussitôt les mêmes
plaintes reviennent dans les Mémoires : aucun travail ne s'achève, aucun autre ne se prépare. Singulière destinée de cet homme, qui essaya plusieurs
fois de se reprendre à la vie, mais que la nature
avait fait pour la pensée solitaire, et qui ne pouvait
trouver que dans les hautes recherches le bonheur,
ou du moins cette sorte de satisfaction que donne
l'emploi d'une faculté impérieuse !

L'*Album poétique*, expliqué et complété par les
Mémoires littéraires, n'ajoute aucun trait nouveau à
la figure de Strauss, telle qu'on pouvait se la représenter d'après ses anciens écrits ; mais il peut servir
à mieux fixer l'ensemble, à y mettre la couleur et
la vie. Ce qui frappe d'abord dans la physionomie,
c'est une forte individualité, une pensée rigoureuse
et opiniâtre. Strauss a été attaqué avec aigreur, et

même calomnié ; mais il ripostait avec une animosité tranchante. On dit que les jugements qu'il adoucissait dans ses écrits, et auxquels il apportait certains tempéraments d'artiste, reprenaient leur pointe agressive dans sa conversation. Souvent aussi la plume traduisait sa pensée dans sa verdeur première. La dernière fois que Strauss parla au public, au milieu du conflit de 1870, il eut des paroles dures pour la France. Dans les deux lettres qu'il écrivit à Renan, et dont certaines pages sont empreintes d'une grande philosophie de l'histoire, il insiste à plusieurs reprises sur ce qu'il appelle nos habitudes de brigandage (*Raublust*). Était-ce bien le moment de nous jeter à la face de si gros mots? Il est si facile d'accuser de rapine l'homme dont on vient piller la maison! Les mœurs littéraires de l'Allemagne, moins conciliantes et moins douces que les nôtres, avaient entretenu chez Strauss l'âpreté naturelle du génie. L'avenir le jugera avec plus d'impartialité que ne pouvaient le faire des contemporains. Certains traits de sa physionomie, d'une marque trop dure, s'effaceront dans le lointain; on ne verra que les grands côtés de son œuvre, qui aura été l'une des plus considérables dans le mouvement philosophique du XIXe siècle.

L'IDÉE DU « RETOUR ÉTERNEL »

DE NIETZSCHE

NIETZSCHE a fort embarrassé la critique philosophique, qui ne sait encore comment le classer
et le définir. Est-il idéaliste ou matérialiste, pan-
théiste ou athée? Il est tour à tour l'un et l'autre, et
nul n'a usé autant que lui de la permission qui est
donnée aux philosophes de se contredire. On ne
saurait même dire si Nietzsche est plutôt un philosophe, ou un moraliste, ou simplement un poète
en prose. Il ne rentre entièrement dans aucun des
cadres où l'on range d'ordinaire les gens qui écrivent,
et c'est du moins chez lui une preuve d'originalité.

Nietzsche n'a aucune place dans la classification
générale des écoles philosophiques; il a rompu de
bonne heure ses liens avec le passé. Comme tout
esprit, quelque original qu'il soit, il a eu des prédé-
cesseurs ou des contemporains sur lesquels il s'est
formé; il a subi des influences; mais il s'en est
affranchi presque aussitôt. Il y a deux manières de
se comporter vis-à-vis d'une influence étrangère :
c'est de se laisser déterminer par elle, ou de réagir
contre elle. La manière de Nietzsche a toujours été
la dernière; la plupart de ses idées lui ont été sug-

gérées par contraste. Il reconnaît avoir eu deux
maîtres, Schopenhauer et Richard Wagner; mais il
dit aussi avoir surtout appris d'eux à se comprendre
lui-même. Il pense, du reste, que ce qu'il y a de
meilleur dans une philosophie c'est le philosophe,
c'est-à-dire un génie d'ordre supérieur, dont la seule
fréquentation est le plus fécond des enseignements.

La méthode philosophique se forme d'ordinaire
de deux procédés qui se complètent l'un l'autre,
l'observation et le raisonnement. L'observation,
chez Nietzsche, est rapide et sommaire; son raisonnement est court et tranchant; ses conclusions ne
souffrent pas de réplique. Il vit dans la solitude de
sa pensée personnelle; il tire tout de lui-même. Ne
veut-il pas que l'histoire elle-même soit *subjective*,
qu'elle s'accommode au génie de l'historien, qui
n'est vraiment un historien que s'il est en même
temps un homme de génie, un précepteur de
l'humanité? Au fond, pense-t-il, l'histoire des grands
hommes est seule digne d'être transmise aux siècles
à venir, pour leur servir d'exemple. S'il fallait chercher pour Nietzsche un terme de comparaison dans
le passé, il faudrait remonter jusqu'aux prophètes
d'Israël. Tantôt il fulmine en tirades enflammées
contre la dégénérescence du siècle, tantôt il annonce
l'homme futur, le *Surhomme*, grand et beau comme
un dieu grec, ou le *Retour éternel*, qui remettra
toutes choses dans l'état présent et garantira à
l'humanité l'immortalité sur la terre.

Ce fut au mois d'août de l'année 1881, dans la Haute-Engadine, « à six mille pieds au-dessus de la mer, et bien plus haut au-dessus de toutes les choses humaines », que l'idée du Retour éternel s'éleva dans l'esprit de Nietzsche. Il en fut d'abord atterré, comme devant une apparition surnaturelle; il crut sentir l'approche d'un dieu. « Quelqu'un a-t-il, en cette fin du xixᵉ siècle, la notion claire de ce que les poètes, aux grandes époques de l'humanité, appelaient l'inspiration? Si nul ne le sait, je vais dire ce qu'est l'inspiré. Pour peu qu'on ait gardé en soi la moindre parcelle de superstition, on ne saurait en vérité se défendre de l'idée qu'on n'est que l'incarnation, le porte-voix, le médium de puissances supérieures. Le mot de révélation — entendu dans ce sens que tout à coup « quelque chose » se révèle à notre vue ou à notre ouïe avec une indicible précision, une ineffable délicatesse, « quelque chose » qui nous ébranle, nous bouleverse jusqu'au plus intime de notre être — est l'expression de l'exacte vérité. On n'entend, on ne cherche pas; on prend, sans se demander d'où vient le don; la pensée jaillit soudain comme un éclair, avec nécessité, sans hésitation, ni retouche [1]. »

La marque d'une impression forte est qu'on se rappelle dans le plus grand détail les circonstances de temps et de lieu où elle s'est produite. « J'allais en ces jours le long du lac de Silvaplana, à travers

1. Traduction de Henri Lichtenberger.

la forêt; près d'un roc puissant qui se dressait en pyramide, non loin de Surlej, je fis halte : c'est là que l'idée vint à moi. » Cette idée sera désormais le dernier mot de Zarathustra, le héros par la bouche duquel Nietzsche a fait ses révélations à ses contemporains : « Je reviendrai, avec ce soleil, avec cette terre, non pour une vie nouvelle, ou meilleure, ou semblable, mais pour cette même vie, identique dans les plus grandes comme dans les plus petites choses; et j'enseignerai encore une fois le Retour éternel. »

Qu'était-ce, au fond, que le Retour éternel? Ce n'était ni un fait d'observation, ni la conclusion d'un raisonnement. Ce n'était même pas une hypothèse, une explication anticipée d'une série de faits sous bénéfice d'inventaire. C'était une vision poétique, une révélation au sens propre, une apocalypse. Or une apocalypse se passe de preuves; elle s'impose par elle-même, ou elle tombe à néant. Nietzsche essaya cependant de démontrer la sienne; il pensa même, dit-on, à s'établir pendant quelques années dans un grand centre universitaire, pour s'instruire dans les sciences naturelles. Puis il abandonna son projet, comprenant sans doute l'impossibilité de démontrer ce qui est indémontrable.

Il fallait pourtant, à défaut d'une démonstration, donner un air de vérité à l'oracle, en l'accompagnant de quelques considérations d'ordre ou d'apparence scientifique. Le Dr Gustave Le Bon, qui avait eu l'idée du Retour éternel quelques années avant Nietzsche, l'appuyait sur la théorie atomique. « Les combinaisons que peuvent former un nombre donné d'atomes étant limitées, dit-il, et le temps ne l'étant pas, toutes les formes possibles de développement ont été nécessairement réalisées depuis longtemps, et nous ne pouvons que répéter les combinaisons déjà atteintes. Bien des fois sans doute des civilisations semblables aux nôtres, des œuvres identiques aux nôtres, ont dû précéder notre univers. Comme Sisyphe roulant toujours le même rocher, nous répétons sans cesse la même tâche, sans que rien puisse mettre un terme à ce fatal toujours[1]. »

Mais qui saurait déterminer le nombre des atomes dont se compose l'univers? Qui saurait calculer, par conséquent, le nombre des combinaisons qui peuvent résulter de leur rencontre? A quel signe reconnaît-on que toutes les combinaisons possibles ont déjà été réalisées, que le temps infini ne pourra plus ramener devant nos yeux d'autres spectacles? C'est plutôt le contraire qui est vraisemblable, et ici, à défaut de vérité certaine, il ne peut être question que de vraisemblance. Tout se renouvelle autour de nous, tout change incessamment d'aspect. Le soleil ne se couche pas deux fois de la même manière, et la terre n'occupe pas deux fois le même

1. Gustave Le Bon, *l'Homme et les Sociétés*, II⁰ partie, *Résumé*, p. 420.

point de l'espace. Que la nature s'épuise à force de
produire, cela peut être dans la logique des choses;
mais qu'elle s'use en contrefaçons inutiles, rien
n'autorise à le croire.

Nietzsche avait pensé d'abord, lui aussi, à se
fonder sur la théorie atomique; il finit par s'arrêter
à des considérations dynamiques, qui ne sont pas
plus concluantes. La force est substituée à l'atome.
Nietzsche parle tantôt d'une force unique qui anime
l'univers, tantôt de forces multiples; mais les combinaisons sont toujours limitées, et la durée,
quelque prolongée qu'elle soit, doit finir par les
épuiser. Dans un traité spécial qu'il esquissa dans
l'été de 1881, et qui ne fut jamais achevé, il dit :
« La mesure de la force totale est déterminée; cette
mesure n'a rien d'infini : gardons-nous de lui donner
cette extension démesurée! Il s'ensuit que le
nombre des situations, des changements, des combinaisons et des développements de cette force a
beau être énormément grand et pratiquement
« incommensurable », il n'en est pas moins déterminé, il n'est pas infini. Il est vrai que le temps,
dans lequel le tout exerce sa force, est infini, c'est-
à-dire que la force est éternellement égale et éternellement active. Jusqu'au moment actuel, une infi-
nité s'est déjà écoulée, c'est-à-dire qu'il faut que
tous les développements possibles aient déjà eu lieu.
Il faut, par conséquent, que le développement actuel
soit une répétition, ainsi que celui qui l'a engendré

et celui qui en sortira, et ainsi de suite, en avant et en arrière. Tout a déjà existé un nombre incalculable de fois, attendu que la situation générale de toutes les forces revient toujours.... Autrefois, on pensait que l'activité infinie dans le temps supposait une force infinie, qui ne serait épuisée par aucune usure. Maintenant on se représente la force comme constante; elle n'a plus besoin de grandir à l'infini. Elle est éternellement active, mais elle ne peut pas créer un nombre infini de cas; il faut qu'elle se répète : c'est ma conclusion.... Homme! toute ta vie, comme un sablier, sera toujours à nouveau retournée et s'écoulera toujours à nouveau, chacune de tes existences n'étant séparée de l'autre que par la grande minute de temps nécessaire pour que toutes les conditions qui l'ont fait naître se reproduisent dans le cycle universel. Et alors tu retrouveras chaque douleur et chaque joie, chaque ami et chaque ennemi, et chaque espoir et chaque erreur, et chaque brin d'herbe et chaque rayon de soleil, et toute l'ordonnance de toutes choses [1]. »

Nietzsche nous apprend que cette conception le remplit d'épouvante, qu'il fut pris d'une horreur sacrée, lorsqu'elle entra dans son esprit. Il dut lui sembler, en effet, que tous les cercles de l'enfer s'enroulaient en une spirale infinie autour de la pauvre humanité. Que restait-il désormais aux déshérités

---

[1]. *Die Wiederkunft des Gleichen. Entwurf (Sommer 1881)*, liv. V.

de ce monde, à ceux chez qui la somme des maux l'emporte « réellement » sur la somme des biens, ou à l'homme que la sympathie émeut et qui, selon l'expression de Schopenhauer, « a fait sienne la misère du monde entier », que leur restait-il, sinon de voir leur souffrance rendue plus aiguë par la perspective des souffrances fatalement identiques que leur réservait l'avenir?

La doctrine du Retour éternel serait encore plus désespérante, si elle n'était si évidemment paradoxale. Elle se détruit elle-même par les affirmations contraires qu'elle contient. Nietzsche veut que la force soit éternellement active, et en même temps il la frappe de stérilité, on pourrait dire qu'il la condamne à l'immobilité. Un monde qui tourne dans un cercle équivaut à un monde stagnant. Qu'est-ce, en regard de la durée infinie, que « la minute de temps », quelque grande qu'elle soit, qui sépare deux états pareils? Revenir sans cesse sur ses pas, est-ce autre chose que de demeurer en place? Se repaître à perpétuité des mêmes illusions et des mêmes déboires, est-ce vivre? Autant vaudrait, comme dit Faust, le vide éternel.

« Autrefois, conclut Nietzsche, on croyait qu'à une activité infinie devait correspondre une force infinie : aujourd'hui, on considère la force comme limitée, quoique son activité soit infinie. » En réalité, les deux opinions peuvent se soutenir. Nous ne connaissons la force que par ses manifestations;

nous ne la séparons pas de la matière sur laquelle elle agit, et rien ne limite la matière que l'espace immense offre à la force qui transforme l'univers. La force, au fond, est une conception de notre esprit, la cause commune que nous attribuons à un groupe de phénomènes ; et la « force totale » est une pure abstraction, base bien fragile pour une explication du monde.

L'utopie de Nietzsche, inconsistante en elle-même, se relève par la leçon morale qu'il en tire, et qui répond à la noblesse de son propre caractère : il est vrai que cette leçon ne s'adresse qu'aux hommes supérieurs, à ceux qu'il appelle les maîtres et qu'il destine au gouvernement des États. Puisque notre existence présente doit être répétée, qu'elle soit digne de l'être ! Qu'elle ne contienne rien dont nous ayons à rougir, puisque nous en rougirions encore des infinités de fois ! Ne la souillons pas d'une tache que nous traînerions comme une honte à travers les siècles. Courte est l'heure que nous vivons actuellement : qu'elle soit le gage d'une félicité sans fin ! Soyons dès maintenant, dans l'arrangement de notre destinée, les ouvriers d'une œuvre d'art qui soit belle d'une beauté éternelle. « Vivons comme si nous voulions vivre ainsi encore une fois et toujours. Imprimons sur notre vie le sceau de l'éternité ! »

FIN

TABLE DES MATIÈRES

1481-04. — Coulommiers. Imp. PAUL BRODARD. — 2-05.

www.ingramcontent.com/pod-product-compliance
Lightning Source LLC
Chambersburg PA
CBHW071854020726

47502CB00003B/739